小説

テレビを潰《つぶ》した報道部長

三浦 彰

Miura Akira

文芸社

もくじ

PART III　エピローグ

PART Ⅰ

カット・イン

誘拐報道

その誘拐事件は発生から一週間後、急転直下解決をみた。

名神高速道路と東海道本線がすぐ近くを走る兵庫県尼崎市七松町のコンビニエンスストアで、午前一時過ぎ、男は弁当を二個買い、店を出たところで身柄を確保された。誘拐された小学二年の児童も、その駐車場に停めてあった車の中で無事保護された。

容疑者は園田秀平、四十六歳。児童の家とは縁続きのこの男は、大阪南港に面した、大正区の小さな鉄工所の工員である。

捜査本部が置かれた豊中中央署では、事件発生後の早い段階から園田を有力容疑者と特定していた。きっかけは目撃情報である。

事件が起きたその日の夕方、児童が通う豊中北小学校の通学路で、青い色の軽自動車がエンジンをかけたまま停車しているのを、近所の主婦数人が目撃している。さらに同じ青い車の中から男に声をかけられた児童が、自分でドアを開け車に乗り込んだのを、この小学校の上級生が見ていた。

その日の深夜と次の日の夕方、男から児童の家に電話が入った。

「子供は無事だ。五百万円用意しろ」

捜査本部はこの身代金の額にも着目していた。児童の父親は、天王寺にある事務機器を扱う会社のサラリーマンである。母親は自宅近くの大型ショッピングセンターでパートとして働いている。誘拐された児童には、同じ小学校に通う二歳違いの兄がいる。二年前、およそ一千万円のローンを組んで、中古のマンションを購入している。いわば平均的なサラリーマン世帯であり、経済的にゆとりがあるわけではない。

誘拐事件の捜査マニュアルには、身代金の要求額が高額なほど、事件は凶悪化、広域化する傾向があり、低額である場合、容疑者は被害者の周辺にいる可能性が高い、とある。

この家の事情をよく知る人間の犯行……。捜査はここからスタートし、ほどなく園田の名前を割り出した。園田は六年前に、港区内の居酒屋で傷害事件を起こし、その事件がもとで妻と離婚、大正区内のアパートで一人暮らしをしている。賭け事が好きで、給料の殆どをパチンコや競輪、競馬に入れ揚げており、サラ金などに四百万円近くの借金があった。

捜査本部はおよそ二百人体制で、小学校周辺の聞き込みや目撃者捜しにあたる一方、事件後行方をくらました園田の足どりを追った。アパートの近くに借りている駐車場にも、彼の車は無かった。濃い青の軽ライトバンである。

その日の午前零時すぎ、尼崎市内を警邏《けいら》中のパトカーが一台の車を追尾していた。青い軽ライトバンは中国街道を右折、七松町のコンビニエンスストアを一旦やりすごした後、再びその駐車場の、丁度通りから死角になっている場所に入ってエンジンを切った。

豊中中央署に移送された園田は、取り調べ室に入ると突然泣き崩れ、あっさりと犯行の全てを自供した。

午前二時、捜査本部は、園田を身代金目的の誘拐容疑で逮捕した。

「容疑者の身柄確保　児童を保護」

この一報が捜査本部に詰めていた記者からもたらされたのは午前二時四十五分。そこからKHSテレビ情報センターは、さながら戦場のような喧騒に包まれた。緊急報道体制に従って関係するスタッフの殆どが、呼び出しから三十分以内に出社した。事件発生直後から準備していた速報スーパーをオンエアし、捜査本部のある豊中中央署、容疑者の身柄が確保された七松町のコンビニエンスストア、保護された児童の自宅があるマンションの敷地内にそれぞれ中継車が出動した。

スタジオに隣接した報道センターには、デスク（編集長）とサブデスクが、大阪府警記者クラブの社会部キャップと、捜査本部で取材を続ける記者との連絡、中継車とのやりとりに追われている。技術部のスタッフは報道サブ（副調整室）に入り、中継車からの映像と音のチェックにあたる。

報道部長の南田京介は編成部長と連絡をとり、早朝のどの時点から、カットイン（通常の放送枠に割り込むこと）が可能かを探った。ウィークデーの放送開始は午前四時半からで、五分間の天気予報の後、テレビショッピング枠、続いて五時からキー局である東京国際テレビ発の情報ワイドの生放送へとフォーマットは進む。

午前四時すぎ「容疑者を身代金目的の誘拐容疑で逮捕」の報が入る。キー局からは、五時の情報ワイド冒頭でニュースをと、再三にわたって要請が来ている。

南田はデスクの宮中博和を呼んだ。

「中継車はOK?」

「はい。スタンバイできました」

「素材のVTRは?」

「容疑者が豊中中央署に移送される映像が入りましたので、それをメインに」

「原稿は?」

「今、府警キャップの今岡と、捜査本部にいる山下がすり合わせしてますので間もなく」

「記者会見は?」

「どうでしょう。ちょっと遅れると思いますよ。取り調べが始まったばかりだし」

南田は時計を見た。四時半を少しまわっている。各局のモニターテレビをチェックする。さすがにNHKはアナウンサーが顔出しで誘拐事件を伝えている。しかし中継を含めた映像は無い。

咄嗟に彼は営業局業務部長の池田純平の自宅に電話を入れた。

「報道の南田です。例の誘拐事件がハジケたんで、この後カットインしたいんだけど」

池田は眠そうな声で、

「ああ、それは大変だね。今、テレショップか……」

少し間があって、更に池田が何か言おうとした時、

「じゃ、カットインするね。ごめん、朝早く起こして」

南田は受話器を置くと、その電話を館内スピーカーに切り替え指示を出した。

「四時五十分カットイン、四時五十分カットイン、持ち枠は八分、すぐその後、東京対応でスタンバイ」

南田のこの一声で、情報センター内は更に慌しさを増した。

「南田部長」

入社一年目のアナウンサー三重野まきが、不安な面持ちで声をかけてきた。彼女はその日、早朝の天気予報を読むための泊りシフトで、ニュースを読むという経験をまだしたことがない。

「あの……私、大丈夫でしょうか？　八分間も、自信が無いんですけど」

「あと十分でオンエアだから、スタジオでスタンバイしてろ」

「でも原稿も……まだ来てないんです」

「原稿はもうすぐあがる。フォーマットは？」

「はい、それだけはいただいてます。でも……」

「スタジオのコメント、VTR、中継三カ所。この流れを間違えなければ大丈夫。それと時間が余るようだったら、コメント冒頭のリード部分をくり返し伝えること」

報道スタジオの照明が入る。スタジオ横の報道サブに、ニュース送出のスタッフが入り所定の位置につく。ズラリと並んだモニターにはスタジオのまき、VTR、そして幾分緊張した三カ所の中継リポー

ターの顔が映し出されている。送出卓の中央にデスクの宮中が座り、南田はそのすぐ後ろに立った。サブデスクの田上が、「原稿あがりました」と叫びながらスタジオに駆け込む。

四時五十分、テレビショッピングの放送中、宮中のキュー出しで誘拐事件の速報番組がカットインし、スタートした。

「番組の途中ですが、ここで大阪府豊中市で起きました児童誘拐事件についてお伝えします」

まきは緊張しながらも、しっかりとした口調で切り出した。

京阪神総合テレビ。それぞれの頭文字をとったＫＨＳテレビは社員数四百八十人、売り上げは東京のキー各局に次ぐ規模を誇っている。自社制作番組の比率は三八パーセントで、準キー局の中でも圧倒的に高く、好調な視聴率は在阪の他局を押さえ、七年連続首位を続けている。

五年前に新築移転した社屋は、大阪城を間近に見る中央区馬場町に位置し、八階建ての二階部分にＫＨＳ情報センターがある。広大なフロアには、報道、制作、アナウンス、技術、映像の五つの部が入っており、午前中、二時間の情報番組『モーニングかんさい』と、夕方のニュース番組『データファイル』をベルトで放送している。この他制作部は、週末と月～金の深夜帯に、七本のレギュラー番組。また報道部は、一日四本のレギュラーニュース枠を持っている。

その情報センターの全ての動きが掌握できる扇の要にあたる場所に、ＫＨＳ報道部長南田京介のデスクがある。

早朝からのドタバタは、結局昼すぎまで続き、さすがに南田は疲れ切っていた。事件発生からこの一週間、着替えを取りに帰った一日を除いて、連日社内に泊り込んでいる。報道部長という仕事は、早朝深夜の呼び出しは勿論、会社での夜明かしなど日常茶飯事なのである。

南田は引き出しの中からシェーバーを取り出すと、スイッチを入れた。

「山下から電話です」

受話器を取ると前線キャップの山下郁夫の声が弾んでいる。

「部長、早朝から圧勝でしたね」

結局今日の誘拐報道に関しては、どこよりも早く報道特番を放送できたし、情報量も他局を凌駕していた。

「お疲れさん。イブニングニュースと夕刊へのスタンバイも早目に立ち上げてくれ」

「はい。捜査本部からの中継分は、その後の取り調べの状況、特に動機に関してがメインになります」

「うん。府警にいる今岡とも連絡を密にして、情報をあげるように。じゃ、よろしく」

山下は報道記者歴八年の中堅である。今回の誘拐報道では、警察担当は勿論、経済、政治、文化部など、全ての記者を動員していたが、その中で山下の動きは群を抜いていた。その取材力と状況判断の正確さは、新聞各紙や他局の事件記者から常にマークされる程である。大阪府警に詰めている社会部キャップの今岡順一郎とのチームワークも見事だった。

卓上の電話が鳴る。

「ハイ、南田です」

「総務の岩井です。疲れているところ申し訳ないけど、午後二時から管理職会議です。よろしく」

南田は小さく舌打ちした。管理職会議は毎週金曜日の午後に開かれる。KHSには百四十人を越す管理職がいるが、この会議に招集されるのはラインの部長以上五十三人である。

昼の食事を簡単にとると、南田は報道局長の宗方惣一と、七階の大会議室に入った。宗方は元々、営業と事業畑で仕事をしてきた男で、報道はまったくの素人である。東京国際テレビで開かれる報道局長会や在阪マスコミ局長会など、会議で彼が何かを発言するということは皆無である。彼の楽しみは会議の後の懇親会と次の日のゴルフ会だ。

南田は早朝「容疑者の身柄確保」の一報が入った時、すぐに宗方の自宅に連絡を入れた。にも拘らず、宗方が出社したのは午前九時、つまり彼の通常の出社時間である。情報センターの混乱をよそに、彼は出社すると新聞各紙のスポーツ欄と株価の値動きをチェックする。それが終わると小さな手鏡と裁縫ばさみのようなものを取り出し、鼻毛の手入れを入念に行う。報道にとって今日のような特別な日も、彼には日常なのである。

宗方は会議室の椅子に座ると、すぐに南田に耳打ちをしてきた。

「今日の報告どうする？」

つまり報道局長と部長が、会議での報告をどう分担するかという相談である。

南田は少々面倒臭そうに、

「局長は、朝いちの特番が民放各局の中で一番早かったこと、それから一連のうちの報道について、キー局からお褒めの言葉を頂戴したこと、そんな感じでどうですか？」

「ああ、それはいい、そうしよう」

管理職会議で手柄話を報告できる。彼はそれだけでもう上機嫌だった。

午後二時を過ぎて、ＫＨＳ代表取締役社長寺西武が、秘書室長と秘書室の女性社員を伴って会議室に現れた。席についていた管理職は一斉に立ち上がり、深々と礼をして迎える。寺西が入室し、席に着くまでの約十二秒間、腰を折って頭を下げたまま。これがＫＨＳ管理職会議冒頭の儀式だ。

寺西は今年五十三歳、ＫＨＳ三代目の社長である。初代社長の寺西公平は、建設、機械、造船などのグループ企業を一手に束ねる、日本鉄工建設（ＮＴＫ）を一代で築いた男で、関西経済界のドンと呼ばれていた。彼はＫＨＳの開局時、いち早くマスコミ支配を目論み、筆頭株主として初代社長に就任したのである。

彼は徹底した合理主義者だった。自分が率いるグループ企業の中から二十三人をＫＨＳの管理職に据えると、地元選出の国会議員や有力スポンサーの推薦のある者に限り、二百人程を社員として採用した。つまりこの会社は開局時、公募によって選抜された人間は皆無で、その後も二十年近く闇入社で社員を増やしてきたのである。

彼は開局の混乱期を東京国際テレビからの応援を得て乗り切ると、経営理念の第一に営業至上主義を掲げ、なりふり構わず売り上げの拡大を図った。効率重視を最重要課題とし、無駄を排し、人件費をとことん抑え、制作や報道を営業の道具として使った。その結果、開局後六年で銀行からの借り入れ金を全て返済し、その後四年で関西地区の先発局を抜き去って売り上げシェア一位の局となったのである。

その寺西が一代で築いた巨大なファミリー企業に未練を残しながら九十二歳で亡くなると、末弟で公平とは十五歳違いの要平が二代目に就任した。日本鉄工建設の常務取締役をはじめグループ各社の要職にあった彼は、その職をすべて返上し、KHSに赴任したのである。

ワンマンで冷徹な初代社長に比べ、要平はおとなしい男だった。娘婿の丸山弘昭を専務取締役として迎え、開局以来、売り上げの伸長に大いに貢献のあった現常務の野上義明らに経営の全てを任せた。管理部門は丸山、営業部門は野上にというKHSの二頭立ての勢力地図は、つまり二代目社長によって確立されたのである。

しかし要平はマスコミの社長として招かれるイベントや会議以外、あまり社長室から出ることはなかった。その後、社内外の記憶にさほどとどめられることもなく、KHS社長として十一年、八十八歳で引退した。そして三代目が現社長、寺西武である。

武は初代社長の孫で、兵庫県庁の職員だった。彼は自らが社の先頭に立ってイニシアチブをとるというタイプではなく、メディアのトップとして存分に辣腕をふるってやろうという野心もなかった。〝大過なく日常を送る〟このことこそが、彼の信条だった。従って、例えば重大な放送事故や営業的なトラブルなど、非日常的な出来事が起きると、ヒステリックに原因の追究と当事者の処罰を求めるようなところがあった。社の失態に関して、なるべく寺西の耳に入れない、或いは事実をデフォルメして伝える。これが彼を取り巻く役員や局長たちの不文律となっていったのである。

寺西が着席し、手元に置かれた会議資料をなぞるように目を通す。その間合いをはかりながら、この会議の進行役を担当する総務部長の岩井忠勝が立ち上がった。

「只今より管理職会議を開催いたします。まず社長、何かございますか？」

「いや、私はいい」。寺西は岩井には目もくれず右手を小さく振った。

「はい。では各局報告に移らせていただきます」

各局報告は、営業局を皮切りに、事業局、総務局と続き、報道、制作、技術の順に、それぞれの局長が全体の総括を、そして部長が一週間の業務報告などを行う。

南田にとって、この管理職会議、とりわけ各局報告は、なにより退屈で無駄な時間だった。特に営業局の報告は、本社と支社、グループ企業の収支報告が中心で、対前年比、対予算比の売り上げの数字が次々と披露され、挙句、今後の目標など、前の週の会議と同じような話が延々と続くのである。それに比べ、他の局の報告は滑稽で、案外楽しめた。この日の為に練り上げた手柄話を一生懸命披露する局長、部長たちの姿を見るだけでも可笑しかったし、その手柄話は時として大法螺に近いものもあり、結構笑える代物だった。

社長の寺西は黙ったまま報告を聞いている。途中、専務の丸山と常務の野上が競うようにして突っ込みを入れると、もうそれだけで局長・部長は大汗をかくのだ。

報道部の順番である。宗方は打ち合わせ通り、誘拐事件での報道対応をざっとした形で報告した。続いて南田が、早朝からの報道体制と個々のニュース枠での処理について少し詳しく報告するとともに、有事の際、内勤者も含めて、スタッフがやや手薄であることをつけ加えた。

「南田部長」。常務の野上だ。

「今朝の四時五十分の緊急放送は、テレショップ枠をぶち切ってカットインしたんだな」

「はい」

案の定、報道を慰労する言葉ではなかった。

「その後、五時から東京発の朝ワイドでニュースを入れるんなら、カットインは必要なかったんじゃないのか？」

「いえ。こうした重大事件では、まず速報体制をとるというのが原則ですし、はじけた直後のニュースが東京のワイドの中で、というのはKHSの独自性にもかかわりますから」

「そんな原則論を聞いてんじゃない。それより君はカットインを業務部長に連絡したそうだが、どうしましょうか、という相談じゃなくて、やりますという一方的な言葉で電話を切ったそうじゃないか。それでは君、困るんだよ。営業枠でカットインなんかされると、後々、スポンサーや代理店対策で大変なのは君も知ってるだろう」

報道や制作の社内的なステータスは低い。故に、この種のクレームは管理職会議だけでなく日常的に突き付けられるのである。カットインしてまで報道することが、メディアとしての姿勢であり、視聴者に責任を果たすことになる、そんな内容で切り返そうと言葉を捜していると、取締役総務局長の前畑慎造が、薄笑いを浮かべながら、チェックを入れてきた。

「昼のニュースのリポートはちょっとひどかったな。誘拐された児童の名前を間違えたやろ？」

確かに前畑の言う通りだった。捜査本部からの中継リポートは、四時五十分からの特番を含め、全て前線キャップの山下が担当していたが、昼前のニュースで、入社三年目の橋本洋一がマイクを握り、被害者の児童の名前、『浩太』を何故か『こういち』と何度も連呼したのである。ニュースを送り出していた報道サブのスタッフが、その間違いにすぐ気付き、スタジオのアナウンサーに訂正を入れさせている。

放送上のミス……このやりとりに社長の寺西が反応した。

「誘拐された子供の名前を間違えるなんて、そりゃ最低だ。もう一度基本からやり直しだ。そのへんの反省と今後の対策をきちっとまとめて上に報告するように」

寺西の周辺に座っている役員や局長らが、一斉に相槌を打つ。他の局の管理職はというと、自分以外の人間がやり玉にあがっていることに満足気な表情さえ見せている。

「わかりました。部内の再教育を徹底します」

南田の突き放したような言い方が気に入らなかったのか、寺西は更に追い討ちをかけた。

「南田部長、部下の教育もそうだが、君自身の報道部長としての意識改革も忘れずにな。部下の管理という点で問題があり過ぎる」

実は寺西にすれば、自分が南田を報道部長にしたという思いがある。彼が三年前、KHSの社長に就任すると、メディアの社長という肩書きだけで、関西の経済同友会、商工会議所、ロータリーやライオンズクラブなど様々な団体や会合への参加を要請された。のみならず、そこで必ずといっていい程、政治や経済、果ては株価の動向など、マスコミの代表という形で講話することを求められたのである。それまで兵庫県環境衛生局の課長補佐だった彼に、もとよりそんな専門的な知識があるわけもなく、困り果てた末に、秘書室長を通じて当時政治部キャップで報道部副部長だった南田に、講話原稿の下書きを命じたのである。南田にしてみれば、余分な仕事であり、面倒でもあった。時に手抜きをして、経済専門誌のコラムや政治評論家たちのコメントを、そのまま原稿に書き写したりもしていた。しかし社長講話はおおむね好評だった。その功績で南田は部長に昇格したのである。寺西のひと声で決められた人事だった。

寺西と南田の奇妙な二人三脚は、しかし南田が報道部長に昇格した時に終わった。南田が講話の下書きの仕事を秘書室に振ったのである。秘書室長は難色を示したが、南田は報道部長本来の仕事に支障があるといってこれを押し切った。以来、寺西と南田の関係は一気に悪化したのである。

管理職会議が終わり、部屋を出ようとした南田を前畑が呼び止めた。

「ちょっと私の所に来てくれ」

総務局のフロアは五階にある。総務部、人事部、デジタル推進部など五つの部が入り、百人程の社員が黙々と仕事をしている。フロアの一番奥まった所に総務局長のデスクがあり、前畑は一日の殆どをそこで過ごしている。総務畑一筋のこの男は、労働組合の封じ込め対策などで異例の出世をしている。彼にとって、例えば報道部と放送部の実質的な違いなどどうでもいいことで、全ての部を一律に、目標とする数値内に押し込めることが即ち管理の哲学だと信じている。

「局長、何でしょうか?」

南田は来てくれと声をかけられた後、一旦報道フロアに戻って、誘拐事件のその後と、五時からのニュース対応などを確認している。南田が遅れてやって来たことに前畑は明らかに苛立っていた。

「二件ほどある。掛けたまえ」

そう言いながら、分厚くファイルされた資料をめくり始めた。

「残業時間なんやけど、報道は相変わらず改善されてないな。えーと、先月は平均で七十二時間か。何人かは百を超えている。南田部長、いつも言っているように、今この会社では、残業を四十時間以内にというのが方針なんだ。どうして守ることができないのかね？」

　確かにKHSの全セクションの中で、報道は残業時間が突出している。これまでも、毎月の勤務表の集計が終わる度に、必ず南田は呼び出され、仕事のさせ方、休日のとり方、果ては報道部長としての管理能力の欠落を言いたてられた。

「効率よく仕事をするようにとは、いつも言っています。でも例えば今月は誘拐事件があって、社会部の記者はこの一週間不眠不休で頑張ってます。恐らく先月以上に残業は増えるでしょう。今の人数で四十時間というのは、難しいと思います」

　南田は、これまで幾度となく主張してきたことを繰り返した。

「報道に人を増やせば残業は減るってことか。話にならんな。大体部長がそんな甘いこと言ってるから、部員が好き勝手なことしてるんじゃないのか？　とにかく残業は四十時間以内だ。その対策案を来週までに提出したまえ」

　また対策案だ。社長に次いで本日二枚目か。南田は報道部長になって、月に五～六枚の対策案とやらを書いている。やれ報道機材を壊した、字幕のミスがあった、キャスターがカフを上げずにオンエアした。その度に事の顚末と対策を書いた文書を作成し、仰々しく提出するのだ。

「それと、来年度の機材購入の件なんだが、ええと報道は、VTR送出機三台とENGカメラ五台、だったかな」

　前畑はそう言いながら、報道の機材購入計画案のファイルを取り出した。

「VTR送出機、一台七百万、三台で二千百万か。おととし報道サブを更新した時、VTRも一括して安く発注できなかったのかね」

「そういう話はありましたけど、確か耐用年数の期限内だから、そのまま使用しろというのが購入検討委員会の結論でした」

南田は、報道サブの更新ですったもんだしたことを思い出した。

二年前、デジタル化への対応で、報道サブの全面的な改修と機材購入に四億円近い金が動いた。連日購入検討委員会が開かれ、個々の機材の見積りを競合する数社のメーカーに提出させ、その度に南田は委員会に呼ばれて機器の性能と妥当な購入金額について説明を求められた。殆ど三カ月近く、報道の仕事を離れ、技術部やメーカーの担当者とミーティングを重ねた。検討委員の中には、報道は金食い虫だ、と言いたてる者もいた。

「点検と補修で何とかならないか？」

前畑は何としてでも報道に金をかけたくないらしい。

「しかし、今あるVTRはすでに数回にわたって点検し、その度に一台につき八十万円近くの金がかかってます。特にその内の一台は、先日も原因不明のノイズを発生させてますし、今後のコストを考えると、三台更新がベストだと思いますが」

「ま、認められるかどうかはわからんが、取りあえずメーカーに見積りを出させてくれ。もういい。以上だ」

南田は席を立ち、総務のフロアを見渡した。殆どの社員がパソコンに向かって脇目もふらずに仕事をしている。壁面に置かれた棚の上に十台のテレビが置かれ、各局の放送を映し出している。音は消されている。丁度その時、KHSにチャンネルを合わせているモニターに、夕方の情報ワイド『データファイル』のオープニング映像が流れた。誘拐事件がはじけた日、誰一人として、自社のニュース番組を見ている人間はいなかった。

その日の『データファイル』は、誘拐事件をメインに躍動感のある構成となった。南田はニュース終了後、捜査本部の中継クルーを除く全てのスタッフに、撤収と帰社の指示を出した。その後、続々と記者やカメラマンが帰社してくる。そのいずれもが、疲労と睡眠不足で脂ぎった表情を浮かべている。昼ニュースで、誘拐された児童の名前を読み違えた記者の橋本も戻って来た。府警キャップの今岡順一郎を伴って、真っすぐに南田のデスクまでやってくると、何度も頭を下げた。

「あの手のミスは、それまで全員で積み上げてきたものを、一気に壊してしまうこともある。今後は気をつけてくれ」

橋本は恐縮しながら南田の言葉を聞き、自分の席に戻った。彼等は一生懸命頑張っている。そう思うと、それ以上に橋本を叱ることができなかった。

南田は、フロア内にいる全てのスタッフを集め、この一週間の彼等の仕事に対し、讃辞と慰労の言葉を贈った。

長い一日が終わった。久しぶりにアパートに戻って風呂に入りたい。でも、どうせ晩めしを食わなきゃならないから飲みにでも出ようか。そんなことを思案しながら帰り仕度をしていると、

「部長、お疲れ様です」

制作部の吉野綾だった。長い髪を無造作に束ね、首からストップウォッチを下げている。綾は入社八年目の女性ディレクターで、ＫＨＳの朝ワイド『モーニングかんさい』を担当している。六年前にスタートしたこの番組は月〜金レギュラーの情報番組で、当初、視聴率が二％前後と低迷し、ＫＨＳ最大のお荷物と言われ、打ち切りも検討された。地方の民放局が制作する情報番組にありがちな、グルメと旅企画のオンパレードで、知恵もフットワークも不要、雑誌をパラパラめくりながら取材ターゲットを決めるという、最も安直な手法でお茶を濁していた。

入社以来、官公庁の広報番組やドキュメンタリーの制作を手がけていた綾は、三年前この番組を担当すると、次々に新しい企画を打ち出した。まず関西の各府県や市町村に情報収集の為のネットワークを構築し、地方色豊かなイベントや、名物人間、地域を活性化しているユニークな取り組みなどを拾いまくった。彼女は自ら地方に足を運び、ＮＰＯやボランティア団体など様々に人脈を広げ、そこから得たテレビ向きのネタをごっそり摑んでオンエアに結びつけた。一方で、午前十時から二時間という主婦層をターゲットとした放送時間帯を視野に入れ、「今日の朝刊チラシから」というコーナーを作り、その日のバーゲン情報や格安商品の紹介などを番組内で繰り返し流した。

こうした綾の企画の数々は、ケチャップやチーズ料理、日常縁の無い金のかかる旅企画に飽き飽きしていた主婦の心をあっという間に摑み、視聴率を格段に飛躍させた。今、『モーニングかんさい』の視聴率は平均で十二％、同じ時間帯の他局の番組を圧倒している。

「それにしても京ちゃん、じゃなくて南田部長、ひどい顔ね。寝てないんでしょ」

「うん。仕事で疲れるのはＯＫなんだけど、それ以外のことで消耗するわけよ」

「じゃ、私が癒してさしあげましょうか？」

「いいね。もう仕事終わったんだろ。めし食いに行こう」

「ほんと？　嬉しい。一時間待ってくれる？　取材テープのラッシュを編集さんとチェックする約束なの。だから……」

「うん。じゃ、先に『みすず』に行ってる」

『みすず』は曽根崎公設市場のすぐ裏手にある小料理屋である。十人程が掛けられるカウンター席と、奥に小さな座敷がある。

「おーい。何か旨いもの食わせて。できれば新しいメニューでよろしく」

店に入ると、南田は常連らしい物言いでカウンターの奥に声をかけた。

「おーいはやめてくれへん？　うちには美津江っちゅう名前があるんやから。それと南田さん、うちはね、一人で何もかんもやってるんやから、そうそうメニューは増やされへんの。もっとも南田さんが、報道の人をぎょうさん引き連れて来てくれたら考えてもええけど」

美津江は、そう早口で捲し立てると、南田のグラスにビールを注いだ。

「そうそう、今日田楽味噌を作ったんやけど、里いもにする？　なすがええ？」

「それって新しいメニューだ。じゃ、なす焼いて。後からもう一人来るから、その分も」

「待ち人って綾ちゃんやろ？」

「何でわかるの？」

「そら、わかるわ、今日の南田さん、表情が明るいもん。ほら、報道の人らと来る時って、眉間にしわが寄ってるやん、いつも難しそうな話をして……」

二十分もすると綾がやって来た。

「早かったね」

「ごめんなさい。せっかく京ちゃんから誘われたのに遅れちゃって」

綾は社外に出ると、南田を京ちゃんと呼ぶ。以前彼女がドキュメンタリー番組を制作した時、報道のデータや資料映像など、南田が何くれとなくバックアップしたことがある。それ以来の親しい関係である。

「美津江さん、私、日本酒、熱いの頂戴」

「ハイ。もう準備してるで。でも綾ちゃん、いつ見ても惚れぼれするねえ、美人やし、頭ええし……南田さん、いつまで放っとくん、こんなお嬢さんを」

「うん、そろそろ決断の時かもね。放っておくと、衰える一方だから……」

「ハハハ。という事は、私って賞味期限が来てるってことですか？　じゃあ聞きますけど、京ちゃん来年厄年って自覚してます？」

「ああ、そうなんだ。来年数えで四十二だ。でもまあ、男は四十過ぎてからが旬だから」

「そういう勝手な理屈は私には通りません。でも……ほんと、そうね。京ちゃん素敵だもの」

そう言って綾は少し顔を紅くした。

熱い酒が運ばれてくると、綾は気を取り直したように、グラスを合わせてきた。

「今日は本当にお疲れ様でした。でも報道の緊迫感っていいわね。私ね、今日改めて思ったんだけど、京ちゃんを中心に全てが動いてるって感じだった。すごいリーダーシップね」

「だってそれが俺の仕事だから」

「そうなんだけど、京ちゃんに比べると、うちの部長はさっぱりね」

綾の上司である制作部長の井上慶太は、営業出身で、野上常務の太鼓持ちと陰口を叩かれている。営業時代、特に実績をあげたわけでもなく、ひたすら野上の機嫌をとり結ぶことにエネルギーを使っていた。去年春の人事異動で、何人かのまともな部長候補がいたにも拘らず、異例の抜擢で部長に昇格した、いわば、うさん臭い男である。制作はまったくの素人で、彼の関心事は全ての番組を予算内に収めることと、営業から依頼されたスポンサー向けのパブリシティ番組を、必要以上に時間をかけて作ることだけだった。

「井上部長ってね、おかしいの。朝出社するとまず一番に野上常務に電話を入れるの。何話してんだかわからないけど、それがいつもヒソヒソ話なのよ。変わってるでしょ？　私たち部下とは飲みに行ったこともないし。ＫＨＳって何かそんな人間が多過ぎません？」

「うん、でもそれってどこの局にも似たような構造があるんだと思う。要するに中途半端なんだよね、テレビって。メディアでありながら、一番大事なのは営利追求。報道重視なんていうスローガンも掛け声だけで、中身はまるで無し。制作は営業に資する為の道具。だからその中で働く人間たちも、とりあえず自分の一番居心地のいい場所に敏感なんだ」

「そうか。でも京ちゃんは違うわよね。強いし真っすぐで……」

「いや、それはわからないよ。目の前に大好物のなすの田楽なんかぶら下げられたら、コロッと豹変するかも……」

南田が、正体が半分程になった、なすの味噌田楽を皿ごと目の前に掲げると、綾が吹き出した。

綾はよく喋り、よく笑う。二人でこうして会っている時は大抵南田は聞き役にまわっている。

それから二時間程たって、ほどよく酔いがまわったところで二人は別れた。綾は会社に戻って仕事の続きを。そして南田はマンションに帰って、倒れ込むように深い眠りについた。

野上詣で

昼過ぎになって南田は目を覚ました。週末久々の連休である。目一杯背伸びをする。体も頭もズシンと重い。疲れが殆ど抜けていない。カーテンを開けると、思いっきり日射しが差し込んでいる。部屋を見渡すと、玄関に上着、食堂に靴下、ベッドの周辺にワイシャツ……。〝厄年か。このままだと汚くて臭い中年のオッサンになるかも〞。

「よし！」と気合いを入れて、冷蔵庫に向かう。中から缶ビールを取り出し、ゴクゴクと音を立てて飲み干した。風呂を沸かす。その間、脱ぎ捨ててある何日分かの衣類を片づける。衣裳ケースにワイシャツが無いことに気づき、洗濯カゴに放り込んだ汚れ物の中から、ワイシャツ数枚を取り出した。

「今日の俺の仕事は、クリーニング屋に行くこと」

ＫＨＳテレビ報道部長・南田京介、四十一歳。

東京の私大に在学中、テレビ局で報道のアルバイトをしたのがキッカケで、彼は放送の仕事を志した。

大学四年の時、数社を受験し、その中で唯一合格したのがKHSだ。採用にあたって、KHSは公募という形を一切とっていなかったが、メディアという世間体もあり、形だけの入社試験を実施するようになっていた。しかし相変わらず公募とは名ばかりで、有力なコネが無ければ入れない。

彼の実家は京都で老舗の漬物店を営んでいたが、父親が府の観光連盟の要職にあり、その仕事で付き合いのあった京都府議会議員にKHSへの口利きを依頼した。その府議は府連の幹事長を務める大物で、そのコネで南田はKHSに入社することができたのである。

彼は結婚に失敗している。KHSに入社して五年目、まだ警察まわりの記者だった時、大阪府警広報課の二宮裕子と知り合い、半年後に結婚した。父親は公務員、母親は教員という家庭で育った裕子は、実直な人柄で、おとなしい女性だった。

その頃の南田の仕事ぶりは異常だった。警察担当記者として、それこそ早朝から深夜に至るまで働き詰めの毎日で、大きな災害や事件などが起きると十日間近く家に帰らないこともあった。裕子とは次第に会話が無くなり、夫婦間で激しく衝突することもなく、ある日裕子は離婚届を一枚残して実家に帰ってしまった。結婚生活わずか二年の破局である。

その後、南田は何度か裕子の実家を訪ねたが、その度に父親から、

「縁が無かった。二度と来ないでくれ」と追い返された。

「あれからもう十三年になる……」

湯船につかりながらつぶやいた。

そういえば親父が亡くなって何年になるんだろう、指を折って数えてみる。

南田の父・陽太郎が亡くなったのは五年前である。七十二歳、肝臓がんだった。

母の文恵はその後家業の漬物屋を一人で切り盛りしていたが、うまくいかず、二年前に店をたたんでいる。店舗とそれに続く町屋風の住まいを売り、京都北山の小さなマンションで一人暮らしをしている。

「明日、オッカサンに会いに行ってみるか」

南田は今年七十三歳になる母親を思った。


日曜日。結局彼は京都に行くタイミングを逸してしまった。近くの定食屋で遅い昼食をとり、会社までブラブラと歩いた。誘拐事件にかかりっきりで、デスクの上に未決裁の書類が山のようにたまっているのを思い出したのである。

二十分程して会社に着くと、制作フロアに人が溢れている。……そうか、もう十一月半ばなんだ……。

制作部は、既に年末年始の特別番組の制作に入っている。AD（アシスタントディレクター）の若い女性スタッフが忙しそうに走りまわっている。打ち合わせコーナーでは、それぞれの番組担当者がミーティングをしている。汗を流して番組づくりに精を出しているのは、契約社員やアルバイト、制作プロダクションのスタッフたちで、KHS社員の姿はどこにもなかった。

制作部には二十六人の社員がいるが、綾のように、自ら番組づくりに奔走する者はごくひと握りだ。殆どがプロデューサーという肩書きだけで番組に名を連ねている。テレビ創業期には考えられない、無責任な丸投げの構造がそこにある。

殆ど機械的に書類に印鑑を押していると、日曜日の夕刊デスク滝沢恒夫が声をかけてきた。

「部長、今日はどうしたんですか？」

「うん。ちょっと事務処理で」

「これ、今日の夕刊のメニューです。目を通しておいて下さい」

週末の夕方ニュースは放送枠が六分しかない。従って処理する取材ネタも七〜八本と少ない。ニュース項目表に目をやる。トップニュースは誘拐事件の続報、次に高速道路での事故で三人死亡。南田は三項目以降のラインナップを見て、目を疑った。営業からの要請ネタがズラリと並んでいる。

ここ数年急成長を続ける健康食品メーカーの職員が繁華街で清掃奉仕。次に、清涼飲料メーカーが主催する作文論文コンクールの表彰式。最終項目は、大手自動車メーカーが大阪駅近くに完成させたショールームの落成式。

滝沢を呼んだ。

「これ一体何なの。営業のパブリシティ番組じゃないか。もう編集作業は終わったのか？」

「いえ、まだです。作文論文は昼ニュースの使いまわしで、そのままの尺でやります。ショールーム落成と清掃奉仕はまだあがってません」

「組み直しだ。トップ誘拐事件と第二項目の死亡事故を長くして、それぞれ二分枠で計四分。三項目に作文論文。スポンサーの名前をはずして子供の作品紹介を長目に。で、清掃奉仕とショールームはボツ」

滝沢は驚いた様子で南田を見た。

「二本ボツにしていいんですか？　両方とも野上常務の名前で依頼が来てたものですけど」

「編集権は報道にある。ニュースになじまないものはボツってことだ。それよりこの営業依頼を取材項目にあげたのは誰なの？」

「田上副部長です」

「わかった。君は心配しなくていい。明日、田上と話をするから」

月曜日の朝である。南田はいつもより少し早目に出社した。午前中の早い時間、情報センターはとても静かだ。机に向かっているのは管理職だけ。連中の殆どは午前八時すぎには出社し、仕事以外の何かをしている。季節に関係なく、いつも同じスタッフジャンパーを着ているのは、技術部長の吉武健一である。放送機器メーカーの新製品を特集した雑誌を読んでいる。映像部副部長の小林正はカメラマン出身だが、映像センスよりメンテナンス、つまり機械いじりが大好きという男だ。雑巾でせっせと自分の机を磨いている。井上制作部長は、出社するなり何度も頭を下げながら長電話をしている。綾の言うとおり、大方営業局のどなたかに朝のご挨拶でもしているに違いない。技術部副部長の岩田博が出社してきた。机に向かうとすぐにパソコンを開く。一日中画面に線を入れている。一度南田がそれは何かと聞いたことがある。すると彼は、マスタールーム（主調整室）における監視用警報装置の図面を引いているという。業務命令ではなく個人的な研究である。

報道制作局長の宗方は、例によって机の上にありったけの新聞を並べ、片っ端からスポーツ欄を読破していく。その後は経済新聞で株価のチェック。NHK-BSのスポーツ観戦、鼻毛の手入れなど。

KHS情報センターの見慣れた朝の風景である。

報道フロアで今日の取材予定表を見ていると、アナウンサーの三重野まきが、放送機材を重そうに抱えてやって来た。

「お早うございます」

「これから取材なの？」

「ハイ、天気予報のフィラー（バックに入る映像）を撮りに、淀川河川公園まで行ってきます。撮影のお手伝いです。この間は本当にありがとうございました。あんな大役を任せていただいて」

「別に君を選んで任せたわけでもないんだけど」

南田は笑いながら返した。

「でも、ですね。部長、私あの仕事をやり終えた後、体に震えがきたんです」

「ふうん。放送中に震えなくてよかったね」

そう軽く茶化すと、まきは思いっきり真顔になった。

「で、私は将来どうしても報道の仕事がしたいって強く思ったんです。ですからニュースのリポートとか、どんどんやらせて下さい。お願いします」

その言葉は真剣で、目はいきいきと輝いている。

「そうか。だったらなるべく記者と同じように現場で数多く取材経験を積んだ方がいいね。取材現場の空気とか、膚で感じたこと、それを自分の肉声で伝えることができるようになったら将来はニュースキャスターだ。うんわかった。じゃデスクの方に、なるべくまきを報道の現場に出すよう言っておこう」

「ありがとうございます。あの、本当によろしくお願いします。じゃあ行って来ます」

　まきは明るく言い残して情報センターから出ていった。とても新鮮で気合いに満ちた姿だった。ものになるかもしれない、と思った。

……そうか、俺はアナウンス部長を兼務していたんだった……。

　前アナウンス部長の入江政志は二年前から入院生活を送っている。大腸の近くに憩室という小さな穴が幾つかできてそこから出血を繰り返した。更にネフローゼ症候群という厄介な腎臓病も得て、退院の目処すら立っていない。

　アナウンス部長兼務という辞令を受けた南田だったが、実はアナウンサーという人種をあまり好きではない。KHSには、上は五十九歳から二十三歳のままで、二十六人がアナウンス部に籍を置いている。しかしこの中で、報道や制作の番組で使えるのは、ごくひと握りだ。とくに高齢者になるほど、彼等の扱いは難しくなる。アナウンサーは専門職、みたいなプライドが強く、与えられた原稿を、美しく丁寧に、時間内で表現することこそ最高の技術……そんなことを信条に、日々几帳面に仕事をし、年を重ねてきた連中である。悪いことに、他の職場へのつぶしがきかない。仕事の無いベテランアナウンサーの不思議。社内でも時々話題になる。彼等の日常を観察するには、よほどの忍耐力が必要だ。

　昔、どこかで頂戴したであろう、変色した名刺を、日がな一日、縦にしたり横にしたりしている。報告書を一枚書くのに一週間かかったりする。下書き四日、清書に三日という具合に。新聞を山のようにコピーし、寸分の狂いもなくこれを切り抜き、使い道の無い資料を作っている。

　しかし、そうした連中以上に厄介な代物は、若手の女子アナである。殆どが闇入社の社員の中で、アナウンサーだけは公募の形をとっており、KHSほどの局になると、採用試験に二千人以上が殺到する。

大方は、大学時代にアナウンス研究会なるものに所属したか、プロダクションのアナウンススクールに籍を置いた連中である。南田は毎回採用試験の面接を担当し、同じような発声と似たりよったりの声のトーンを持つこの不思議な没個性集団に、嫌悪感すら抱いている。しかし、その難関をくぐり抜け、最後に勝ち残ると、花の女子アナの誕生となる。

彼女たちは、ひたすら美しくブラウン管に登場することを目標としている。女子アナというだけで社外の人間からチヤホヤされ、自分こそが局の顔である、時代の寵児だと信じて疑わない。いずれはニュースキャスターにでもなって知名度を上げ、その後フリーになってタレントの仲間入り……、なんて考えているらしい。ところが現実はそう彼女たちに都合のいいようにはいかない。入社した彼女たちを待っているのは、報道や制作の下働きである。ニュース前後の、ファックスや原稿の整理、制作現場での機材運びやら、中継スタッフへの弁当の手配、出演者へのお茶くみなど、要するに雑用係なのである。しかし実はこうした仕事のひとつひとつが、将来への大きな布石となっていることに気付いていない。「こんなはずじゃなかった」。やがてこれが口癖となり、中身の無い、プライドだけのアナウンサー生活を送るようになる。しかし、中にはこうした雑用を真面目にこなし、放送全体の流れや、取材のノウハウを学びとって大きく成長していく者もいる。彼女はきっと将来局を代表するアナウンサーになる、なんて思っていると、三〜四年で退職し、華やかな舞台での活躍を夢見て上京していくのだ。

そしてもうひとつ、KHSの女子アナにとって、極めて都合の悪いことがある。契約アナウンサーの存在である。報道に三人、制作に五人いる契約アナは、一年契約で収入は同年代の社員の半分程度である。戦力と見なされれば毎年契約を更新していく。一年契約……これが彼女等を奮起させている。後がないという思いは、仕事への貪欲な取り組みに繋がっている。同期の社員アナとは比較にならない程、仕事を確実に自分のものにしていく。

夕方の情報番組『データファイル』でニュースキャスターを担当しているのは、契約アナの橘まい子だ。彼女は最初、スポーツ番組の担当で、簡単なインタビュー程度の仕事だった。しかしそこから頭角を現した。関西にフランチャイズを置くプロ野球の球団や選手、高校野球連盟、陸上競技連盟など関西スポーツ界の広範囲な分野で人脈を作り、自らの取材ツールを確立していった。彼女はまた、スポーツの特別番組のディレクターとして、取材から構成、演出まで仕切るようになり、上質の番組は毎回好評を博している。

まい子は、やがてニュースにも重用されるようになる。取材力、現場でのリポート、いずれも一級品だった。二年前、彼女を『データファイル』のメインキャスターにしたのは南田である。当初、局長会や役員会でこのことがとりあげられ、ニュースキャスターは局の顔だから社員アナがやるべきと、クレームがつけられた。しかし南田は、彼女の仕事の実績と社外における多様な人脈を持ち出し、これを一蹴した。——社外での多様な人脈——このことはKHSの取り引き相手や、その先の経済団体にも繋がっており、そのひと言で、特に営業が沈黙し了解したのである。

契約アナのまい子を上層部が認めたことで、南田は、その後彼女ともう一人の契約アナの社員化を申し出た。しかし総務局長の前畑は、

「二人を社員にすると、他の契約社員についても検討しなければならない」

という理由で拒否している。

契約アナがニュースキャスター。これはプライドの高い、花の女子アナにとって我慢のできないことだった。その矛先は専ら南田に向けられ、他の部局の管理職やら社員たちに愚知をこぼしながら、南田批判を繰り返した。またアナウンス部会で、入江部長に対し、「社員アナのマネージメントができていない。存分に仕事ができる職場環境をアナウンス部主導で作り上げてほしい」と言って詰め寄った。

しかし、それらのいずれもが功を奏すこともなく、女子アナたちは、持っていき場のない不満を、ある時直接南田にぶつけてきた。

「私たちにも、報道や制作で大事な仕事をさせて下さい。情報センターでの主要な仕事の殆どが契約アナというのは納得できません」

彼女たちは口々に鬱屈した心情を吐露したが、南田はその直訴をはねつけた。

「君たちに仕事を選ぶ権利はない。仕事が君たちを選ぶんだ。取りあえず、今君たちが担当している仕事の完成度をあげること。その姿勢や実績で、次のステップに上がっていける」

南田はその直後、アナウンス部長の入江を呼び、仕事への取り組みや役割など、組織と個人がきちっと目標設定をするようにと進言した。しかし入江にはアナウンス部員の勤務予定表を作る以外、およそ管理能力というものがなく、このこともストレスとなって、やがて病に倒れるのである。

夕方になって、副部長の田上良一が取材先から帰ってきた。田上は南田と同じ四十一歳だが大学時代に留年し、二年遅れて入社している。放送運行表を作成する放送部に十年所属し、その後事業部に四年、そして報道は今二年目である。営業と密接に繋がっている事業部時代、彼もまた野上常務に目をかけられていた。去年、野上のひと声で副部長に昇格している。副部長という肩書きは、管理職ではあるがあくまで部長を補佐するという立場にある。遅れてやって来た報道マンとして、南田には表向き忠実に仕えている。

しかし南田は気付いていた。報道部内で交わされる話がよく社内に漏れるのである。特に南田の発言は、それが公のもの、私的なものに限らずいつの間にか営業や総務に筒抜けになっており、時に南田や報道への攻撃の材料にされることがあった。

野上常務や前畑局長へのご注進。南田とは立場上歩調を合わせながら、何かしらの失言や、反会社的な言質をじっと待っている。そんなところが田上にはあった。

南田は田上をデスクに呼んだ。

「営業依頼のニュースの扱いの件だけど」

「ああ、ハイ」

「日曜日の夕刊で五項目のうち三本が営業ネタというのはおかしくないか？」

「申し訳ありません。それは自分でもちょっと、と思っていました。でも部長、一週間に十五本前後の営業依頼があって、しかも土曜と日曜に集中してるんですよね。それってどうやって断ればいいんですか？」

いかにも心の底から恐縮しているような表情で田上が聞き返した。

「君は報道の副部長という立場だろ。ニュース性のあるものについては取材しオンエアするが、単なるスポンサーのＰＲならＮＧってことだ。そのあたりの線引きを明確にする、簡単なことだ」

「ハイ、わかりました。申し訳ありません」

「とにかく、営業ネタの処理については編集長の宮中とよく相談すること。判断のつかないものは、俺の所に持ってきてくれ」

「了解しました」

そう言って田上が自分の席に戻ると、暫くして局長の宗方が声をかけてきた。

「南田部長。ちょっと」

大リーグもオフシーズンに入り、NHK-BSの中継がなくなると、宗方はいつもより長目に鼻毛の手入れをするようになっていた。オーダーのワイシャツに派手なブランドもののネクタイ。そして何よりイタリア製の生地で誂《あつら》えたスーツは、報道の責任者のいでたちとしてはミスマッチも甚だしい。南田が入社した当時の報道局長は、平素から作業衣のようなスタッフジャンパーと、時には長靴といういでたちだった。何かあれば自ら先頭に立つという心意気を感じて、南田は好きだった。

「局長、何か?」

「ウン。今の営業依頼の件だけどな。ま、報道の立場はわかるが、なるべく配慮してやった方がいいと思うよ。その辺うまくやってくれ」

報道を知らない報道局長の予想通りの一言だった。


十二月の声を聞くと、報道部内も年末の特別番組の制作準備で忙しくなってきた。三十五人の記者と十九人の報道カメラマン、そして編集マン十二人が、特番制作に向け一勢に動き出している。その年の暮に放送される番組は、政治部、経済部、社会部、スポーツ班のそれぞれのキャップがメインとなってチームを結成し、一年の主な出来事をピックアップし、あわせて来年に向けての展望など、二時間三十分の生放送に盛り込む。二十数本の特番を抱える制作部とともに、情報センターは二十四時間、フル稼働する。

南田は報道特番のプロデューサーとして、番組全体の構成、VTRのチェック、中継ポイントの設定、スタジオセットのレイアウトなど、全ての仕事を統括していた。また制作部担当の年越し番組にニュースゾーンが設定されており、その打ち合わせなどに忙殺された。

制作部長の井上は殆どの特番にまったくノータッチで、その分南田は制作部の番組に関してもアイデアを求められたり、VTRのチェックに駆り出された。南田は、入社以来自らもそうしてきたように、スタッフが寝食を忘れて動きまわる姿を見ているのが好きだったし、何かをクリエイトしている集団の躍動感の中に自分もいるという感触を楽しんでいた。

その日、夕方のニュースが終わり、午後八時から、特番チームのキャップと打ち合わせが行われることになっていた。

「部長。我々出前を取りますけど、どうします?」

政治部担当キャップの豊原修が声をかけてきた。

「うん。頼もうかな」

「『王ちゃん』でいいですか?」

「よろしく」

「ハーイ、南田部長、みそバターコーン」

その声が余りにも大きかった為、情報センターがどっと沸いた。

ラーメンが来るまでの間、南田は未決裁の書類に目を通し、次々と印鑑を押していく。一枚の書類を目にした時手が止まった。来年度の機材購入に関する検討委員会の開催告知である。日付は十二月十日、全国報道部長会と日程が重なっている。検討委員会の方は局長と田上に出席してもらおう。そう呟くと、引き出しから封書を取り出した。東京国際テレビ報道ネットワーク部からのものだ。十日のスケジュールと、来春改編期のニュース編成についてというテーマが記されている。

別にもう一枚、添付してある。全国系列局新人記者研修会の開催要項だ。報道部長会と前後して五日間開かれる。参加資格は、入社三年前後の報道記者、情報系番組のディレクターとある。そしてその用紙の下の方に、手書きで次のように書かれていた。

「南田部長様、お疲れ様です。お忙しい時期に恐縮ですが、先日御案内した記者研修会の講師の件、よろしくお願いいたします。南田部長には『誘拐事件と報道協定について』、報道部長会の前日九日に二時間程の講義を予定しています。その日の夜は空けといて下さい。　報道ネットワーク部　熊下睦夫」

南田は二週間程前、研修会で講師を引き受けて欲しいという依頼を電話で受けていた。その時は、時期的に多忙という理由で断っている。にも拘らずこうして既に決まったことのように念押ししてくる東京国際テレビの傲慢な態度に呆れていた。

「記者研修会か」

報道の仕事を志してＫＨＳに入社し、夜討ち朝駆けの警察まわり時代、自分もまたこの研修会に参加している。全てが新鮮で、何でも吸収してやろうという貪欲さが、あの頃確かにあったし、研修に参加している系列局の同期の記者たちと、毎晩遅くまで記者魂について語り合った。他局の若い記者やディレクターが、今何を考え、どんな事で悩んでいるのか……規模の大小はあれ、テレビ報道と制作現場の若いスタッフが、懸命に仕事をし、汗を流してそれぞれの地域にいることを、南田はいとおしく思った。

行ってみようか……。

「部長、ラーメン来ましたよ」という声と、卓上の電話が鳴ったのは同じタイミングだった。

「南田部長、ちょっと営業まで来てくれ」

常務取締役営業局長・野上義明の声だった。二週間程前に田上を呼び、営業からの要請ネタを報道の視点で絞り込んでいくという申し合わせをしている。その後、ニュース枠で扱われる営業ネタは激減していた。

「その件だろうな」

南田は椅子から立ち上がって営業フロアに向かった。

「ミーティングルームで召しあがります？　それとも部長のデスクに運びましょうか？」

「うん。ちょっと席はずすから俺の机に置いといて」

午後八時近くになっても、そこは活気があった。年末年始の特番のセールスが追い込みに入っている。

そういえば、このフロアに足を踏み入れるのは久しぶりのような気がする。

ＫＨＳには「野上詣で」という言葉がある。営業部は勿論全てのＫＨＳの管理職や、各部の社員たちが、電話一本で呼びつけられる。そこで野上から、業務上の問題点や、時にはプライベートなことまで、あれこれと指摘を受けるのである。それが何回か続くと、当の本人達が自発的に野上のもとを訪れ、営業とは直接関係の無いセクションの業務報告をするようになる。こうしたやり方で、野上はこの会社で絶対的な権力者として君臨しているのである。

営業フロアの一角に設けられたミーティングコーナーに、野上と営業部長の北野登、業務部長の池田が、何やら耳打ちに近い状態で話し込んでいる。

南田の姿を見つけると、

「こっちだ」と手招きをした。

「お疲れ様です」

南田が挨拶すると、野上はそれを無視して「おおい。珍しい客が来たから、コーヒー持ってきてくれ」と営業庶務の女性に声をかけた。珍客……その表現は、野上の精一杯の皮肉である。何故お前は定期的に俺の所に挨拶に来ないのか、と同じ意味なのである。

コーヒーが運ばれてくると、野上は南田を威嚇するかのように、低く押し殺した声で用件を切り出した。

「他でもないんだが、君にちょっと聞きたいことがあってね。おい、例のやつ持ってきてくれ」

声をかけられた業務部長の池田がはじかれたように席を立ち、二十枚程の書類を手にして戻ってきた。

野上はそれを一枚ずつめくりながら、

「最近、営業依頼ものがニュースから落とされてるって聞いたんだが本当か」

「いえ。全てＮＧにしてるという訳ではありませんが」

南田が臆することなく答えると、その態度も気に入らなかったのか、野上は報道に提出している営業依頼のコピーの束をポンと机の上に投げ出した。

「その理由とやらを聞かせてもらおうか？」

「ニュース性のあるものについては取材します。ただ企業の単なるＰＲという内容では、報道の枠に馴染まないということです」

「報道部長さんらしいお言葉ですな」

野上は薄笑いしながらそう言うと、いきなり豹変した。

「お前な、今ＫＨＳがどんな状況かわかってないらしいな。じゃあ社内事情に疎《うと》い君にもわかるように、やさしく説明してやる。今この会社の売り上げは毎年七〜八％ずつ落ち込んでいる。今年は更に厳しい状況だ。加えて地上波デジタルに対応する為、今後数年以内に百億近い金が必要になるんだ。そんな時は、報道も営業に協力するのは当たり前の話だろ。見てみろ。このフロアじゃ、皆危機感を持って必死に頑張っているんだ」

野上は、営業や業務の社員に聞こえるように殊更《ことさら》声を張り上げた。

「営業の現状も、デジタル化への巨額な投資も十分承知しています。だからと言ってニュースの枠に企業のＰＲを並べるのは報道本来の仕事ではありません」

南田は語気を強めて切り返した。すると北野が、聞き分けのない子供を諭すような言い方で、柔かに切り出した。

「南田部長、最近のスポンサーはね、ニュースの枠内で自社のイベントを流して欲しいという意向が強いんだよ。我々も、そのへんはなるべく断るようにはしているんだけど」

「とにかく、南田。今後営業からの要請について、勝手にボツにすることは俺が許さん。仮に取材ができないというのなら、その理由を逐一俺に報告しろ」

「そういうこともいちいち常務に報告しなければならないんですか。それはできません。編集権は報道にあります」

「南田。俺はこの件を営業局長として君にお願いをしたわけだ。しかしそれが聞けないと言うのなら、この会社の経営の一翼を担う立場として、君の報道部長としての資質を云々することになる。その意味がわかるな。もういい、帰れ」

　この激しいやりとりに、営業フロアは凍りついた。野上が誰かを呼びつけて、一方的に威嚇する光景は見慣れている。おとなしく、上に付き従って仕事をしている営業や業務のスタッフにとって、南田と野上の激しい応酬は、衝撃的な映画のワンシーンを見る思いだった。

　南田がフロアから出ていくと、野上は声を震わせながら、北野に命じた。

「総務局長に常務室に来るように言え。今すぐだ」

　南田が報道フロアに戻ると、田上が小走りでやって来た。

「営業に行かれたと聞いたんですが、何かありましたか？」

「いや、別に」

南田は平然と答え、更に何かを聞き出そうとする田上を無視した。机の上に置かれたラーメンは冷えてのびきっている。南田は椅子に腰掛けたまま後ろをふり向き、窓の外に拡がる大阪の夜景に目をやって、大きくひとつ息を吐いた。

常務室は営業フロアの奥まった一角にある。本来、社長室をはじめとする役員室は七階のフロアにあるが、野上は営業局長を委嘱されているという理由で、わざわざその場所に常務室を作らせたのである。高級感のある本革のソファーが、象嵌仕立てのテーブルを挟んで二脚置かれている。木製の役員専用デスクと革張りの椅子がどっかりと鎮座している。壁面には天井まで伸びた棚に、トロフィーやら楯の類が所狭しと並んでいる。

総務局長の前畑が入室すると、野上はいきなり切り出した。

「南田は異動だな」

「は？　あの、今は無理だと思います。来年四月が異動の時期になりますので」

常務室に呼ばれて、慌ててやって来たのか前畑の額が汗ばんでいる。

「別に今すぐ、というわけじゃない。来春だ。まあせいぜい、あいつのミスを徹底的にチェックしておくんだな。プライベートなことも含めてだ」

「私もかねてから南田は問題ありと思ってましたが、何かあったんでしょうか？」

前畑のその問いかけには答えず、野上は不機嫌な表情のまま目を閉じた。先刻の南田とのやりとりを反芻していたのである。

「前畑。ＫＨＳの今があるのは、初代社長の並みはずれた経営感覚と、非情とも言える徹底した合理主義。この二つの点に尽きると思わんか？」

「ハイ、仰《おっしゃ》る通りです」

「彼の哲学はな、強力なリーダーシップの下での一糸乱れぬ社内体制ということだ。それに異を唱える者は、有無を言わさず芽を摘んでおく必要がある」

「はい。それが南田ということですね」

「そういうことだ。奴を丸裸にして、一切、口出し、手出しできないような職場に放り込んでしまえ。そのプランを練っておくように」


出張の前日、南田は副部長の田上を呼んだ。田上は相変わらず、何かを探るような目つきをしている。

「明日から、記者研修と報道部長会で三日間出張するんでよろしく」

「ハイ。わかりました。お戻りは十一日になりますね。その日は出社して来られますか？」

「ああ、そのつもり。それと機材購入検討委員会、頼むね。これが購入予定のＶＴＲ送出機のカタログ、それと見積り書だ」

「はい。購入を認めてもらうように精一杯努力します。ではお気をつけて」

野上とやりあった後も南田は報道らしい視点で営業要請をふるいにかけている。その結果、ニュースから営業ネタが殆ど一掃された。恐らくこうした状況も、田上はつぶさに野上とその取り巻きに耳打ちしているに違いない。南田が異動した後の、報道部長のポスト。或いは、この会社で自分の将来を確かなものにする為の営業への転出。多分、田上の野心はそんなところだろう。

　しかし、報道も素人、営業のイロハも知らない四十を過ぎたこの男の、野心を達成した先に待ち構えている苦難について、彼は何ひとつ理解していない。哀れな男だと南田は思った。

　その夜、田上は制作の井上部長と酒を酌み交わしていた。その店は営業部員のたまり場である。彼等は仕事が終わると、この店に三々五々集まってくる。時には広告代理店の若手社員などを連れて来て、専らゴルフ談義やら、最近オープンした旨い物を食わせる店、風俗系ではどの店が一番サービスが充実しているかなど、たわい無い話に花を咲かせるのだ。井上は営業から制作に移った後も、三日に一度は、この店を訪れている。ここにいれば営業の情報に乗り遅れないで済む。そんな思いがある。そして、ここ一年程、井上は田上と連れ立って頻繁にこの店に来ている。

　キープした高級なボトルには野上の名前が書かれている。つまりこの店は、野上の接待交際費で飲み食いの全てが賄われているのだ。

「実はな田上、きのうの夜野上常務と酒を飲んだんだが、南田は決まりだぞ」

「報道から出されるってことですね」

　田上は井上の水割りを作りながら、納得の笑顔を浮かべた。

「うん。まあそうなるとだな、後は田上、君がやることになるわけだ」

「常務はそのように仰ってましたか？」

「いや、はっきりとは言ってないけど、それが自然の流れだろう」

「しかし、私は去年副部長に昇格したばかりだし」

「とにもかくにもだ。俺と君で情報センターを引っ張るその時が、もうすぐそこまで来てるってことだよ」

井上はそう言って煙草を取り出した。田上が慌てて火をつける。

「井上部長は組織を束ねていく時、何が一番重要だとお考えですか？」

「そうだな。ひとつ言えることは、部下の仕事に余り立ち入らないことかな」

「は？」

「考えてもみろよ。制作とか報道ってのは、常に放送事故や視聴者からのクレームにさらされてるわけだろ。部下がしでかした不始末にいちいち付き合ってたら身がもたないってこと。番組やニュースは担当した人間が全責任を負う。この形を徹底することだ。後はそうだな、予算管理をしっかりやることと、常に情報を上にあげるってことかな？」

「よくわかります、その話。でも……」

「でも何だ？」

「それでリーダーシップとれますかね？」

田上は、日常的に繰り返し発生する報道の有事に、果たして自分が適確に指示を出し、部下が手足となって動いてくれるかどうか、不安がよぎった。報道部長というポストは目の前にある。しかし南田のようには……。その思いで途方に暮れたのである。

系列局

東京国際テレビは東京都中央区晴海の再開発地区にある。周辺には大手総合商社や外資系企業のビルが威容を誇って建ち並んでいる。社員数千九百人、年間の営業収入は五千億円を超すこの局は東京にある民放テレビ局の中で、売り上げ、視聴率ともにトップを独走している。

局舎前の広場は地方からの修学旅行生や観光客で溢れている。番組の関連グッズを売る店には常に黒山の人だかりができている。

南田は四階にある報道センターに入った。広大なフロアには、政治部、経済部、社会部、外信部、文化部などが置かれ、それを取り巻くように、早朝から深夜までのニュース毎に、スタッフエリアが広がっている。壁には一面に無数のモニターが配置され、国内はもとよりアメリカの三大ネットワーク、CNN、衛星放送など、世界中の映像が二十四時間映し出されている。報道フロアに隣接して、KHSと同名の夕方ニュース、『データファイル』のスタジオセットがあり、カメラ七台がキャスター席を取り囲んでいる。そしてこのフロアの中心に、全てのニュース番組を統括する編集長岡野茂が、背もたれの無い回転椅子に座って三百六十度、スタッフの動きを注視し刻々ともたらされる情報をチェックしている。

南田の姿を見て、ネットワーク部の熊下が声をかけた。

「南田部長、お疲れ様です。こちらにどうぞ」

ネットワーク部は報道センター入口からすぐ右にあり、十人程のスタッフが系列局との連絡や、映像配信のセッティングなどを行っている。熊下は紙コップのお茶をすすめながら、

「忙しい時にすみませんね。南田部長の講義は、午後一時、予定通りです。昼めしどうします。何か取りましょうか？」

「いや、社員食堂に行きますから」

そう言うと、南田は研修の為に作成した資料を鞄から取り出し、熊下に受講者の人数を確認した。

「いやあ実は、正規の受講者は五十人弱なんですけど、南田部長の話を是非聞きたいといって、うちのワイドショー担当のディレクターなんかも出席するんですよ。結局七十人程になるのかな」

「じゃ人数分の資料のコピーをよろしくお願いします」

「ハイ、わかりました。で、今日の夜いいんでしょ？　編集長の岡野から何か話があるらしいんです」

その申し出を受け、南田は社員食堂に向かった。関東風の醬油ラーメンが、彼にとってここでの定番である。

報道記者研修会は、東京国際テレビ情報タワーの十階にある中会議室で、連日講義が行われている。しかし南田の受講希望者が多く、急遽十五階にある大会議室に場所を移した。

南田は人前で話すことに慣れている。ＫＨＳの報道部長として、関西の各自治体や商工業団体などから時局講演などの依頼をしばしば受けている。

それにしても、醬油ラーメンの味が落ちた。少し辛味が強くなり、コクがなくなった。そんなことを考えながら、講師控室で資料に目を通した。

「えーそれでは、一時になりましたので、午後の研修を始めます」

報道ネットワーク部の横川副部長が南田を紹介する。

「この時間の講義は『誘拐事件と報道協定』です。講師をご紹介します。ＫＨＳ報道部の南田部長です」

「南田です。よろしくお願いします」

そう挨拶すると、受講者を見渡した。名簿では、報道記者や制作ディレクターだけでなく、アナウンサーやカメラマンも参加している。

「この時間は国際テレビの皆さんも多数参加されているようですが、あまり参考にならないかもしれません。何せローカルの話なんで」

「実は明日ここで報道部長会議が開かれるんですが、テーマは来春の改編について、だそうです。どうやらまた衣替えをするという話になりそうなんですけど、国際テレビさんが動くと、我々ローカル局って大変なんですよね。フォーマット、タイトル、スタジオセット、皆変えなきゃいけなくなる。ま、それで視聴率が上がるんならいいですよ。でもここ二〜三年そういうモデルチェンジを繰り返しながら、視聴率が、ここの食堂の醬油ラーメンの味と一緒で、どんどん落ちている。悪循環というやつですよね。ここにいる国際テレビの現場の諸君も、さぞご苦労の多いこととお察しします」

　この冒頭の南田の言葉で、会場は一気に和んだ。受講者たちの目がいきいきとしている。

「で、今日は、誘拐事件と報道協定について、先般大阪で起きた児童誘拐事件をテーマに講義してくれということなんですが……ええと、皆さんにお配りしている資料に、事件の概要と、事件発生から容疑者逮捕までのKHSの取材、中継などの対応。それと報道協定ですね。締結から協定解除に至る、記者クラブと大阪府警の動きを書いたフロー図。もう一枚、協定時、マスコミ各社と警察の間で双方約束事が守られたかどうかの問題点。全部書いてあります。今夜ホテルに戻って、パラパラと読んでいただければと思います。で、それぞれご自分の社に帰って、スタッフや管理職にお渡し下さい」

　受講者たちが一斉にその資料に目を通している。

「じゃあ皆さん。その資料はしまっておいて下さい。今日は全国の系列局の皆さんと時間を共有できるということですから、皆さんが毎日仕事をしていく上で、どんな困難があるのか、またそれをどうやって乗り越えていっているのか、そんなことを忌憚なく語り合う時間にしたいと思います。まず皆さんに伺います。今、仕事が楽しくてとても充実している人、手をあげて下さい」

　何人かの受講生が手をあげた。

「じゃ、何かしらの障害があって、どうも楽しくない。こんなはずじゃなかったと思っている人は？」

　大多数の人間が挙手をした。国際テレビの若手ディレクターも何人かが手をあげている。

「今、手を挙げた人たち、前の方から、一体何が問題なのか発言して下さい」

会場が一瞬ざわついた。これまでの研修内容とは明らかに違う。講義は三日前からスタートし、講師が入れ替り立ち替り、それぞれ自分の仕事の手柄話やサクセスストーリーに熱弁をふるっている。例えば大物政治家の贈収賄事件を担当した弁護士は、検察の捜査のでっち上げをいかにして暴いたかを二時間にわたって自慢気に講義したし、直木賞を受賞した女性作家は、文章を組み立てる発想力とインスピレーションについて、殆ど陶酔に近い状態で自画自賛した。また大手制作プロダクションの社長は、番組制作の裏側と題して、他のプロダクションがいかに制作費をピンハネしてるかなど、どうでもいいことに口角泡を飛ばしたのである。

受講者たちはほぼ共通して、自分たちがこれから何を手掛りに仕事に取り組んでいけばいいのか、そのキッカケとなる話を期待していた。しかし講義はそのいずれもが、自分たちの日常と縁のない一方的な話に終始し、何ひとつ啓発されるものが無かった。規模の違いはあれ、同じ放送という仕事で汗を流す仲間たちの声が聞ける。その期待感で研修会場は静まり返った。

一番前の席の女性が立ち上がった。

「北海道中央テレビの糸井と申します。入社三年目、記者です。うちの報道は平均年齢が四十歳を越えていて、しかも他の部局から異動で来た人たちばかりなんです。私自身が、その中で記者としてどう成長していくかという課題と、高いレベルで報道を維持していくにはどうしたらいいのか苦しんでいます。例えば北海道拓殖銀行が破綻した時、うちには経済原稿を書ける記者が一人もいなかったんです。全部キー局まかせで。こんな状態で地域に責任を果たしていけるんでしょうか」

「それって例えば報道部会の席で組織の強化について話をしたりしないの？」

「いいえ、ありません」

「報道ってね。これとこれってジャンルを特定できないよね。だから、組織の中で何が一番ウィークポイントなのかをはっきりさせて、個々に専門の分野を強化していくっていう目標を立てた方がいいかも。勿論、君たち記者一人一人の個人的な努力が何より必要なんだけど」

「島根テレビの吉田です。入社五年目なんですが報道と制作両方やってます。中途半端なんです。人が少ないから仕方ないけど。将来は報道だけをやりたいと思ってます。今みたいなことを続けていて記者になれるんでしょうか」

「報道と制作、両方の仕事は大変だよね。どうなんだろう。報道も制作も仕事はひとつって考えてみたら。テレビは映像と音のメディアなんだから、厳密にニュースと制作番組を分けて考える方が本当は不自然なのかもしれない。それと、仮に君が今両方の仕事をひとつひとつクリアすることで、将来報道の仕事につくにしても制作的なセンスはきっと役に立つし、制作ディレクターとして一本立ちする時、報道で培った取材力が、大きなベースになると思うんだけど」

「九州中央テレビの今井です。アナウンサーです。私の局はアナウンサーも記者と同じように取材し、カメラを持たされたり、編集もやります。勿論ニュースも読んでます。本当はアナウンサー一本でやりたいんです。ローカル局では無理な相談なんでしょうか？」

「一人三役も四役もこなしていくっていうのはローカル局の宿命なんだろうね。逆に聞くけど記者の仕事、カメラをまわすこと、編集作業は君にとって苦痛なの？」

「いえ、そんなに苦痛というわけではありません。ただ毎日大変です」

「そうなんだ。今井さんね、君あと何年かしたら、国際テレビの今日何人か参加しているディレクターより数段優れたテレビマンになると思うよ。何より現場を知ってるし、映像の世界も学んでいるわけだから、そんなことがきっと血となり肉となって君を表現力豊かな厚みのあるアナウンサーにしていくんだと思う」

「東北文化放送、下崎です。制作四年目です。毎日毎日営業のパブリシティ番組を作ってます。制作は営業の下請け状態です。本当はドキュメンタリーの制作をやりたいんです。どうしたら今の状況を抜け出せるんでしょうか？」

「報道とか制作って局の中でステータス低いんだよね。営業の下請けか。それよくわかるなあ。問題はだからといって制作意欲を失くさないようにすることだよね。例えばパブリシティ番組を作るにしても、ちょっとした工夫とか、冒険をしてみたらどうだろう。毎回同じように制作するんじゃなくて、いつもと違う映像の撮り方をしてみる。思いっ切り音にこだわってみる。そういう小さなことの積み重ねが、君がいずれドキュメンタリーを制作する時に、きっと役に立つと思うんだけど」

　北は北海道から南は沖縄まで、系列二十五局の若きテレビマンたちは思いの丈を語り続けた。中には愚痴話もあったが、大方は自分の仕事、会社の現状を客観的に分析し、展望の見えないもどかしさを訴えた。やがて会場は一人一人の発言の場からディスカッションへと形を変え、幾つかのグループができて、車座状態となった。南田はそれぞれの輪の中に入り、アドバイスとエールをこの若きテレビマンたちに送り続けたのである。

南田は最後にこうしめくくった。

「今日は皆さんにお会いできて、とても良かったと思っています。皆さんのそれぞれの悩みは自分自身の思いでもあります。勉強させていただきました。テレビの現場って苦しいことが多いですよね。でもどんなに困難な状況があっても、見たい、聞きたい、知りたい、そして伝えたいという意欲を持ち続けて下さい。それぞれの今の仕事を大切にしながら目標を持って頑張って下さい。言っときますけどテレビの仕事に優劣はないんです。それは視聴者が判断することで自分で勝手に決めることじゃない。それともうひとつ、今度の研修で知り合った仲間たちとの出会いを大切に。何かあればお互い連絡を取り合い助け合っていく。そんな繋がりを持って、この系列の中で仕事をしていきましょう」

その日の夜、南田は東京国際テレビニュース編集長岡野茂、報道ネットワーク部部長熊下睦夫と赤坂で夕食をともにした。

研修会の慰労という大義名分でセットされたその席は、春の改編に向けた報道部長会で、南田の協力を事前にとりつけておこうという狙いがあった。

岡野は東京国際テレビの視聴率男といわれている。社会部を皮切りに政治部、経済部で実績を積み、ニューヨーク特派員を経て、五年前、報道番組のプロデューサーに就任している。彼の手がけた政治討論番組『ザ・ジャッジメント』や週末のニュースショー番組『ホットミルク』はいずれも視聴率が十五%を超すヒットとなり、巧みな演出と徹底した検証報道が業界の話題となった。そして、その功績を買われ、この十月、低迷を続ける夕方ニュース『データファイル』のプロデューサーと全てのニュース番組を統括する編集長に抜擢されている。

「聞きましたよ研修のこと。報道記者研修ってもう二十年以上やってるらしいけど、あんな盛りあがりは初めてだって、ネットワーク部の連中感心してました。来年もひとつお願いします」

岡野はそう言いながら、南田の肩をポンとひとつ叩いた。熊下も岡野の言葉に頷きながら同調した。

「最初ね、どうなることかと思ってましたよ、正直なところ。あの後研修参加者の何人かに聞いたんだけど、ホント皆喜んでましたよ。ああいうディスカッションスタイル、来年も是非取り入れようと思ってます」

料理が運ばれてくる。岡野はその皿に少しずつ箸を運び、ワインを飲む。

「でも考えてみると、報道っていうのは大変な仕事だよね。特派員の頃は、それこそ自由に動けるし、必要な時だけリポートを入れればよかったんだけど、今はもう朝から晩までニュース漬けよ。視聴率視聴率で責められるし」

熊下がフォローする。

「関西もそうだろうけど、ここ何年か東京でも売り上げ落ちてんだよね、各局とも。だから大変ですよ、営業と編成がうるさいの。ニュース枠を削ってCMを入れろとか、ほら夜十一時のニュースもね、スタートを十五分遅らせろって案が出てるわけ。そこに十五分のミニ枠を設定して、小銭を稼ごうって腹なのよ」

南田はCMやミニ枠の話を無視するように、何気なく、彼等の一番痛いところをついた。

「夕方ニュースの低迷、落ち込んでいる理由を分析してます？」

その問いかけに、岡野の表情が引き締まった。

「うちはね、南田部長。結局報道スタッフの絶対数が少ない分、企画と演出で勝負するっていうのが伝統なんだけど、視聴率トップを独走していたピークの時に、更に新しい企画をぶつけるっていうことをしなかったんだよね。つまり、番組絶頂期に次の一手を打たなかったということだ。うちのニュースは、ほら十数年前、当時としてはスタイルも斬新だったし、キャスターにタレントを起用したことも当たったしね。でも今は、各局、手法が横並びでどこも一緒なんだ。うちが当てた企画は、みんなパクられているしね」

この男は、かつての夕方ニュースを担当した前任者のふがいなさを殊更強調しているのだ。南田はそう理解した。

「でもニュースって、早く正確にという本質的な部分で勝負するしかないでしょう。確かに『データファイル』はビジュアル的には様々に工夫が凝らされてると思うけど、ちょっと奇をてらい過ぎるというか、本質からはずれているような気がしますね」

熊下が南田の話を一生懸命拝聴というポーズをとりながら聞き返した。

「具体的にはどういうことですか？」

「先日も、演歌歌手の離婚をトップニュースにもってきたでしょ。あれって、その日の朝からさんざんワイドショーで流してたんだけど、夕方ニュースのしかもど頭《あたま》でやる必要があるのかどうか。それとニュースの中に必ずといっていい程、振り返りのＶＴＲを長尺で入れる手法。その処理の仕方もワンパターンだし、ナレーションも画一的で新鮮味が無い。あんなＶＴＲを多用するぐらいなら、取材した情報そのものを数多くちりばめた方が視聴者には親切だと思うんですよね。あと選挙報道やら報道のスペシャル番組にタレントを大量に動員するセンス、どうかと思いますね。要するに、ニュースは演出じゃなくて、情報そのもので勝負すべきだということです。ＮＨＫのニュースが視聴者に信頼されているのは、情報をきちっと伝えるというスタンスが、しっかり守られているからだと思うんです」

この間、じっと話を聞いていた岡野が、我が意を得たりと言わんばかりに大きく相槌を打った。

「なる程ね。よくわかる。私もね、同じ考え方ですよ。でまだこれは外に出してない話なんだけどね、来春、体制を少しいじって、従来のニュースのコンセプトに変更を加えることにしてるのよ。今、南田部長の言った、ニュースをニュースらしく、このスタンスでね、やりたいと思ってます」

「異動があるんですか？」

「いや、報道局内の入れ替えです。これまでニュース制作の主要なポストにいた四十代の連中にはお引き取りいただいて、三十代前半の若手中堅にやらせようと思ってる。彼等のピュアな感性を前面に出して、新しい空気を吹き込むってわけですよ」

東京国際テレビの三十代と四十代の世代差がどれ程のものかはよくわからないが、岡野の口ぶりからして、自分と同世代、あるいはそれ以上の人間を枠の外に置き、若い部下を配置して意のままにするという考え方なのだろう。要は岡野流の番組作りにシフトする為の局内異動というわけだ。

「それでね南田部長。明日とそれ以降の報道部長会議で、我々の考え方を明らかにしていくわけだけど、南田部長にはその辺を了承していただいて、できれば会議では我々に歩調を合わせていただきたいんですよ」

東京国際テレビにしてみれば、KHSは単にネットワークの中のひとつの局に過ぎない。しかし他のローカル局からすれば、キー局に次ぐポジションにある局として一目も二目も置かれている。事実、これまでの報道部長会議でKHSの主張が会議の流れを作ってきた経緯がある。その辺お手柔らかに、ということだ。岡野編集長、この男もまた、報道を愛する南田にとって異質の臭いがする存在でしかなかった。

部長会の次の日、南田は午前中の新幹線で帰阪し、そのまま出社した。結局部長会は各局の報告だけで、来春の改編についての提案は無かった。岡野は年明けとともに、時間をかけずにことを決する腹づもりなのだろう。

二日留守にすると、机には書類が山積みとなっている。全部に目を通し、印鑑を押すのに半日はかかりそうだ。

報道局長の宗方がいつもの隙のないいでたちで声をかけてきた。

「どうだった？　報道部長会議は？」

「いえ、どうってことないです。来週の局長会もシャンシャンでしょう」

「ああ、そうなんだ。それは良かったんだけど……」

「何か？」

「うん、例の機材購入検討委員会だけどな。カメラはOKだったんだが、VTR送出機三台のうち二台の購入が見送られたんだよ」

「却下の理由は何ですか？」

「保守点検を怠らずに、あと二〜三年使えということだ。俺と田上が購入を認めてもらうよう頑張ったんだけどな。何せ野上常務と前畑局長が……」

「そうですか。わかりました。じゃあ、技術部に連絡して、とりあえずVTR二台を点検に出しましょう」

なる程、こういう形で意趣返しをするわけだ。営業ネタをニュースから落としたことへの見せしめってわけだ。子供じみてる……南田は苦笑しながら、技術部の岩田を呼んだ。

「何でしょう、部長」

南田はことのいきさつを説明し、至急メーカーに連絡を取って、VTRをメンテナンスに出すよう指示した。

「でもちょっとやばいですよ、部長。その二台はドラム部分が摩耗してるし、どういうわけか、中のコンピューターチップがすぐに熱をおびるんですけど」

「点検だけじゃなく、部品交換やらなんやら、俺には細かいことはよくわからないけど、金がかかってもいいからやってくれ」

「ハイ、わかりました。すぐやりましょう。でも報道だけですよ、購入プランはねられたのって」

岩田が戻ると、南田は田上を呼んだ。

「部長、すみませんでした。検討委員会の件、部長の代理で頑張ったんですが」

この詫びの言葉も本心から出たものではない。こちらの出方、失言を待っている、そんな表情だ。

「いや、それはもういい。それより年末の特番の方は順調？」

「はい、部長に見ていただいた構成に従って、VTRの編集に入った班もあるようです」

「夕方ニュースの後、チーフ会議やるから連絡しといて」

南田はそう言うと、書類に目を通し始めた。各部局の報告書や会議告知、報道部員の休日願いなどに次々と印鑑を押していく。

制作の井上部長が声をかけてきた。

「南田部長、出張してたんだってね。お疲れでした。これ例の査定。最終結果というやつね。印鑑押したら次の部にまわして」

二重の封筒に入れられたその中身は、社員のボーナス査定である。毎年二回支給される一時金は、基本給のおよそ五カ月分にプラス諸手当が含まれる。その五カ月のうち一カ月分について、プラスマイナス十五％の幅で査定が行われるのである。まず各部の部長が第一段階の査定、その後局長査定、最後に役員、代表査定と続く。勤勉度、協調性、仕事の効率、適性など十の項目があり、それぞれ十点、計百点満点で数字をはじき出す。そのトータルが九十点以上でプラス十五％のA査定。七十点以上八九点までがプラス七％のB査定、五十から六十九点で査定ゼロ％のC。四十九点以下三十点までがDでマイナス七％、Eは二十九点以下でマイナス十五％となる。つまりA査定だと基本給四カ月分に一・一五カ月分の上乗せ、E査定だと四カ月プラス〇・八五カ月分という支給額になる。

南田はこの査定作業が好きではなかった。報道とアナウンス部だけでも、庶務関係の社員まで合わせると七十人近くになる。勿論、社員の能力には差があり、その働きぶりに応じてランクづけしていくのはそう難しい仕事ではない。しかし、南田は殆どの人間にBランク、つまり、プラス七%の査定をつけた。Aランクは山下郁夫ただ一人である。

マル秘扱いと書かれた封筒から査定表を取り出す。そこには報道だけでなく、KHS全社員の最終査定が記されている。Aランクには営業や業務の人間がズラリと名前を連ねている。それ以外のセクションの人間は殆どがCランクだ。金を稼ぐ人間はA、使う人間はCという構図だ。最低のEランクに二人の名前がある。一人は大手スポンサーから発注のあった季節商品のCMを、通年のレギュラーCMで登録し、素材ミスの放送事故を引き起した放送部の女性社員。そしてもう一人は、制作部長の井上と取っ組み合いの大げんかをしたディレクターの鎌倉幹夫である。

情報センター内で起きたそのけんかは、番組の決算をめぐるちょっとしたやり取りが原因だった。入社九年目の鎌倉は阪神・淡路大震災で被災し、今も仮設住宅に住む老夫婦を追いかけていた。その後も続く震災への恐怖と苦痛、夫婦とその子供たちとの家族愛などを丹念に描き続けていた。鎌倉は元々カメラマンで映像に対するこだわりが人一倍強く、老夫婦の記念日や、二人の目を通した季節の移ろいなど、その都度カメラクルーを出して撮影した。そして年二回放送されるこの企画は、視聴者から高い評価を得ていた。

特に今年六月に放送された家族にテーマを絞ったその番組では、仙台での同居を勧める長男夫婦と、地元神戸を、それでも離れることのできない老夫婦の心のひだを描き、シリーズ最高の出来と内外から絶賛された。

オンエアから一週間程経って、鎌倉はその作品の制作費決算書を部長の井上に提出した。予算は年間二本で一千万円。つまり一本につき五百万円である。今回は撮影費、編集費、出張旅費など全ての経費を合わせると、予算を七十万円程オーバーしていた。

井上は決算書に目を通すと、いきなり鎌倉を一喝した。

「おい、これは一体どういうことだ。何故予算を越えてるんだ」

「ああそれですね。年二回の放送で一千万円いただいているんで、トータルでは予算内で収めるつもりです」

「常々言ってるだろうが。今は会社も売り上げが落ちてるから、番組制作は予算内であげろって。俺はこんないい加減な決算書にハンコはつかない。失格だよ失格。ディレクターとしての能力が無いってことだ」

鎌倉は番組そのものに対しての井上の評価を今回も、そしてこれまで一度も聞いた事が無い。

「予算をオーバーしたことは申し訳なかったと思ってます。でも今度の作品は仙台出張が多かったものですから」

鎌倉は辛抱強く井上に詫びを入れた。しかし、この制作部長はこと金については病的な程こだわりを持っている。番組を提供する数社のスポンサー収入と、経費とで割り出される利益率が高いことが、つまり彼にとって最大の手柄なのである。

「こんなことだったら番組を打ち切るぞ。いいか、金をかけりゃあいいってもんじゃない。金をかけずに視聴率の取れるものを作る。それが有能な制作マンなんだよ」

この一言で普段温厚な鎌倉が切れた。

「じゃあ伺います。立派な仕事とか能力とか言ってますけど、あなたはどうなんですか。制作部長としてまったく無能じゃないですか。営業の太鼓持ちみたいなことを制作に持ち込むの、いい加減にやめて下さい」

「なんだって、この野郎、上司に向かって何だ、もう一度言ってみろ」

「ああ何度でも言ってやるよ。無能でハレンチな上司を持って、我々制作部員は不幸だってことですよ」

後は怒号と罵声の中でつかみ合いとなった。若い頃柔道をやっていた鎌倉は、井上をいとも簡単に引き倒し、馬乗りになった。この時点で、ディレクターや報道の記者が二人の間に割って入り、なんとかその場を収めた。

しかし、この大立ち回りは、すぐに社長の耳に入り、数日後、懲罰委員会が開かれた。この席で総務局長の前畑は、鎌倉に対しては著しく社内風紀を乱したとして自宅謹慎と減給、井上部長には管理不行届きということで譴責《けんせき》処分が妥当と主張し、大方の役員や局長もこれに同意した。

しかし野上がこれに反対した。

「だが、鎌倉も将来のある身だし、あまり痛めつけるのは考えもんだな。どうだ、鎌倉を譴責処分、井上は口頭での厳重注意ぐらいにとどめたら。社長は俺が説得するから」

結局その一言で、野上の主張通りの裁定が下されたのである。

懲罰委員会が開かれた役員応接室を出る時、何人かの役員や局長が野上にすり寄った。

「いやさすがに常務、社員の将来をお考えになった、見事な温情裁定でしたな」

「まあ、この程度にしとかないとな。社内に動揺が広がるだろうから。それより二度とこういうことが起こらないようにすることだ」

彼は得意気だった。自分のひと声で懲罰委員会の裁定が決したこともそうだったが、鎌倉の震災シリーズ企画が提供スポンサーから好評で、重大な処分を下すことで代理店などに無用の混乱を引き起こしたくなかった……というのが本音だった。

南田はその最終査定書に綾の名前を捜した。制作部で唯一、納得のAランクだった。そして報道の山下は……。南田は毎回部長査定で迷うことなく山下にAの評定をつけている。最終査定ではいつもBランクで、殆どがCランクの報道部員の中で、まあ妥当な評価とこれまでさして気にも留めていなかった。

それが今回は……。

「Dランク?」

何かの間違いだろうと思った。山下の仕事ぶりについては、南田は勿論、局長の宗方も評価していたし、特段何かの処分を受けたということも無い。重大な放送事故や、事実誤認の放送も無い。

南田は査定書を持って総務局に向かった。前畑がバーコード状の頭髪をなでつけながらパソコンに向かっている。

「前畑局長」

相手が南田とわかると、前畑はみるみる不機嫌な表情になった。

「何か用かね。用があってここに来るんなら一度電話を入れてからにしてほしいね」

「社員のボーナス査定の件で来ました」

「ああ、そのことか、機材購入委員会の件かと思ったよ。報道の案がNGになったやつ。ま、機材は大事に長く使うことだ。で、査定がどうかしたのか？」

南田は最終査定書を前畑のデスクの上に置いた。

「報道の山下の査定がDランクになってます。その理由を聞かせて下さい」

「山下？　ああ、あの山下ね」

前畑は面倒臭そうに査定表に目を落とした。

「私は彼の仕事を毎日つぶさに見ています。その上で、直属の上司としてAをつけました。それが結果としてDになるのは納得がいきません」

前畑は一段と顔をくもらせた。

「部長査定は要するに第一段階の査定に過ぎない。会社にはそれなりの考え方がある。山下は社への貢献度が低いということだ」

「貢献度、それは何に対しての貢献ですか？　彼は報道の中で誰よりも仕事をするし、実績も上げている。それが会社への貢献ということではないんですか？」

前畑が声を荒げた。

「じゃあ、はっきり理由を言ってやろう。あいつはチケットを一枚も売ってないんだ」

ＫＨＳでは主催事業として、コンサートや輸入車ショー、観劇会など年に十回程のイベントを開いている。その度に社員に五枚、管理職に十枚と、チケットの販売を割りあてているのだ。しかも、そのチケットが売れない場合は本人に自己負担させている。山下がチケットを一枚も売らなかったのは、著名な舞台俳優を集めたKHS秋の観劇会で、S席が二万円という高価なものだった。その上彼は、事業局からの再三にわたるチケット代請求に対しても、曖昧な返事を繰り返しているという。

「査定というのは、つまりチケット販売の協力の有無で決まるということですか」

南田は半ば呆れた表情で聞き返した。

「そりゃあ君、チケット販売に一生懸命協力してくれる社員と、一枚も売らない、手出しもしないという社員を、同じように評価することはできんだろう」

「ということは、第一段階の部長査定は、その後の査定に何ら反映されないということですね」

「そんな事はない。山下のケースなんか、本来は最低のEランクと評定されても文句は言えんやろう。それがDになったのは、まあ、君の査定を尊重してのことだろうよ」

「話になりませんね。その馬鹿馬鹿しい査定のメカニズムはわかりました。わかった上で言いますけど、今後私は部長査定を拒否します」

吐き捨てるようにそう言うと、南田は総務部のフロアを後にした。南田の中で、何かが音を立てて崩れ落ちたような気がした。


年末特番のチーフ会議が終わると、南田は山下と鎌倉を食事に誘った。社内での処分を、鎌倉は特に気にしている様子は無かった。豪快に飲み、且つ旺盛な食欲で箸を動かし続けた。一方、山下は査定が低かったことなどおくびにも出さない。同期の二人は年末特番の手法や、スタジオの照明のことなど、仕事の話を熱っぽく語っている。時折意見が衝突すると、南田に同意を求め、「ほれ見い、やっぱり俺の方が正しい」などと子供のようにはしゃいだ。報道と制作で、それぞれ第一級の仕事人として成果を上げる、査定DとEの二人。

そういえば二人とも独身である。山下は長身で美形だから、警察や官庁の記者クラブ詰めの女性職員たちが熱を上げているらしい。一方の鎌倉、こちらはずんぐりむっくりで、おまけに無口である。職場のアシスタントディレクターなどから「デコポン」と呼ばれている。浮いた話など聞いたことも無い。

「どうでもいいけど、お前たち、そろそろ結婚でもしてみたら。もう三十も過ぎたことだし。付き合ってる女性はいないの？」

南田のその唐突な問いかけに、意外にも鎌倉が反応した。

「実は僕には、心に決めた女性がいるんです。今まで黙ってましたけど」

「プッ」

山下が吹き出した。

「初耳やで、鎌倉。そんな大事なことをなんで俺に言わへんのや？」

「ウン。その時が来たら言うつもりやった」

これはどうやら本気らしい。南田は朴訥で生真面目な、この男の相手に興味をひかれた。

「どんな女性なの？」

「はい。郷里の永平寺町でみやげ物屋を手伝ってる娘です」

「何や、遠距離恋愛ちゅうやつか」

鎌倉の女をすぐにでも見に行こうと目論んでいた山下は、明らかに落胆している。一方南田は、鎌倉がもっと聞いて欲しいという表情を浮かべているのを見て取ると、更に質問を続けた。

「いつから付き合ってるの。その娘と」

「はい。いえ付き合っているというか。俺、高校時代柔道部にいたんですけど、ランニングコースの途中にあるんです、そのみやげ物屋が。で、そこを通る時、いつもその娘を見てたんですよね」

「ヒヒヒヒ」

山下が笑い出した。

「何か可笑しいこと言うた？　俺」

「いや、すまん。それでなんや。その娘を通る度に盗み見ていたわけや。そんでいつ、こらえ切れずにチョッカイ出したんや？」

「チョッカイやなんてそんな。でも、そんなことしてるまに俺はどうしても彼女と話したいと思うようになった」

南田は、腹をさすりながら笑いをこらえている山下の頭を一発はたき、

「それで？　どうなったの？」

「ハイ。そのみやげ物屋に入って、永平寺手ぬぐいを買ったんです。一番安かったから」

「ガハハハハ。おい鎌倉、お前のその青臭い話は一体どこまで続くんや。キッカケの話はそれぐらいにして、恋愛成就の核心部分に移れよ、まったく」

南田はもう一発、山下の頭をはたいた。

「そうか、そこで彼女と初めて言葉を交わしたんだ。で、自分の気持ちを伝えたってわけか」

「いえ。その時は、とにかく彼女を間近に見られたことが一番の収穫で」

「で？　その後を聞かせてくれ。どうなったんや二人？」

山下はメモ帳を出し、取材を始めた。

「いや、それだけ」

「なんや？　そやなくて、その後二人がいかにして心を通わせ、将来を誓い合う仲になったんかと聞いてるんや、俺は」

「その後の話っちゅうても、まあ年に二回ほど帰省した時は必ずその店をのぞいている。彼女はまだそこで働いているし、聞いた話ではまだ一人身なんやて。だから俺は彼女と近い将来結婚しようと思っている」

山下が、もんどり打ってのけぞった。

「ガハハハ。聞きましたか部長。こいつのしょうもない恋愛話、ダハハハハ。年に二回帰省した時に、店をのぞいているんだそうですよ。ギャアハハハハ」

南田もひとしきり笑った。しかし鎌倉は真顔である。純粋でくもりが無い。その一途な表情を見ているうちに、あることに気づき、笑ったことを後悔した。そうだったんだ。あの震災シリーズで彼が描いた、生きとし生けるものへの繊細な優しさと深い思いは、彼自身の人間性に裏打ちされたものだった。ドキュメンタリーは人間のドラマである。作り手のセンスと、そしてそれ以上に取材相手の喜怒哀楽をいかに自分の気持ちの中に映し出せるかが大切だ。鎌倉にはそれができる。人を受け入れる懐の広さと、相手の心を時間をかけて見極めようとする優しさがある。

「結婚できると思うな、その娘と」

鎌倉が嬉しそうに頷いた。山下はその南田の一言に怪訝な表情を見せている。

「で、山下、お前はどうなの？」

「僕ですか。結婚は当分しません。なにせ、尊敬する上司が独身ですから、先に行くわけにはいかないでしょう」

「お前みたいなやんちゃな奴は、結婚して少し落ち着いた方がいいかもしれないぞ」

「そうですか。でも報道で働いてる今は、仕事のことしか目が向いてませんから。多分、何年先のことかわからないけど、異動で報道を出るようなことがあれば、結婚しますよ。すぐに」

内部告発

次の日、南田に専務の丸山から呼び出しがかかった。丸山は次期社長と目されている。社内では常務の野上が絶対的な権力を持ち、全てのセクションの人間を付き従えているように見えるが、寺西の一族ではない。その点、丸山は先代社長の娘婿で、血筋は薄いがやはり本流なのである。丸山は野上をうまく利用しているようなところがある。良くも悪くも、常に現場と向き合い、それなりの問題を抱える野上とは違い、丸山は一歩退いたポジションで大人の判断をしているようにも見える。次期社長としての自覚が、そうさせているのかもしれない。

「朝から申し訳ない。コーヒーでいいか？」

専務室に入った南田に、丸山は穏やかな表情で声をかけた。

コーヒーが運ばれてくるまで、丸山は株価や経済の動向など、精一杯の知識を南田に披露した。

そして、秘書の女性が退室するなり、

「話はいろいろと聞いてる。野上常務とやりあった件、前畑局長とのこともだ。でもな、あまり短気を起こすんじゃないぞ」

「いや別に短気とかそういうことじゃなくて、私は報道部長という職責をきちっと全うしたいだけです」

「ああ、それはわかっている。南田部長、これからの民放は優秀なソフトを生み出す報道制作というセクションがとても大事になってくるんだ。君は、その将来を担っているんだから、多少のことには目をつぶってな。うまくやってくれよ」

「はい。いろいろご心配をおかけして、申し訳ありません。ただ専務、私は専務が仰った次の時代の報道と制作の為に、今理不尽なことには正面から異を唱えたいと思っています」

「ま、それはわかるが、世の中いろいろあるわけだ。俺はな、会社のことも勿論大事だが、君自身のことも心配してるんだ。これからは、何かあったら俺に言ってこい。悪いようにはしないつもりだ」

将来を担う人材。そんな言葉で手懐け、野上常務の対立軸に俺という駒をひとつ置いておこうって算段か。二つの勢力の狭間で翻弄されるなんて、俺にはありえない。専務室を出ると、南田はそう呟き、口をキリッと結んだ。

報道フロアに戻ると、山下が待っていた。

「部長、昨日はご馳走になりました。ありがとうございました」

「あれからどうしたの？」

三人は『みすず』を出た後、山下の行きつけのバーに行き、午前一時頃南田は帰宅している。

「いやあ、あの後、ワインを飲みに行って、それから、鎌倉がよく行っているせこい小料理屋でまた一杯やって、そこを出て腹が減ったんで『長兵衛』でラーメン食ってビール飲んで、四時解散でした。鎌倉が言ってましたよ。南田部長の気持ちが嬉しいって。大丈夫ですよ奴は」

南田が鎌倉を励ます為に食事に誘ったことをやはり彼は理解していたのだ。

「山下はどうなんだ？」

「ひょっとしたら、それ査定の件でしょ。全然ＯＫです。総務の女性から聞いてました。部長が私の査定の件で前畑局長と一戦交えたって。実はチケット代払うつもりだったんですけど、デジタルのムービーカメラと編集機に化けちゃったもんで金がなくなっちゃって。すみません、ご迷惑かけて」

頭を下げながらそう答えると、山下は周囲を見渡し、ふいに真顔になった。

「部長、編集室にちょっといいですか？」

午前中の編集室は比較的人の出入りが少ない。大小十五の部屋に編集機とミキサー卓が置かれ、制作と報道が共用している。

編集室に入ると、年末年始の特番で使用する取材テープが山と積まれ、禁煙の張り紙があるにも拘らず、煙草の臭いが充満している。

「東亜プロセス、ご存知ですよね」

「食品メーカーの、あの東プロ？」

「ハイ。実はどうも商品の産地偽装をやってるらしいんです」

東亜プロセスフーズは、神戸に本社を置く業界四位の加工食品メーカーである。元々は大手総合商社に勤務していた数人の社員が神戸に小さな冷凍倉庫を作り、神戸港に水揚げされる外国産の牛肉や豚肉の保管中継基地として会社をスタートさせた。その後、倉庫業から業態を広げ、カリマンタン（ボルネオ）産のエビや、ブラジルの鶏肉などを直接買いつけ、これらを冷凍食品に加工して売り上げを伸ばした。またアメリカやオーストラリア産の牛や豚を原料に、ハム、ソーセージといった加工食品の分野に進出。昭和六十年代には、東北と九州に自社の飼育牧場を作り、東亜和牛、東亜黒豚というブランド名で食肉販売を軌道に乗せ、飛躍的にシェアを伸ばしている。

「どこから出た情報なの？」

「内部告発です。というか、まだ公の機関やマスコミ各社に出されたものじゃなくて、友人が個人的に僕に伝えてきたネタ……ということです」

「どういうこと？」

「神戸にある東プロ本社に大学の同期がいるんですけど、そのフィアンセが東プロの滋賀工場に勤めているんです。で、その滋賀工場で、国産自社ブランドで販売している加工食品と食肉に、外国産を混ぜてるってことらしいです。まだその友人の一方的な話だけで裏は取ってませんけど」

「告発してきた君の友人に何か意図はあるの？」

「そいつは元々、大学で化学を専攻した男で、東プロには食品の研究開発センターのスタッフとして入社してるんです。ところが上司とか周囲の人間とうまくいかず、本社の総務部に異動したってわけです。大学卒業してから、今でも年に二〜三回会うんですけど、いつも愚痴こぼしてましたから、多分その辺でしょう、告発の根っこは」

を待っている。

　南田は腕を組み、静かに目を閉じた。その動きを追いながら、山下は報道部長から出される次の指示
「いや、まだだと思います」

「農水省はこの件察知してるの？」

したかもしれませんね」

「映像資料室で調べておきます。ＫＨＳ報道は営業ネタが大好きだから、工場が落成した時、オンエア
「東プロ本社と滋賀工場の映像あるかな」

「それと農水省だな。東京国際テレビの農水省担当記者に取材のアポを取らせよう」

「東プロの偽装ということで取材の申し込みをするんですか？」

「いや、そうじゃなくて食品の安全性に関しての農水省の取り組みとかなんとか、役所が喜びそうな話で取材を申し込む。要するに顔つなぎだ。一回目の見合いはそれで良し。偽装の全体像が見えてきたら、二回目の見合いで一気に核心部分のインタビューを切り出すってこと」

「なる程、わかりました」

「それと、その君の友人と接触する時は、東プロ側に悟られないように細心の注意を払うように。神戸
の東プロ本社周辺では絶対に会わないことだ。滋賀工場の彼女には、ことが煮詰まってくるまで、直接
取材しない方がいい」

　山下は、いつのまにかメモ帳を取り出し、南田の話を書き込んでいる。

「それと山下」

「はい」

「この件は報道部内の誰かに話したか？」

「いえ」

「キャップの今岡には俺から伝える。他は一切伏せておこう。田上には特にだ」

「田上副部長……そうですよね。はい、わかりました」

田上には伏せておく……南田のこの言葉で、山下はその意図を察した。

東亜プロセスフーズはKHSにとって大切なスポンサーである。CM受注額は年間一億円以上になる。偽装疑惑で報道が動いている事実を知れば、間違いなく営業が介入してくる。報道の動きが営業に漏れるとすればそれは田上からの情報である。

南田は編集室を出ると、既に出社している田上にチラッと視線を送り、何事もなかったようにデスクに戻った。


東亜プロセスフーズ滋賀工場は、琵琶湖に面した滋賀郡志賀町のなだらかな丘陵地帯にある。およそ二万平方メートルの広大な敷地には高麗芝と季節の花々が植栽され、こうした美しく清潔感のある環境の中で、東プロの製品が生み出されていることをアピールしている。正面ゲートから長いアプローチのレンガ道が続き、管理棟、加工工場、南北の冷凍倉庫とそれに隣接する処理棟が配置されている。

東プロ滋賀工場食品管理部主任。これが中本洋子の肩書きである。十一年前、彼女が地元の短大を卒業した時に、丁度この工場がオープンし、地元採用されている。

食品管理部での彼女の仕事は多岐に及んでいる。午前中は、主に加工工場で製品の包装状態や消費年月日など、生産ラインの最終段階でのチェックを行う。午後からは、二百人近くのパート従業員の給与計算や福利厚生の仕事、更に工場内の簡単な財務処理全般をこなしている。

滋賀工場には、本社から出向してきた十八人の男性社員と、洋子を含めた三人の女性社員が働いているが、その中でも洋子はパートの従業員から最も頼りにされる存在だった。

洋子が神戸本社総務部の高峯春夫と知り合ったのは、三年前のセクハラ騒動がきっかけだった。パート従業員の女性十数名が、男性社員によって性的な嫌がらせをされたり、酒食に同行するよう強要されたというものである。訴えを受けた洋子は、管理部の上司に相談したがまったく取りあってもらえず、その後もセクハラ行為が続いた為、本社総務部にこの件を持ち込んだ。その窓口となったのが高峯である。

高峯の動きは機敏だった。総務部のトップに了解を取りつけると、直ちにチームを作り、パート従業員一人一人への聞き取りや、その男性社員に対する聴取を行った。その結果セクハラがあったという確証が得られ、男性社員は懲戒処分を受けている。神戸本社が迅速に動いたのは、パート従業員の殆どが主婦であり、セクハラの風評が外に出ることで商品と会社のイメージダウンが避けられないと判断したからである。

その後高峯は本社総務部社員として、度々滋賀工場を訪れるようになり、やがて洋子と愛を育む仲となったのである。

洋子が工場内の不審な動きに気付いたのは一年前だ。滋賀工場には営業部、食品管理部、輸送保管部の三つのセクションがあるが、その時、そのチームは突然結成された。工場長と営業部長、食品管理部長の三人を中心に、数人の男性社員からなる肉質検査チームが立ち上がったのである。工場長は、自社の牧場から運ばれてくる牛と豚の品質をチェックし、より消費者に好まれる肉質の研究に取り組むと、その時工場内の全職員を前に胸を張って説明している。東プロの組織図には載っていない、言わば業務遂行の為のプロジェクトチーム、そんな位置づけと誰もが理解していた。しかし、その後このチームは表向きには業務の為に動いているという気配も無く、何かしらの成果を上げたという話も皆無だった。

しかし洋子は気付いていた。パート従業員が帰宅し、すっかり無人となった処理場と北倉庫に検査チームのメンバーが集まっていることを。不審に思った洋子は、一度食品管理部長の波川裕二に、そのことを尋ねたことがある。

「ああ、あれね。いや通常の勤務時間内では研究の時間が取れないから、メンバーが自発的に業務終了後に活動してるんだよ」という曖昧な答えだった。

その日、洋子は管理棟一階にある食品管理部の部屋で残業をしていた。月末締めのパート従業員の給与計算に追われていたのである。夜十時過ぎ、巡回の警備員が声をかけてきた。

「お疲れ様です。今日も残業ですか？」

「ええ、でもそろそろ帰りますので、あとよろしくお願いします」

「はい、わかりました。ああ、処理場の方でもまだ仕事されているみたいですよ」

警備員がいなくなると、洋子は電卓のスイッチを切った。

またあのチームが何かをしている。夜十時を過ぎたひと気の無い処理場で……。

洋子はうず高く積まれた従業員の勤務簿を手際よく整理し、机の上の細々《こまごま》とした物を片付けると部屋を出た。管理棟から北倉庫まで五十メートル程ある。敷地内の芝の緑を、外灯が鮮やかに映し出している。暫く行くと、正面の倉庫と処理場から部分的に明かりが漏れている。外から中を見ることはできない。倉庫の正面入口から中に入ろうとしたが鍵がかかっている。裏手にまわる。倉庫内に荷物を出し入れする車両運搬通路もシャッターが降りている。そのすぐ横の通用口のノブをひねる。ドアが開いた。木質ケースやダンボール箱が雑然と積まれた倉庫内の、一番脇の細い通路を進んでいくと、遠くから聞き覚えのある声が切れぎれに耳に入ってくる。工場長の矢崎常夫と営業部長の赤塚裕助だ。更に用心深く進んでいく。コンテナを運搬する特殊車両に鉄製の梯が架けられている。それを四〜五段昇ると、倉庫と処理場が突然視界に入ってきた。

矢崎と赤塚が、倉庫内の窓際に置かれた長椅子で談笑している。そしてその奥の処理場で、作業用の白衣とビニール手袋を身につけた営業部と食品管理部の社員数人が立ち働いている。彼等は機械を使って肉の塊を部位毎に裁断し、小型カートに載せては、国産黒豚と書かれた大型冷凍庫に運び込んでいる。すると別の社員数人が、十頭分程の豚の冷凍肉を大型のキャリーカートに積んで運んできた。それぞれの肉はビニールシートに包まれ、デンマーク産というラベルが貼られている。今度は全員総がかりで裁断が始まった。

「よし、あと少しだ。明日の分はこれで十分だろう」

矢崎が座ったまま社員に声をかけた。赤塚は洗浄ホースを使って、処理台の周りに散った血のりを流しはじめた。

洋子は、目の前で繰り広げられている光景をにわかに理解することができなかった。しかし、彼等は確かにデンマーク産の豚肉を国産黒豚専用の冷凍庫に運び込んでいる。その冷凍庫に入った肉は、次の日、ハム・ソーセージ用に熱処理加工されることになっている。そしてその製品は、東プロが主力商品として販売している国産黒豚百％使用のハム・ソーセージなのである。

洋子は用心深く足音を忍ばせて倉庫を出た。混乱した頭の中に「偽装」の二文字が浮かんだ。工場長と営業部長、そして恐らく上司である食品管理部長も関与している。

やっとの思いで部屋に戻り、バッグを手にすると、洋子は震える足で工場を後にした。

洋子はその後一カ月、彼等の作業を探った。偽装はハム・ソーセージだけではなかった。輸入牛と国産牛をスライス加工して合成し、東亜和牛ステーキのラベルを貼る。またブラジル産の輸入鶏肉を国内産の高級な袋に詰め替える作業などが、工場内で連日のように行われていたのである。洋子はその全てを高峯に打ち明けた。

東亜プロセスフーズ本社総務部。高峯はそのフロアの自分のデスクで、自問自答の末にある決断をしていた。それは自分を畑違いの総務部に異動させた、この会社に致命的な打撃を与えることに他ならなかった。大企業を辞して会社を創業し、自由な気風で会社を大きくしてきた経営トップに対する憧れと共感。高峯がこの会社に入ったのも、研究開発部門で成果を上げ、彼等に貢献したいというのが最大の理由だった。しかしその夢は入社二年目にして打ち砕かれた。期待に反して彼等は保守的だった。高峯が目指す新製品の開発には消極的で、研究の主眼は商品をできるだけ長く日持ちさせる為の成分テストの繰り返しだった。ある日、高峯は上司にその不満をぶちまけた。その半年後、総務への異動内示を突き付けられたのである。

　高峯は偽装工作に本社が関わっていないか、それとなく調べ始めた。関与しているとすれば営業本部とその周辺……。

　その絞り込みは的を射ていた。あることに気付いたのだ。専務取締役営業本部長・田辺時男の存在とその行動である。田辺は社長に次ぐ地位にあるが、実質的にはこの会社を意のままに操る実力者だった。その田辺が、ここ一年程頻繁に滋賀工場に出張しているのである。通常、彼の出張先は主に営業と販売の拠点となる東京、大阪、名古屋の各支社である。彼はまた年に数回海外に赴き、肉畜生産国をまわって価格交渉に陣頭指揮をとることもある。つまり加工工場がある滋賀に何度も足を運ぶ必然性が無いのだ。

　高峯は中本洋子の携帯に電話を入れた。

「はい。洋子です」

「田辺本部長のことなんだけど、滋賀工場に出張した時、何をしてるの？」

「来る時はいつも夕方ね。夜は工場の幹部と夕食に出る。その後は……ひょっとしたら、例のチームと倉庫に入ってるかもしれない」

「彼の出張スケジュールわかるかな？　滋賀工場への」

「ええと、ちょっと待ってね。月間ボードに本部長の名前がある。二週間後ね、水曜日」

　高峯は自分の手帳に、その日付を書き入れた。

「ありがとう、また連絡する。誰にも気付かれてない？」

「ウン、それは大丈夫。でも毎日重苦しくて。高峯さんも注意してね」

ここ二年程の間に、海外から輸入される牛や豚の飼料価格が高騰し、自社牧場での肉生産コストが急上昇している。一方で、消費者はＢＳＥ（牛海綿状脳症、狂牛病）問題などでより安全な国産の牛肉や豚肉を求める傾向が続いている。偽装工作は間違いなく、本社営業本部長の指示で行われている。高峯はそう確信した。


山下がその電話を受けたのは、それから数日経った夕方の事である。

「もしもし、山下？　俺、高峯」

「高峯か、久しぶりやな、元気にしてるんか？」

「うん、まずまずやね。山下、今日の夜空いてるか？」

「ええよ、久しぶりに一杯やろか。今大阪に来てるんか？」

「いや、そうやないけど。こっちは六時すぎに終わるから七時半か八時には会えると思うわ」

二人は大阪大学の同期生である。山下は文学部、高峯は理学部と学部は違ったが、テニスの同好会で知り合い、卒業後も付き合いは続いている。

午後八時すぎ、大学時代によく通っていた心斎橋の居酒屋で二人は再会した。掘り炬燵のある小部屋で、杯を合わせるのもそこそこに、高峯はいきなり切り出した。

「実はな、山下。うちの会社で今妙なことが行われてるんだ」

「東プロで？　なんや、妙なことって」

「これはまだ二人だけの秘密にしてほしいんや。守れるか？」

「なんや高峯らしくないもの言いやな。わかった、守る」

高峯は、滋賀工場で行われている一連の偽装工作や、中本洋子の存在など、ひとつひとつ言葉を選びながら話をした。

山下にとって、その話は記者魂を奮い立たせる程の刺激的な内容だった。途中何度もメモを取りたいという衝動に駆られたが、相手に警戒感を与えるかもしれないという、記者としての経験がそれを抑えた。

「ちょっとびっくりやな。で、高峯はどうしたいんや？」

「それで実は相談してるんだ。俺は基本的にこの事実を公表したいと思ってる。そやけどその手立てがね。会社の中で、いきなり本部長の首根っこ摑まえて、この男は不正をしてます、なんてできへんしな。君はメディアの人間やから、こういうケースで一番有効な方法を知ってるんやないかと思って」

「俺が動いてええんか？」

「何かええ方法あるのか？」

「いや、今動くにしても、不正の事実を暴く材料が乏しすぎる。ただ取材は進める。確かな裏付けっちゅうか、偽装を示す決定的な何かを押さえたら、時を移さず記事にしようと思う」

「わかった。山下に任せるわ。今はまだ俺と洋子の二人は動かん方がええっちゅうことやな」

「内部告発っていうんはリスクを伴うからな。中途半端にそれをやると、当然会社は告発者捜しをするやろうし、下手したら偽装は証拠不十分でオクラ入り。で、君たち二人は処分、なんてことにもなりかねない」

二人は、それから暫く、料理に手をつけることもなく押し黙った。先に口を開いたのは高峯だった。

「来週の水曜日、その本部長が滋賀工場に出張するらしいんや」

「え？」

「そこで何か決定的な証拠を摑めへんかなって思うんやけど」

山下はその言葉を待っていたかのように反応した。

「カメラを設置できへんか？　工場内に」


その週末、山下は自宅に高峯と中本洋子を呼んだ。洋子は隠し撮りの件を高峯から切り出された時、自分には難しいと拒んだが、工場内に怪しまれずに入れるのは洋子だけであり、高峯も前日滋賀入りして手伝うということで漸く納得した。山下はチケット代から化けた小型のVTRカメラの使い方を二人に教え込んだ。倉庫と処理場の見取図を書いて、カメラをどこに設置するかを探った。更にダンボール箱にマイクを仕込む方法や、その使い方などを繰り返しレクチャーしたのである。

一年を振り返る報道特別番組は、二十八日の夕方、生放送された。大阪の道頓堀、京都大原、兵庫西宮のえびす神社に中継車を出し、年末の世相をリポート。スタジオはキャスターの橘まい子が流れるように仕切っていく。政治や経済、事件事故など、今年を象徴する出来事がテンポよくVTRでまとめられ、それぞれのキャップの無駄のない解説を交えて、まい子の進行で繋がれていく。途中、道頓堀の中継で若者たちがリポーターに殺到して騒いだ為、危うく音声が中断しそうな場面もあったが、急遽スタジオに戻って、まい子が無難に処理した。

二時間半の放送が終了すると、報道サブや情報センターのそこかしこで拍手が起きる。

エンドレスの報道の日々。しかしこの時だけは、取りあえず一年が終わったという仕事納めの実感があった。

恒例の納会がスタートする。中央打ち合わせコーナーに寿司の大皿が幾つも並び、それを囲むように、記者やディレクター、アシスタントディレクターなどが賑やかに集う。

ウーロン茶やジュースがつがれると、局長の宗方が紙コップ片手に挨拶した。

「皆さん、一年間本当にご苦労さんでした。ま、大きな放送事故もなく、また元気に新しい年を迎えられることに感謝して乾杯しましょう」

乾杯の声と同時に、何人かのスタッフがクラッカーを鳴らした。情報センターの見慣れた年末のひとコマである。

南田はデスクで若き放送マンたちの表情のひとつひとつを目で追っていた。この業界には、今幾つもの大きな波が押し寄せてきている。BSやCSの参入、地上波デジタルへの対応。先の見えない構造不況と広告費の減少。近い将来、ネットワークの再編や放送エリアの見直し、果ては地方のローカルテレビ局同士の統廃合といった事態も起きるかもしれない。だからこそ、今地域に根ざした報道の在り方を確立し、優秀なソフトを生み出す為の基礎体力を作っておかなければならない。十年あるいは二十年後、この若いスタッフが、いきいきと仕事を続けていくために。

「部長」

綾が寿司を乗せた紙皿とお茶を持って、いつの間にか南田の前に立っていた。

「召し上がりません？」

「ありがとう。今戻ってきたの？　今日一日社内にいなかったね」

「わあ嬉しい。憧れの君が私のことを捜し求めてくれてたわけだ。今日はね。挨拶まわりだったの」

「正月はどうするの？」

「うん、博多の実家で、ノンビリゆったり寝正月かな。京ちゃんは京都でしょ。じゃなくて南田部長は京都でお正月ですか？」

「うん。二日までね。三日には大阪に戻る」

「ね、年が明けたら時間作って。大事な話があるの」

綾はそう言うと小さくひとつウインクして自分の席に戻っていった。

今年もまた、綾とは何も無かった。社内での二人は、お互い高いレベルでそれぞれの仕事を評価し、時にはストレートに批判するといった関係にある。報道と制作という違いはあっても、志を高く持った放送人同士の峻烈なやり取りがそこにはある。一方で、二人の心と体はより強い絆を求めるようになってきている。少なくとも南田は今、男と女としての、二人だけの時間と空間を共有することを強く望んでいる。しかしそこに踏み込めないでいる臆病な現実。

そして綾もまた、常に自然体でいながら、目一杯のところでためらいを感じているようなところがある。懊悩《おうのう》の時は過ぎた……。南田は決断の時が近いことを自らに強く言い聞かせた。

「部長、南田部長」

　鎌倉だった。南田の顔をのぞき込んでいる。

「ああ鎌倉か、どうかした？」

「どうかしたはこっちのセリフですよ。目が宙をさ迷ってましたよ。大丈夫ですか？」

「え？　いや大丈夫」

「今年一年いろいろお世話になりました」

「こっちこそ。来年も頑張ろう、お互い」

「実は部長、二月に退職します」

「え？　何それ」

「年明け早々に辞職願いを出すつもりです」

「とにかく、そこに掛けろよ」

　鎌倉は近くにあった椅子を引いて、南田の横に腰掛けた。

「すいません。仕事納めのこんな時に」

「いや、そんなことはいいんだけど、理由は何なの？　例の処分の件？」

「いえ。そういうことじゃなくて、カメラをやりたいんです。元々カメラマンですし、制作でも何年も、何か違うなあってずっと考えてたんです」

「でも今のディレクターという立場でも、カメラをまわすことはできるんじゃないの？」

「ええ、それはそうなんですけど。疲れるんですよね、妙にこの会社は。部長には本当に申し訳ないと思っています。ご期待に沿えなくて」

「辞めてどうするの？　あてがあるの？」

「これからですけど、多分大丈夫です。福井のプロダクションに知ってる人間が大勢いますし。それと結婚しようと思ってます。先日部長と山下に話をして、頭の中がすっきりしたんです。仕事も、彼女のことも、自分らしく真っすぐやっていこうって」

「止めても……気持ちは変わらない？」

「はい。すみません」

「今から飲みに行こうか？」

「ありがとうございます。でも実は今日の夜行バスで実家に帰りますので。部長には改めて、ご挨拶に伺います」

　どんなに慰留しても、この男の気持ちは変わらない。鎌倉の言葉と表情には迷いのかけらもない。また優秀な人材がこの会社から消えていく。思えば本当に多くの二十代、三十代の気鋭の社員が、医師免許を取りたい、広告マンとして再スタートしたい、教師として教育の現場に立ちたいなどの理由で職場を去っていった。テレビの仕事に魅力が無くなった。あるいは志が高いからこそ、この業界に見切りをつける。報道と制作の表と裏を見続けてきた南田には彼等を止めることができなかったし、鎌倉に対してもまた、翻意を促す言葉が見つからなかった。

隠し撮り

元旦の京都は、細かい雪が降り続いている。南田は母の文恵と修学院駅のすぐ近くにある彼女のマンションで一日を過ごした。

文恵は生きることに淡々としているように見える。こうして年に一～二回やってくる息子に対しても、特段はしゃぐこともない。白味噌仕立ての雑煮を息子の為に作り、食事が終わると、短冊に自作の俳句をしたため、その出来を尋ねる。適当に答えると怒るし、辛口の批評をすると何時間か口をきかなくなる。そんな調子で一日が過ぎていく。南田には三歳違いの兄がいる。やはり東京の大学に入り、卒業後都内の銀行に就職している。妻と三人の子供がいて、二年ぶりに明日家族連れだって訪ねてくるという。それでも文恵は浮かれた様子もなく、ただいつもより多目に正月料理を作っただけである。夫の死後、子や孫に残りの人生を託すなどという生き方をしていない。南田は、そんな母親と過ごす短い時間を結構居心地が良いと感じている。

二日に尚寿庵を訪ねた。正月の参拝者や観光客で賑わう大原の里を歩く。三千院から寂光院へ、そして更に一時間程西に向かうと鞍馬に至るなだらかな山ふところに、その庵はある。創建は定かではない。一説によると、江戸時代初期の文人が世事をのがれて隠遁の居としてこの地に結んだといわれている。手入れの行き届いた枯山水の小さな庭に、へばりつくように雪が積もっている。心の字をあしらったその庭は、周囲の山々と木々の姿を見事に借景し、凛とした強さで見る者を引き込んでいく。

「また一年経ちましたなあ」

「はい。北光尼様もお元気そうで何よりです」

「途中道が悪うおましたやろ。さ、これで温まって」

手に隠れる程の漆の椀に、桜湯が入っている。八十歳を越えているであろうこの庵の主は、いつも笑顔を絶やすことなく南田を迎えてくれる。南田がここを初めて訪れたのは五年前である。年末の特別番組で大原の民宿から中継した時、たまたま尚寿庵の存在を知らされ、正月にぶらっと立ち寄ったのである。

北光尼は京都伏見の出身で、大きな造り酒屋の長女として生まれた。今でもその生家は営みを続けている。大阪の女子師範を卒業した彼女はその後国民学校で教鞭を取るようになるが、当時、その国民学校に駐屯していた陸軍の士官と恋に落ち結婚した。夫はその一年後、中国戦線に出征し、湖北省東部の漢口で戦死している。終戦後、彼女は伏見に戻り、暫くの間、実家の酒屋を手伝っていた。幾度かの再婚話を断り続け、結局そのことで、家出同然に伏見を後にした。

その後の彼女の人生は恐らく苦難に満ちたものだったに違いない。戦後の混乱が続く大阪の闇市で、爆弾と呼ばれる焼酎を屋台にさばいていたという。また、神戸の粗末な旅館で仲居として働いている姿を見た者もいる。そうした証言を繋ぎ合わせてみても、幸せな女の生き方は見えてこない。

そして、彼女は京都に戻っていた。仏道に帰依し、やがて尚寿庵に迎えられたのである。

「北光尼様は、いつ頃からここでお勤めをされているのですか？」

桜湯と北光尼の穏やかな笑顔に、南田はすこし癒されている。

北光尼はその問いかけに暫くの間目を閉じ、そして答えた。

「そうどすなあ。もう四十年近くになりますやろか」

「寂しくはありませんか？」

「寂しいというのは、どういうことどっしゃろ。私はここで、草や木、鳥たちといつもお喋りをしてますさかい、孤独を感じたことは一度もおへん」

寂しくないかという問いかけは、この相手にあまりにも相応しくなかったと南田は恥じた。その南田の様子を見て取ったのか、北光尼は優しく微笑みを浮かべた。

「南田はん、何かおましたのか？　いつもとご様子が違いますなあ」

南田は北光尼に思いの丈をぶつけた。会社における自分の立場、上役との確執、そして綾のことも。

「結局、私はこの年になっても、自分がどんな人間なのか理解していないし、自分らしく生きたいと願いながら、そのことの意味もわからないでいるんです」

話を聞いていた北光尼は、書院の左右にある襖障子を開けた。一方は四角、もう片方は円形の窓がある。それぞれ、細い竹で編んだ桟が、外の風景の邪魔にならないよう優しく組まれている。

「南田はん。右の四角い方は迷いの窓、左の丸いのは悟りの窓どす。この尚寿庵には大勢の人たちが来はって、両方の窓にそれぞれの思いを語って帰らはります。人の生きる道は、迷いと悟りのくり返しどす。でも迷っているからいうて、その人間が未熟で浅はかな存在ということではあらしまへん。逆に悟った人が偉いということでもおへん。迷いながら悟る。悟ってもまた迷う。仏様はこのことを輪廻という言葉で表現しはってます。流れるいう意味どす。そしてその先に転生があるのどす。生まれ変わるいう意味どす。南田はん。まず今の南田はんのありのままを受け入れはったらどないどすやろ。人は大なり小なり重荷を背負って生きています。そしてその苦しみの故に自分の今を否定して、これからどないすればええのかをまた迷うのどす。心の安らぎとか豊かな生は、良うも悪うも、今を受け入れるところから始まる。私はそう思うてます」

年明け後の報道は幾つかの事件で息つく暇もなかった。神戸の須磨区で起きた強盗殺人事件、堺市の郵便局に刃物を持った男が立て籠もった事件、東大阪市の幼児虐待死事件。社会部の記者は連日取材に忙殺され、南田もまた早朝から深夜まで対応に追われた。

鎌倉は正月休みが明けると退職願を出し、ほどなく受理された。南田は結局、年末のあの時から鎌倉と言葉を交わしていない。何度か、彼の自宅や実家に電話を入れたが不在だった。彼とはまだ十分に話をしていないという思いを南田は引きずっていた。

「部長、今いいですか?」

山下だった。彼は正月明けの一連の事件からも一切離れ、例の偽装を追っていた。年末には農水省への取材も敢行している。応対した食料政策課の人間に、いきなり東亜プロセスフーズの偽装疑惑を質したのである。応対した課長補佐の役人は、一週間程前に山下から安全な食品確保に向けての農水省の取り組みについてインタビューを受けている。今回はその第二弾ということで取材を了解した。それが唐突に偽装疑惑である。マイクの前で何度も言葉を詰まらせながら、事実関係を承知していないと答えた。

「で、どうだ農水省は？」

「ハイ、動き出しましたよ。狙い通りです。明日か、あさって、外郭団体の農畜産業振興事業団から東プロに現品確認検査が入ります」

「滋賀工場だな」

「はい、そうです」

「事前通告無しでやるのか？」

「いや、それはないと思います」

「ということは、隠蔽する可能性があるな。わかった、滋賀工場の取材チームは表と裏の二班でいいか？」

「ええ、出入口は二カ所ですから。恐らく東プロと事業団は取材拒否でしょうから、入り込みと出る所が撮れれば十分だと思います」

「他社はこの動きを摑んでるの？」

「いえ、新聞も含めてノーマークです。ああ、大事なこと忘れてた。今夜高峯と会ってテープを受け取ります。部長も同席していただけますね」

「勿論。そうか、あの二人、ようやく腹を決めたということか」

「実は私も駄目かと思ってました。撮影はうまくいったという連絡は受けてたんですが、そのテープをうちに持ち込むかどうか、だいぶ迷ったみたいですね。連中は連中なりに、相当苦しい思いがあるんだと思います」

不正を糾弾する行為。それは自らが禄を食む会社に対し軌道修正を迫ることである。しかしその結果自分たちの立場はどうなるのか。或いは、会社そのものが、そのことで経営が立ち行かなくなったら……。テープを提出するという、彼等にとっての告発の最終場面で大きなためらいがあったことは想像にかたくない。しかしこの問題がどう展開し決着しようと、報道の立場で私情を挟む余地はないのだ。

「山下、二人の立場を十分配慮して進めていこう。でも我々の仕事は二人を守ることじゃない。社会正義の為にマスコミとしての責任を果たすということだ。その大義を忘れないように」

「はい。私は最初からそのつもりです。この件での優先順位なんて、そもそもあり得ないと思ってます。記者として東プロの不正を暴く、その為に二人を利用している、つまりそういうことです」

同じ頃、東亜プロセスフーズ神戸本社にある役員応接室に四人の男が集まっていた。いずれも表情は険しく、重苦しい雰囲気の中にある。そのうちの三人の耳目は、ある男の表情や言葉に注がれている。三人は滋賀工場の工場長矢崎常夫、営業部長赤塚裕助、食品管理部長波川裕二である。そしてこの三人を本社に呼んだのは専務取締役営業本部長・田辺時男である。

「どうなんだ。農水省の確認検査は大丈夫なんだろうな?」

矢崎は膝をそろえたまま、上目遣いに答えた。

「はい。問題ありません。事業団の応対には私があたりますし、調査が入るであろう各ポイントには念のため、肉質検査チームの社員を置きますので」

「しかし……一体どうしてだ。現品確認検査というのは疑惑があるという想定でやるんだろう。どこから漏れたんだ？」

田辺の声は怒りに震えている。

「はい。それは現時点ではわからなくて……」

矢崎は俯いたままそう答えた。

「波川」

「はい」

「原料の入荷に関しての書類は大丈夫だろうな」

「はい、既に私の手で書き換えています」

「食品管理部から情報が漏れた可能性はないのか？」

「それは考えられません。うちの部は肉質検査チームのメンバーである男性社員五人と、後はパート従業員の給与計算など庶務的な仕事をしている女性社員が二人です」

「女が二人か。勤務状態はどうなんだ、その二人は」

「いたって真面目です。言われたことを黙々とこなすというタイプです。工場経営に関してはノータッチです。中の一人は財務処理など数字を扱わせてますが、物品購入などの庶務的なものですから問題はありません」

「となると、肉質検査チームに入っていない社員がやはり一番臭いな。矢崎、その辺の調査は進めてるか？」

「全員あたってます。いずれも会社に対して従順で、勤務態度も真面目です」

「あらゆる角度から洗え。事は緊急を要する。絶対にあぶり出すんだ。それと肉質検査チームの全員に徹底しておけ。滋賀工場での偽装はあり得ない。その言葉以外、一切外部の人間には喋るなと」


その日の夜、南田と山下は『みすず』の座敷で二人を待っていた。高峯と中本洋子は、それぞれ怪しまれないよう、普通に業務を終えてからここに来る約束をしている。午後九時を過ぎて、二人は現れた。

「ＫＨＳの南田です。初めてお目にかかります。山下がいつもお世話になってます」

型通りに挨拶すると、二人は短く名前を名乗った。

「今何か準備させます。お酒は？」

「いえ、私たちは結構です」

そう言うと高峯は紙包みを取り出し、山下に渡した。

「例のテープです。営業本部長が工場に入った時の映像です」

東プロの田辺営業本部長が滋賀工場に出張する前日、高峯は事務用品の新規購入の為の調査という名目で滋賀工場に出向いた。机や棚、パソコンデスクなどのリストを作り、表向き洋子とその打ち合わせをする。本社総務部の社員として事務的にその仕事をこなしながら、実は工場の幹部たちの動きや、田辺のスケジュールなどを探っていた。そして都合の良いことに高峯が来たその日は肉質検査チームの例の作業がないことがわかった。普段でも、土、日を除いて、作業をしない日が週に一日か二日ある。高峯は午後六時の就業時間が過ぎても、辛抱強く事務機器メーカーの雑誌をめくり、時にメーカーに電話を入れて、リストに価格を書き込む作業などをゆっくりと続けた。やがてパート従業員が全員退社し、食品管理部の社員も三々五々引き揚げると、管理職の波川だけが残った。午後八時近くになって波川が帰り仕度を始めた。二人を怪しんでいる様子は全く無い。

「高峯君、ご苦労だね。多少予算がかかってもいいからよろしく頼むよ。個人ロッカーももう古くて開閉に不具合があるし。思いきって事務所内をリニューアルしてしまおう」

「ええ、そのつもりで、今リストを出しています。事務机やパーティションなども新しくしましょう。五百万円程の予算でいけると思います」

「そうか。じゃ高峯君、中本君、あとはよろしく」

高峯は波川が退社すると、洋子に耳打ちした。

「警備の巡回は何時？」

「午後十時だと思う。残業してると、いつもそれぐらいの時間に警備員が声をかけてくるから」

「倉庫に入る鍵は？」

滋賀工場の全ての施設の鍵は、通常の就業時間内、食品管理部で保管している。最後に退社する社員が警備室に鍵を渡すことになっている。

洋子は席を立って、入口横のボードに掛けてある大きな鍵の束から、倉庫の鍵を取り出した。

「じゃ、やろうか」

「ちょっと待って」

洋子は警備室に電話を入れた。

「食品管理部の中本です。申し訳ありません、製品ラベルの不足分がありましたので、倉庫の照明入れといて下さい。お願いします」

受話器を置いた洋子に、高峯が、

「大丈夫か。そんなことして」

「ええ、よくあることなの。心配ないわ。真っ暗な倉庫から懐中電灯の明かりがチラチラ漏れてたら、かえって怪しまれると思うわ」

倉庫に照明が入る。管理部の窓からそれを確認した二人は、カメラとマイクなどが入った黒いバッグを持ち、そっと部屋を出た。

倉庫とそれに続く処理場は三階まで吹き抜けになっている。丁度二階部分にあたる所に、窓を開閉する為の鉄製の通路が、倉庫内を取り囲むように設置されている。幅は四十センチ程度で、普段そこに足を踏み入れる者はいない。高峯は窮屈な螺旋《らせん》階段を昇り、その通路をしばらく行った所で立ち止まった。

照明は倉庫内を明るく照らし出しているが、通路には光が届いていない。

「ここだ」

倉庫と処理場が丁度いい具合に見渡せる。高さも距離も申し分ない。高峯は山下と打ち合わせた手はず通り、素早く小型のカメラを手摺に取り付け、黒のビニールテープで固定した。

一方洋子はカメラの固定場所を確認すると、丁度その下のあたりに積まれている大型のダンボール箱を調べ始めた。中には五年程前まで使っていた製品用の包装紙がギッシリと詰まっている。

「ここどうやろか」

　下に降りてきた高峯がダンボールの位置関係を注意深くチェックする。

「ここしかないな」

　そう言うと、ダンボールの中から、厚さ二十センチ程分の包装紙を抜き取った。箱に小さな穴を開け、超小型のピンタイプのマイクを通す。ケーブルをセットし、抜き取った包装紙を上からかぶせる。いったんケーブルをところどころテープで止めながら下までおろし、更に壁面の換気用のパイプを伝うように上の階段まで持っていく。そしてカメラに繋いだ。

「どうやろ？　下から見て」

「全然わからへん。完璧やわ」

　次の日の夕方、田辺は予定通り滋賀工場に入った。午後五時半を過ぎて、工場幹部等と食事の為、いったん外出をした。洋子は何くわぬ顔でその日の仕事を普通にこなし、そして午後六時半過ぎ、倉庫内から人影が消えたのを見計らってカメラのスイッチを押した。

「中本さん、大変でしたね」

「ええ、でも高峯さんが一緒でしたから」

「工場内の最近の様子はどうですか？」

「農水省の調査が入るらしいって話が出てからピリピリしてます」

「中本さん自身には何かチェックが入りましたか？」

「いえ、それはないです。私が女だからでしょう。例の検査チーム以外の社員を疑っているようです」

南田は黙ってそのやり取りを聞いていた。この三人のこの一カ月に及ぶある種の信頼関係に割って入ることはためらわれた。山下は時に真剣に、そして時には優しく笑いながら二人の気持ちをほぐそうと努力している。

「田辺本部長はその後も滋賀工場に来てます？」

「いえ、あれ以来、来てません。管理職の携帯には明らかに本部長と思われる相手から、何度も電話が入ってるみたいですけど」

その後山下は洋子に、農水省の現品確認調査も含めて、工場内で今後予想される様々な動きに動揺しないよう話をした。そして二人が『みすず』を出る時、

「大丈夫です。二人のことは決して外に出ませんから」と確約したのである。

社に戻った二人は無言のまま編集室に直行した。テープを再生すると無人の倉庫と処理場が映っている。早送りしていく。その録画テープには日付と時間が画面右上に小さく映し出されている。その時間が午後八時十五分を示した時、突然画面に八人の男たちが入ってきた。いずれも例の研究チームのメンバーである。山下はいったんテープを止め、再生ボタンを押した。男たちは作業衣に着替えると画面から一斉に消えた。程なくエンジンの回転音とキャタピラーのパタパタという音が入ってくる。映像に大型のキャリーカートが現れた。透明シートに包まれた十頭ほどの豚肉の塊が乗せられている。シートにラベルらしき紙が貼付されているが、画面では判読できない。山下は映像をストップすると、特殊ズームでそのラベルを拡大した。「デンマーク産」と読める。再び通常の再生に戻すと、彼等は肉の塊を処

理台に乗せ、解体を始めた。作業しながらの会話も明瞭にひろっている。

「今日は田辺本部長が来るんやろ？」

「ああ、九時すぎとか言うてたわ」

「この作業がストップしたら特別手当はどうなるんやろう」

「チームが続いてる間はあるやろう」

「しかし辛気臭い仕事やなあ。大学まで出て、肉の解体やってるんやから」

「ま、そういつまでも続かへんやろう。文句言わんとやってしまおうや」

彼等は解体が終わると、部位毎に分けられた肉を小さなカートに乗せ、冷凍庫に運んでいく。冷凍庫には国産黒豚というプレートがつけられている。

山下はここで再生をストップし、南田を見てニヤッと笑った。そして早送りする。

画面右上の時間表示が八時五十八分になった時、田辺と矢崎が映し出された。再生ボタンを押す。矢崎が作業をしている全員を呼んでいる。画面左サイドに田辺と矢崎、中央から右手に社員が揃う。田辺が一歩前に出た。

「皆、ご苦労さん。遅くまで本当に申し訳ない。全ては会社の為だ。皆にはそれなりの報酬と今後の待遇が約束されている。もうしばらくだ。よろしく頼む」

本部長の、この訓示らしき挨拶が終わると、社員たちはまたそれぞれの持ち場に散っていく。立ったままその様子を見ていた田辺は再び長椅子に腰掛け、矢崎を手招きした。その映像は画面左手下だ。

「ブランド和牛のステーキは今どれぐらいの割合だ」

「六・四といったところです」

「輸入肉が六割、和牛が四割か。もっと少なくできるだろう」

「しかし、それ以上混入すると、品質的に限りなく輸入ものの味に近づいてしまいます」

「七・三でやってみろ。味は変わらん」

東亜ブランド和牛で売り出しているステーキに輸入牛肉を七割混ぜろという指示である。

「加工食品の方はどうだ」

「はい。そちらの方は百パーセント輸入豚です。食べておかしいと気付く人間はいないでしょう」

「そうか。とにかくもう暫く続ける。いつも言ってるように細心の注意を払ってな」

田辺の言葉尻で山下はテープを止め、興奮した表情で南田を見た。

「どうですか」

「使える。予想以上の出来だ」

南田は椅子から立ちあがると、編集室の外に人の気配が無いか確認した。

「こうしよう。まず滋賀工場のロング、次に処理場で偽装している映像、本部長登場と訓話、その後工場長への偽装指示、これは音生かしだ。全部で一分半程つないでくれ。取りあえず全員顔のボカシ入りで」

「はい。わかりました。すぐかかります」

「そのテープ、厳重に保管しといて。それと……農水省が調査に入ったという想定で早目に原稿を書くように」

「OKです」

南田はデスクに戻ると、警察キャップの今岡に電話を入れた。今岡は山下と連携して、東プロの偽装取材を続けている。

「はい今岡です。何かありましたか？」

「東プロの映像だけどOKだ。使える」

「そうですか。いよいよですね」

「それで、山下が想定原稿を書くから、目を通しておいてくれ。それと、前から言っているようにこの件はOA《オンエア》直前まで部内にも漏れないように」

「はい。了解です。でも南田部長」

「え？」

「また売り上げ減りますね。営業にとことん恨まれますよ」

「多分、ね。じゃよろしく」

PART II

スクープ

トップニュース

その日はどんよりとした曇り空だった。農水省の外郭団体である農蓄産業振興事業団の職員およそ二十人が、東プロ滋賀工場に入ったのは午後二時すぎである。

五台の車で乗りつけた一行は、工場正門前で降り、応対した職員に検査の為工場内に入ることを告げた。その時、反対車線から来た一台の車が急ブレーキの音とともに正門前に横づけされ、中からKHSの取材クルーがカメラをまわしながら近づいてきた。山下がマイクを握っている。

「今回の検査の目的は何ですか?」

「東亜プロセスフーズに何か不正でもあるんでしょうか?」

「すみません。一言お願いします」

事業団の職員は山下の矢継ぎ早の質問を無視し、そのまま構内に入った。直ちに正面ゲートが東プロ社員によって閉ざされる。

山下はカメラクルーにOKと伝え、携帯を取り出した。相手は南田である。

「山下です。今入りました。あと、事業団が工場を出る時の映像を押さえますが、私は大至急、今まわした工場入り込みのテープを持って社にあがります」

南田は受話器を置くと、キャップの今岡に電話を入れ、農水省の調査が入ったこと、夕刊のトップニュースでOAすることを伝えた。

丁度その頃、農水省の職員は滋賀工場管理棟にある食品管理部に入っていた。矢崎工場長ら四人の管理職が緊張した表情で立ちつくしている。

「只今より、東亜プロセスフーズに対する現品確認調査を実施いたします。こちらが指示したものについては、速やかにご提出をお願いします。なお現品確認検査の段階で、故意にこれを妨害したり、隠蔽などの事実があれば、告発なども含め重大な事態となりますので、そのようなことがないようにお願いします」

この時、中本洋子は加工工場にいた。検査の為のステーキ肉やハム・ソーセージ類が山のように積まれている。いずれも正常な形で処理された、東プロの主力商品の数々である。

恐らく今回の検査では何も出ない。出るはずがない。でも私たちには決定的な、そう一連の偽装を暴く決め手がある。洋子は高峯とともに苦悩し、告発の為に身を削るような思いを重ねたここ数カ月の日々を思い起こしていた。この会社を正常な形にしたいだけ……。洋子はそう呟いた。

現品確認調査は結局三時間近くに及んだ。事業団の職員は、全ての加工食品の原料となる牛肉や豚肉、ハム・ソーセージやステーキ肉などの製品、入出荷量や取り引き額が記された帳簿類など、数百点をダンボールに詰め、持ち帰った。いずれも、何ひとつ問題が出るような物、不正の臭いのするものはなかった。

　矢崎は事業団の職員を見送ると、すぐに田辺に電話を入れた。

「矢崎です。今終わりました。特に嫌疑をかけられるようなことは一切ありませんでしたし、応対も万全だったと思います」

「そうか。社員やパート従業員に動揺はないか？」

「通常の検査と言ってありましたので、いつも通りです」

「書類関係は今後の調査でボロが出ることはないだろうな」

「はい。全てご指示通り完璧に処理しております」

　田辺はそこまで聞くと、ソファーに腰をおろした。農水省から現品確認調査が入るという連絡を一週間前に受けてから、殆ど不眠不休だった。特に帳簿の改竄と既に店頭に出まわっている偽装商品の回収に関しては、自ら電話でさながら鬼神のように指揮をとった。ひとまずはこれでいい。あとは告発者を捜し出し、それなりに手を打つ。

「矢崎」

「はい」

「引き続き、工場内で網を張っておけ。必ず裏切り者はいる」

「そのつもりでおります。あ、それから……」

「それから何だ」

「テレビの取材スタッフが正門前に張りついてまして、事業団の職員にマイクを向けていました」

「何？　どういうことだ。それはいつのことだ」

「はい。あの、検査に入る時と帰る時に」

「馬鹿もの、連中が入ったのは午後二時だろうが。何故その時すぐに報告をせんのだ」

「申し訳ありません。応対に追われていたものですから。もしもし、本部長もし……」

メディアに漏れている。田辺は驚愕した。今回の告発は農水省だけに行われたものと確信していた。農水省だけなら東プロを誹謗中傷する悪意ある人間のいやがらせと申し開きができるし、今回の検査でも何も出ない。或いは、献金を続けている複数の農水族議員を使って省内に圧力をかけることも可能だった。しかし……メディアはまずい。

「取材に来てたのは、どことどこだ」

「私の見た限りKHS一局だと思います」

田辺は受話器をたたきつけるように置くと、すぐに大手広告代理店・大博堂に電話を入れた。しかし、それは完全に手遅れだったのである。

全ての準備は整っていた。『データファイル』のスタート十分前。南田は制作の担当ディレクターと報道デスクを呼び、東プロの偽装疑惑を番組冒頭と全国ニュース枠、及びローカル枠の三回放送することを申し渡し、フォーマットの変更と東京国際テレビへのニュース送出の体制を指示した。

「局長、東亜プロセスフーズで偽装疑惑が発覚しましたので、夕刊のメニュー全面変更します」

既に帰り仕度を始めていた宗方に、南田は型通りの報告をした。

「あの東プロ？　何しでかしたんだ」

「国産と謳《うた》って販売している商品に、輸入肉を混ぜたってやつです」

「ああ、そういうことか」

宗方は、偽装を他社に先駆けて報道することの意味を十分わかっていない。社内外に投げかける波紋の大きさを瞬時に看破する程洗練された報道的頭脳を持ち合わせていなかった。

夕方五時、『データファイル』がスタートした。軽快なBGMに乗ってオープニングの映像が流れる。そしてスタジオに切り替わると、キャスターの橘まい子とサブキャスターの男性アナウンサーのツーショットだ。二人の簡単な挨拶の後、カメラはまい子のワンショットを捉える。

「きょうはまず、東亜プロセスフーズの食品偽装疑惑のニュースからお伝えします。東亜プロセスフーズが生産販売している、国産百％使用と謳った製品に、実は輸入牛肉や豚肉が使われていた疑惑が持たれています。今日午後、東プロ滋賀工場に農林水産省の現品確認調査が入りました」

ＶＴＲがスタートする。画面は東プロ滋賀工場の全景。そして次に農畜産業振興事業団の職員が正面ゲートに車五台で乗りつけ、ゲート前での東プロ社員とのやり取りが映し出される。そこにマイクを持った山下が現れ、矢継ぎ早に質問する。

「今回の検査の目的は何ですか？」

「何か不正の疑いでもあるんでしょうか？」

職員はこの問いかけを無視し、工場内に入っていく。映像は次に東プロ神戸本社。その間、まい子のコメントが入る。

「東亜プロセスフーズは神戸市に本社を置く業界大手の加工食品メーカーで、自社牧場で生産している和牛や黒豚を使った肉類、ハム・ソーセージなどの販売で売り上げシェアを伸ばしてきました」

「今回の偽装疑惑は、東亜和牛、東亜黒豚と表示した加工食品に、実はアメリカやオーストラリア、デンマークなどからの輸入牛肉や豚肉が使われていたというものです」

「また他にも、ブラジルから輸入した鶏肉を高級品用の袋に詰め替え、国内産として、量販店などに販売した疑いも持たれています」

「今日の現品確認検査は、午後二時からおよそ三時間にわたって行われました」

「農林水産省の外郭団体である農畜産業振興事業団の職員二十人が、原料となる肉類や製品などをダンボールに詰め、検査資料として持ち帰ったということです」

ここで映像は再び、まい子のスタジオワンショットに切り替わる。

「なおKHSでは、滋賀工場で行われたと見られる偽装工作をとらえた映像を入手しましたので、ごらん下さい」

VTRは隠しカメラで撮影された例の映像である。その映像に登場する人物の顔には、全てボカシ処理が施されている。倉庫と処理場で肉を運びそれを裁断する。本部長が全員を集めて訓示する。そして本部長と工場長のやり取りは音生かしで、

「ブランド和牛のステーキは今どれぐらいの割合だ」

「六・四といったところです」

「輸入肉が六割、和牛が四割か。もっと少なくできるだろう」

「しかしそれ以上混入すると、品質的に限りなく輸入ものの味に近づいてしまいます」

「七・三でやってみろ。味は変わらん」

VTRはそこで終わり、スタジオに切り替わる。

「今回の東亜プロセスフーズの偽装疑惑は、内部告発によって明らかになりました。また最後にご覧いただいた映像も告発した本人が撮影したものです」

東プロに関するニュースは、その後の全国ニュース、そしてそれに続くローカルニュース枠でも繰り返し報じられた。特に東京国際テレビは、例の偽装を裏付けるVTRに異常ともいえる反応を見せ、スクープ映像とタイトルを打ち、何度も全国ニュース枠内で放送したのである。

この間、情報センターは水を打ったように静まり返っていた。偽装疑惑は新聞各紙の夕刊には一言も報じられていなかったし、他局のモニターにはグルメや旅もの、欠伸《あくび》の出そうなローカルニュースが流れていたのである。

開局以来最大の特ダネ。誰もがそう理解した。番組が午後七時に終了すると、情報センターの殆どの人間が報道に集まっていた。

「こりゃあ社長賞だろう」

「あの隠し撮り、強烈だよね」

南田のデスクにも人の輪ができた。彼等の関心はあの映像をどのように入手したのかに集中していた。しかし南田は、内部告発者による映像、の一点張りでその質問をかわした。

卓上の電話が鳴る。恐らく営業だろう。情報センターの壁面に設置されている管理職の在席ボードを見た。常務取締役営業局長・野上義明の名前にはランプがついていない。

　相手は営業部長の北野だった。

「北野です。南田部長、今ニュース見てたんだけど東プロの偽装疑惑ってうちだけですか？」

「そうみたいですね」

　南田はわざと曖昧に答えた。

「六時半ごろ、広告代理店の大博堂から電話があってね。これちょっとまずいことになるかもしれませんよ」

「何か不都合でも？」

「いやね。東プロがいきなりＣＭ打ち切りの話を代理店に言ってきたらしいんですよ。きょうは野上常務が出張中なんで、うちの対応については現時点では何とも言えないんですけどね」

　北野は更に、今日この後のニュース枠でも東プロを扱うかを聞いてきたが、南田はわからないと言って電話を切った。

　またすったもんだする。報道がからんでＣＭ打ち切りという事態になれば、ことはただでは済まないだろう。売り上げ至上主義と報道ジャーナリズム。テレビという枠の中でこの両者は常に緊張関係の中で対峙している。今回は報道が一方的に仕掛けたことだ。当然営業は反撃に出てくる。営業は恐らく、営業にダメージを与えたというより、会社が不利益を被ったという論調で反報道キャンペーンをくり広げてくるに違いない。そしてその中心にいるのが野上であり、ターゲットになるのは南田である。

「部長。すいませんでした。私、東プロの件、全く知りませんでした」

南田の様子をじっと窺っていた田上が、東プロ取材の埒外に置かれた悔しさなど微塵も見せず、頭をかきながら声をかけてきた。

「いや、今回は情報源の隠匿というデリケートな問題があったんでね。本当は君にも事前に言っておかなければならなかったんだけど、申し訳ない」

「いえ、とんでもないです。ただただ驚いて見てました。しかし内部告発っていろんなケースがあるんでしょうけど、隠し撮りまでするぐらいだから、余程会社に恨みでもあるんでしょうね。東プロで何をしている人間なんですか？」

「うん。まあ、それは言えないんだ」

いかにもここだけの話みたいにして告発者を聞き出す。恐らくここで東プロの二人の職場や身分の事などを話せば、それは営業経由で東プロに伝わるに違いない。

「ああそうだ、さっきの電話、営業からですか？」

「うん、そうだけど」

「また過剰反応するんでしょうね、営業さんは。で、どうします？　九時前のニュースは取りあえずやめておきますか？」

この一言が南田の逆鱗に触れた。

「何故？　どうしてやめるわけ。営業が言ってきたから、はいかしこまりました、自粛させていただきますってこと？」

「あっ、いえそういうわけじゃなくて」

「放送するしないは俺が決める。余分な口出しは一切無用だ」

情報センターにいた多くの人間が一斉に振り返る程の大きな声だった。北野の電話で気分はすっかり好戦的になっている。田上とのやり取りが営業へと繋がっていることを思い、怒りが増幅された格好だった。

一方的に怒鳴られ、面目を失ったという屈辱感を漂わせながら田上が自分の席に戻るのを見届けると、南田は夜勤デスクと山下を呼んだ。

「はい。九時前のニュース、全枠で偽装疑惑ですね」

「そういうこと。それから山下、ニュースは二分枠だけどどうしようか？」

「そうですね。隠し撮りはそのままで、前に事業団の工場への入り込みだけつなぎます」

この二人との明快なやり取りで南田はすっかり気分を良くしていた。新聞のテレビ欄を見る。この後、午後八時からはドラマ、そして九時からはバラエティ番組で、いずれも視聴率が二十％を超えるゾーンだ。つまり九時前のニュース枠は高視聴率帯で放送されることになる。南田は代理店を通じてＫＨＳにプレッシャーをかけてきた人間とその会社に、強い憤りを覚えていた。営業は操《あやつ》れても、報道の領域までは踏み込ませない……。純粋な記者魂が南田を一層熱くさせていた。

結局、その日は午後十一時の最終ニュースでも東プロを報じた。更に同じ時間帯の全国ネットでも放送され、三十分の番組の中で、実に八分にわたって偽装疑惑が流されたのである。

次の日、南田はいつもより少し早目に出社した。新聞各紙に目を通すと東プロの字が躍っている。テレビ各局も早朝から一斉に報じていた。いずれもＫＨＳの後追い記事であり、内容も貧弱だった。この先、他社がどんなに密度の濃い取材をかけても、あの映像がある以上、ＫＨＳの独走が続く。あとは東プロの今後の動きと農水省の対応を、細大漏らさず伝えていけばいい。

南田はそんなことを考えながら机の整理を始めた。昨夜は片付けもせず、そのまま退社している。ふと一枚のメモ用紙に目が止まった。

「また、やっちゃいましたね。グッドでした。制作部ディレクター」

綾の字だった。制作部のフロアにその姿を捜したが不在だった。またやっちゃいましたね——には、およそ二つの意味がある。報道として大きな成果を上げたことへの讃辞。もうひとつは、更に強くなるであろう営業との確執を気遣う優しさが込められている。でも、それやこれやを含めても、グッドでした、なのである。

会いたい……と思った。携帯を取り出し、コールしようとして、南田はその手を止めた。営業部の若手、柴原修が急ぎ足でこちらに向かってくるのが見えたからである。

「部長、恐れ入ります。野上常務のご指示なんですが、きのう夕方のうちのニュースを録画したテープはございますか？」

予想通りの展開だった。きのう野上は東京に出張している。恐らく昨夜中に営業部長から連絡を受け、まずは出社後、朝一番にテープを見ようってわけだ。

南田は報道サブ前室に置かれたニュースの録画テープをアルバイトの学生に持ってこさせ、それを柴原に渡した。

十分程して電話が鳴る。野上だ。

「南田か。営業に来てくれ。大至急だ」

営業フロアに入ると、始業時間前にも拘らず殆どの社員が出社している。一斉に南田に視線を投げかける。南田はそれには目もくれず、野上の席に向かった。

野上は自分専用のＶＴＲ機能付きのテレビに見入っている。傍らに北野営業部長、池田業務部長の姿がある。

「南田、これは一体何だ」

いつもの高圧的な調子に、今日は怒りが込められている。

「この工場内の撮影、まさかお前たちが勝手にデッチ上げた、やらせじゃないだろうな」

南田はそれには答えず、逆に切り返した。

「野上常務は東プロの田辺本部長をご存知でしょう。だったら、それがやらせかどうか一目瞭然のはずです」

「田辺とは十年来の付き合いだ。しかしこんなボカシの入った映像で、どうやって判断するんだ。大方、どっからか似たような人間を拾ってきて、それらしく作りあげたんだろう」

「そこまで仰るんだったら、ボカシを入れる前の映像を見ていただきましょうか」

「おお、見せてみろ」

南田は報道に電話を入れ、ボカシを入れる前の編集テープをスタンバイしておくように命じると、席を立った。野上ら三人がそれに続く。

編集室に入ると、映像部の編集マンが既にテープをＶＴＲにかけた状態で待っていた。

「まわして」

再生ボタンを押す。ボカシ無しのその映像には、はっきりと田辺の顔が映し出されている。

「もういい。もう一度営業に来い」

営業フロアに戻り、ミーティングコーナーの椅子に深々と座ると、野上は煙草に火をつけた。

「一体、あのテープはどうしたんだ？」

「東プロの人間が撮影したものです」

「そんなこと聞いてんじゃない。そのテープが何故うちに来たのかを聞いてるんだ」

「それはお答えできません。私はこのテープを持ち込んだ人間を知っていますが、取材源の隠匿ということと、それ以上にその人間が東プロ内でダメージを受けることを避けなければなりませんから」

「ダメージ？　じゃあ一体KHSが被ったダメージはどうしてくれるんだ。東プロが代理店を通じてCM打ち切りを通告してきたんだ。え？　南田。一体どれぐらいの金額かわかるか？　年間なんだかんだで一億だ。それがパーになるというわけだ。お前の悪い頭でもそれぐらいのことはわかるだろう」

随分と失礼な物言いだし、この常軌を逸したヒステリックな態度は見ているだけで吐き気がする。更に野上はたたみかけてくる。

「もうひとつ。こういう重大な問題をお前の一存で処理したということ、これが問題だ。何故、放送する前に俺か、俺がいなければ北野に相談しない」

「相談、ですか？　私が今回のことで常務に相談するなんてあり得ないことです。報道部長として、まず報道局長にこの件を伝えました。それが筋ですから」

「宗方なんかに報告してどうする？　あいつは素人だろうが」

　この野上の言葉は、完全に冷静さを失っている。南田はその言葉を捉えた。

「素人って、何ですかそれ。宗方局長をそのポストに置いたのは会社、つまり、あなたも含めた経営陣でしょ。それなりの理由があって、そういう人事をされたのではないのですか？　私は組織の中にいる人間ですから、報道部長として私なりにベストを尽くします。その上で何か大きな問題があれば、相談する相手は常務、あなたではなく宗方局長です」

　野上は口を震わせている。ゴルフ焼けした顔が赤黒くひきつっている。

「宗方局長を呼べ」

「はい。私はこれで」

　立ち去ろうとする南田に、

「おい南田、これで済むと思うなよ。必ず今回の責任をとらせるからな」

　その言葉を背中に受けながら、南田は営業フロアをあとにした。情報センターに戻ると、宗方が出社している。

「宗方局長、常務がお呼びです」

　宗方は新聞のスポーツ欄から目を離すと、すがるような目で南田を見た。

「何だい。何かあったのか？」

「きのうの東プロの件です」

「ああ……だろうな。そうだと思ったよ。ちょっとやり過ぎたんじゃないのか？」

「常務は大至急と言ってました」

その言葉で、宗方はそそくさと報道フロアをあとにした。

デスクで南田は静かに目を閉じた。全ては八年前のあの出来事から始まっている……。


その年、南田は瀬戸内海の汚染をテーマにドキュメンタリー番組の制作を手がけていた。淡路島から西に六十キロ程離れた小さな島で八十歳を過ぎた漁師がたった一人で暮らしている。元々この島には五十世帯程が住んでいたが、漁の水揚げが減り、次々と島を離れていった。老人の妻は十年前に亡くなっている。五人いた子供たちとは、もう十五年近く音信が絶えている。

島で生き続ける孤高の漁師。

南田はこの老人の昔語りを通じて、瀬戸内の自然と、それにすがりつくようにして生きてきた島の人々の暮らしを描こうと考えた。

しかし、老人は口を開かなかった。三日間島に滞在し、早朝から夜遅くまでカメラをまわし続けた。しかし彼は語らない。南田を含め五人のスタッフをまるで無視するかのように、彼は普通に彼の日常の中にいる。

島を離れる日、南田たちを乗せて帰るチャーター船が港に入った。取材は失敗だった。失意の中で機材を船に積み込もうとした時、桟橋に老人が現れた。もう一度だけ、マイクを向けてみよう。せめて別れの挨拶だけでも……。

カメラをセットし、南田は老人の横に並んで立った。

「たった一人の暮らしって寂しくないですか？」

老人は黙って海を見ている。

「今、幸せですか？」

老人は、身じろぎもせず、海を見続けている。

「俺たち、これで帰ります。三日間お世話になりました」

南田はカメラクルーの方をふり向き、

「撤収して、帰ろうか」と声をかけた。その時、思いがけず老人が何か呟いた。

「……」

「え？」

カメラマンは降ろしていたカメラを慌てて担ぎスイッチを入れた。

「魚がおらん……魚がとれんようになってしもうた」

「これからどうするんですか？　一人で生きていくのは大変でしょう」

「わしらの獲物は、この瀬戸内の海におった。昔はな。そいつらが戻るまで……わしはここにおるんよ」

海を見る老人の目が優しかった。

このことをキッカケに、南田は瀬戸内海の漁獲量の減少と、海の汚染について、精力的に取材を進めた。

利便性だけを追求した港湾、架橋工事。海底の砂利採取。瀬戸内の至る所に放置され産業廃棄物化するプラスチック（ＦＲＰ）の廃船。更に瀬戸内海環境保全特別措置法の網をすり抜けるようにして行われる大規模埋め立て開発。こうしたことのひとつひとつが海の生態系を破壊し、広範囲な汚染の引き金となっている。南田は瀬戸内海に臨む十一の府県の大学や海洋研究機関の協力も得て、漁獲量と汚染の因果関係を徹底的に明らかにしていった。

そのドキュメンタリーは老人の一人語りで始まる。

「魚がおらん。魚がとれんようになってしもうた」

そしてエンディング。海に佇む老人の一人語り。

「わしらの獲物は、この瀬戸内におった。昔はな。そいつらが戻るまで、わしはここにおるんよ」

南田が手がけたその番組『老人が棲む海』は、民放各社が出品したその年のドキュメンタリー作品コンテストで放送大賞を受賞した。東京での晴れやかな授賞式にも出席し、放送評論家やジャーナリストから絶賛された。

南田は報道という仕事の手応えを感じていた。自分には際限のない可能性が広がっていることを信じて疑わなかった。

しかし、予期せぬ出来事は唐突にやってきた。ドキュメンタリー『老人の棲む海』が放送されて十日程経ったある日、南田は当時の報道局長と部長とともに役員室に呼ばれたのである。

その席には社長の寺西要平をはじめ、専務の丸山、当時まだ役員になっていなかった営業局長の野上、総務局長の前畑ら、殆どの役員と局長がずらりと顔を揃えていた。三人は被告席のように設えた椅子に着席を命じられた。

野上が口火を切った。目線は南田に向けられている。

「今日は三人に報道のドキュメンタリー番組のことで来てもらった。単刀直入に言うが、あの放送の中で描かれていた港湾工事を、寺西社長のご一族が経営する日本鉄工建設のグループ企業が請け負っていたのは最初からわかっていたのか？」

「取材の段階でわかりました」

「ではわかっていながら、そのまま取材を続け放送したということだな？」

「それは……でも番組で描きたかったのは、環境破壊や海の汚染という問題です。公共工事に関わった企業を糾弾したものではありません」

南田がこう言い切ると前畑が反論した。

「しかし君、この番組を放送する局、つまりＫＨＳの寺西社長が日本鉄工建設のご一族なんだから、そういうテーマを盛り込むこと自体、自粛すべきだったんじゃないのか？」

「でも港湾や架橋といった公共工事をテーマからはずすと番組が成立しませんので……」

その時、社長の寺西が口を挟んだ。

「局長と部長は放送前にチェックはしたのかね？」

当時報道局長だった吉井正が、困惑しきった表情で恐る恐る答えた。

「はい。私はあの、そのあたりのことは部長と現場の方に任せてありましたので、事前には何も」

「部長はどうなんだ」

更に勢いを増したかのような野上の鋭い投げかけに、報道部長の渡瀬守は完全に萎縮している。

「私は事前に番組を見ました。しかし寺西社長にこのようなご迷惑をおかけするとは、思いもよりませんでした」

「君たちは一体部下をどう管理しているんだ。監督不行届きも甚だしい」

野上が吐き捨てるように言うと、他の役員や局長連中も口々に、

「処分もやむを得ませんな」

「こんな無責任な体制では、危機管理上問題がある」

「予定している再放送は、中止した方がよろしいでしょう」

などと社長の顔色を窺いながら批判の言葉を連ねた。

結局この時は、すぐには処分が行われなかった。処分の理由が明らかになると、ますます社長の体面を汚すという判断が働いたからである。しかし翌年の春、報道局長の吉井と部長の渡瀬は出向という形で本社を追われ、ＫＨＳの関連企業に異動した。そして南田にも不本意な結末が待っていた。報道から制作への異動。担当は府や県の広報番組とスポンサー向けのパブリシティ番組だった。

内示の時、前畑はまことに不可思議な訓示を南田に与えている。

「君は報道記者として十分力をつけた。今後は制作ディレクターとして、営業に協力することも是非勉強して欲しい」

あれから八年の歳月が流れている。

あの出来事を起点として、南田は出口の見えない迷路を彷徨している。民放局にとっての報道、それ

は単なるシンボルという位置づけでしかないのだろうか。そういえば、去年の暮れ、全国新人記者研修に参加した若き放送マンたちも、要約すればこの点を共通の悩みとして、それぞれに苦しんでいた。民放テレビ。全国のそれぞれの地域の中にあって、それは紛れもなく超優良企業であり、金を効率的に生み出す打ち出の小槌である。そしてその経営理念の下で、報道と制作の二つのセクションが苦しんでいる。南田は大きくひとつ、ため息をついた。

「どうしたんですか部長。ため息なんかついて。さては、また上と何かありましたね？」

早朝から東プロ神戸本社を取材していた山下が帰社したのである。

「いや別に。それより神戸本社の動きはどうだった？」

「各社殺到しましたけど門前払いです。玄関に十人程警備員を置いて、社員と関係者以外、一切中に入れないようにしてます」

「取材拒否ってわけか」

「はい。でも十一時頃、こんな紙きれを一枚出してきました」

山下は内ポケットから四ツ折りにした紙を取り出した。

『報道各位へ

この度の、一部マスコミによる弊社に対する食品偽装報道には何の根拠も無く、全くの事実無根であります。今後、こうした無責任な報道に対しては、損害賠償など法的手段をとることも検討していきます』

「夕刊どう組みますか？」

「そうだな。少し時間をくれないか」

「はい。じゃ僕は農水省の動きをまとめておきます」

南田は、きのうに続く今日のニュースの持っていき方を思案していた。隠し撮りの映像は確かにインパクトはある。しかし、あの中に登場する全ての人間にボカシを入れたことで映像の信憑性を疑う向きも多い。ならばいっそのこと、あの二人、本部長と工場長はボカシ抜きで出すのはどうだろう……。

南田の決断は早かった。すぐに当日夕刊デスクの宮中と山下を呼んだ。

「東プロだけど、まず今日の神戸本社の玄関前のすったもんだの映像、続いて例の映像。山下、本部長と工場長の顔はボカシをはずしてスッピンで再編集だ。その後は農水省の動き、合わせて四分半ぐらいでいこう」

「了解です。すぐ準備にかかります」

いきいきとした表情で山下が席に戻ると、宮中もまた弾んだ声で、

「夕方ワイドの冒頭、それから全国ネット、その後のローカルニュース枠、この三本立てでいいですね。中身はそれぞれ変えますか？」

「いや、そのまま三本とも同じ尺、同じ内容でいこう」

「ラジャー」

その日、営業は東プロの件で終日対応に追われた。東プロだけでなく、他の食品メーカーやスポンサー各社からも、代理店を通じKHSが今回の件を率先して報じたことに危惧の念を伝えてきた。

野上と営業部長の北野は、早朝からテレビモニターの前に座り、リモコンをせわしなく動かしながら

各局のニュースを見続けた。全ての局が午前中から東プロを扱っている。新聞各紙も朝、夕刊ともに偽装を報じている。

「各社横並び」。取りあえず、営業はこのことで安堵の胸をなでおろしたのである。しかしCM打ち切りを通告されたのはKHSだけである。野上は南田に対する不快感を募らせていた。南田のせいで、今日一日営業は通常の業務を全て返上して対応に追われた。加えて東プロのCM打ち切りで、広告収入は更に落ち込んでいく。野上は受話器をとり、前畑に常務室に至急来るよう伝えた。

常務室のソファーに、不機嫌な表情の野上と俯き加減の前畑が座っている。

「常務、今日は大変でしたですな。報道のとばっちりで」

前畑のこの言葉を野上が遮った。

「今うちで一番冷や飯食ってる職場はどこだ？」

「はあ？　冷や飯ってことは、つまり南田の異動先ってことですね」

「そうだ」

「そうですね。KHS会館なんてどうでしょうか？」

KHS会館はKHS本社に隣接しており、一階から四階まで貸し事務所、そして五、六階に吹き抜けのホールがある。定年間近の社員一人と契約の女子事務員一人が、事務所やホールの管理業務にあたっている。

「それはいいかもしれない。しかしなんだ、仮にもKHS会館館長なんて偉そうな肩書きを南田にはやりたくないな。どうだ前畑局長、館長の下にひとつ役職を作って、事務長なんていうのは。仕事も無しステータスも無し、この際南田を徹底的に干し上げてやろうじゃないか」

「なる程、名案ですな。早速その方向で検討いたしましょう。で常務。南田の後任はどうします？」

「副部長の田上を昇格させるんだな。あいつは適任だ」

「田上ですか？　しかし彼は一年前に副部長に上がったばかりですし、しかも報道の経験が……」

「年数は関係ない。営業にとって役に立つ人間かどうかが決め手だ」

「はい。わかりました。異動の候補者リストに当確マークをつけておきましょう」


一月末から、それまでの暖冬傾向からうって変わって、底冷えのする日が続いた。

テレビや新聞各社は連日東プロの偽装を報じている。あの日ＫＨＳが本部長と工場長の映像をそのままボカシなしで放送したことが、その後の農水省と警察の動きを加速させていた。とくにＢＳＥ問題で、世間から批判の矢面に立たされていた農水省の動きは迅速だった。省内に調査チームを作り、東プロに対し執拗な立ち入り調査を行った後、詐欺容疑で兵庫県警に告発したのである。この時点で、各社の取材は更にヒートアップした。東プロ神戸本社と滋賀工場に連日取材陣が押しかけた。出退社する善良な社員たちにも容赦なくフラッシュがたかれ、マイクが向けられた。滋賀県大津市の閑静な住宅街にある矢崎工場長の自宅にまで、早朝から深夜に及ぶ取材合戦が繰り広げられた。東京から送りこまれたワイドショーのスタッフは矢崎の近所の家を一軒一軒まわり、矢崎の人柄や普段の様子、果ては家族の身上調査まがいのことまで取材し、連日放送したのである。

耐えかねた矢崎は地元警察署に身柄の保護を申し出、そこで不正の一部始終を明らかにした。

ここに至って、東プロは記者会見を設定し、その席で偽装の事実を全面的に認めた。会見には東亜プロセスフーズ代表取締役社長・川岸宗雄と総務担当重役の渡会直彦が出席し、消費者に対し多大な迷惑をかけたこと、今後社長の引責辞任も含め、関係者の処分を厳正に行うことを明らかにし、深々と頭を下げたのである。

一方兵庫県警と滋賀県警の合同捜査本部は神戸本社と滋賀工場の家宅捜索を行い、社員やパート従業員など、およそ三百人近くから事情聴取し、容疑事実を固めていった。

一月二十八日、捜査本部は詐欺と不正競争防止法違反、農水省の現品確認検査の際、偽装を隠蔽し検査を妨害したとして偽計業務妨害、原料の産地を不正に表示したＪＡＳ法違反の疑いで、東プロ専務取締役営業本部長・田辺時男、滋賀工場長・矢崎常夫、営業部長・赤塚裕助、食品管理部長・波川裕二の四人を逮捕した。

スタッフ

その日の夜、南田は『みすず』に向かっていた。綾と会うことになっている。年末に時間をとってほしいと言われてからすれ違いを重ねてきた。綾はディレクターとして多忙な日々だったし、南田は東プロの対応に追われていた。久しぶりに綾と食事をし、ゆっくり話ができる。南田の心は躍っていた。

店に入ると、綾はカウンターの左端の席に座っている。コートとマフラーを掛けていると、カウンターの中から美津江が声をかけた。

「南田さん、フィアンセがお待ちかねやで」

「フィアンセ？」

「さっきな。綾ちゃんと話してたんよ。綾ちゃんね、何て言うたと思う？　南田さんとやったら結婚してもええかな、やて」

「ハハハ」

綾が明るく笑いとばした。南田は照れ笑いを浮かべながら席についた。

「焼酎のお湯割りであったまろうかな」

夕方社内で見かけた時、綾はトレーナーにジーンズというういつものいでたちだった。今、寄り添うように南田の隣にいる綾は、淡いピンクのスーツに薄く化粧をほどこしている。

「どうしたの。着替えたの？」

「うん。東プロの件で、京ちゃん遅くなるだろうと思っていったん家に戻ったの。ほれ直した？」

「うん。で、俺と結婚したいんだって？」

そんな言い方はないだろう。綾に寄せる自分の正直な気持ちを、もっとキチッと伝えなければならないのに。何で俺はいつもこんな調子でしか綾と話ができないんだろう。南田は自分の言葉に気を重くしていた。

「乾杯しましょ」

綾は南田の気持ちを見透かしたように、グラスを合わせる。

「東プロが取りあえずいち段落ね。お疲れ様でした。ＫＨＳのスクープから始まって、一気に追い込んだって感じね」

「うん。企業倫理の喪失ってやつだろうけど、でも考えてみると、不正を指示したのはほんのひと握りで、あとの大多数の人間は真面目にコツコツ働いてる連中なんだよね。それを思うとちょっと」

南田は東プロ神戸本社や滋賀工場の玄関先で無理やりマイクを突きつけられて困惑する社員たちを思った。偽装事件が連日マスコミを賑わすようになってから、商品の買い控えや店頭からの東プロ製品の撤去が相次いでいる。東プロの売上は激減するだろう。そうなればパート従業員の解雇や社員のリストラが大々的に行われる。弱い立場の人間にほど、その皺寄せが行く。

「内部告発した人って、今頃どうしてるのかしら」

　綾がグラスを手のひらでゆっくりまわしながら呟いた。

「あの二人なら大丈夫だと思う」

「二人なんだ。ね、その二人って男と女じゃない？」

「どうしてそう思うの？」

「女の直感ってやつ。あの隠し撮りの映像は、きっと女性の方が手引きしたんだと思うな。大胆だもの。もし男と女の二人ということだったらの話よ」

　高峯と中本洋子は沈黙を続けている。一部週刊誌で内部告発者捜しのような企画があり、社員同士の不倫の果てやら、不遇を託《かこ》っている窓際社員の反乱などと書きたてていた。

　山下はその後も二人と連絡を取り合っている。特に困難な状況に置かれているという話は無かった。あの二人は大丈夫だ。それにしても綾の推理は見事という他はない。

「大胆なのは女性の方なんだ」

「そうね。男と女は、特に恋愛感情がからむとそういう傾向が強くなるんじゃないかな」

　そう言うと綾は暫く黙ったままグラスを見つめた。

「ね、京ちゃん。大丈夫なの？」

「何が？」

「京ちゃん、報道出されるんじゃない？」

「あれだけ上とぶつかれば、助からないかもしれないな」

「この間もね、来年度の予算の事で、制作の井上部長と報道の田上副部長が総務に呼ばれたらしいの。それって露骨な南田はずしでしょ？」

「つまり、春からの営業強化に資する為の体制強化が既に始まっているというわけだ」

綾は唇を嚙んだまま、南田の横顔を見つめている。その視線を感じながら南田は続けた。

「東プロの件で一億以上のCMが落ちるわけだし、通年の見通しでも前年の八割前後に売り上げが落ち込むらしいから……。要するに俺みたいな非協力的な管理職は目障りだから、さっさとはずしたいんだろう」

「ね、報道出されたら、どうするの？」

「それはその時考える。でも報道以外の仕事って考えにくいな」

「会社、辞めるの？」

「もし辞めたら、綾に食わしてもらおうかな」

「私は……京ちゃんがどうなっても、どんな選択肢を選んでも、ちゃんと受け入れてあげる」

南田は二杯目の焼酎を頼んだ。

「おかみ、ついでに何か魚焼いて」

「ホッケ焼こか？　ええのが入ってるんやけど」

「うん、それ。綾は？」

「私はいい」

「あ、そうだ、ほら年末、何か話があるって言ってたじゃない。何だったの？」

「うん……」

ここでまた会話が途切れた。やがて綾は南田の方に体ごと向いて、呟くように話し始めた。

「あのね、京ちゃん。私、ＫＨＳを辞めようと思ってるの」

「え？　君が辞める話なの？」

「うん。国際テレビの制作から誘われたの。去年の春、ほら、うちと国際テレビとで『失われゆくもの』っていう共同企画を放送したでしょ。あの時私が制作した作品が、すごく高い評価をいただいたの」

南田はあの時の綾の作品を思い出していた。それは心斎橋の企業ビルが立ち並ぶ一角に、ポツンと取り残されたように建つ一軒の豆腐屋と、そこで半世紀以上豆腐を作り続けている老夫婦を描いたものだった。綾はその老夫婦の日常を半年にわたって追い続けた。午前二時からの仕込み作業、早朝の馴染み客への配達。昼、喧騒の中で店先に立つ二人の姿。夕食の買い物客との粋なやり取り。六時には閉店し、その日のささやかな売り上げに感謝する二人。そして老夫婦が眠りにつく午後八時まで……。ナレーションやＢＧＭを一切使わず、生活感溢れる現場のノイズと、変わらぬものへのいとおしさを込めた優しい映像を見事に切り取って、一時間の繊細で美しい作品に仕上げていた。

「でね、それだけじゃなくて、『モーニングかんさい』で私が担当しているコーナー企画のＶＴＲを何本か送って、見ていただいたりしてたの。それで、国際テレビのプロデューサーと情報制作局長のＧＯ

サインが出たってわけなの」

「ということは行く行かないの相談じゃなくて、いきなり、私嫁ぎますっていう話なんだ」

「ごめんなさい。もっと早く話すべきだったんだけど。京ちゃんいつも忙しそうだったし、私も言い出しにくくて」

「東京か……」

南田は大きな衝撃を受けていた。次の言葉も出ない程動揺していた。

「東京だから行ってみたいっていうわけじゃないの。勿論、仕事はレベルの高いところで勝負してみたいっていう気持ちはあるし、制作者としてもっともっと勉強したいという思いはあるんだ。でも私がKHSを辞める理由は別にあるの。毎日ね、私辛くって」

辛いという言葉を耳にして、南田は綾の顔を真っすぐに見た。

「もう何年も前からなの。最初は京ちゃんと同じ情報センターのフロアにいるってだけでよかった。仕事の話をしたり、時々こうしてお酒飲みに出たり。でも、そのうち私の中で京ちゃんがどんどん大きくなってきて……辛くなっちゃった。すごく」

綾はそこまで話すと、グラスに口をつけた。唇が小さく震えている。

「ごめんなさい。相変わらず私一人で話をして……。ね、京ちゃん、何か言って」

「うん……俺は」

「え?」

「綾の存在があるから、今の自分がある。うまく言えないけど。報道の現場を預かって皆を引っ張っていくパワーだとか、会社の中での不器用な生き方とか。そういうのって、本当は足元のおぼつかない、自信の持てない作業なんだよね。だからいつも綾に確認してる。綾はこれで良しとするだろうか、とか、ここまでやればきっと綾は評価してくれるだろう、なんて」

意識がさ迷っているにしても、どうしてこんなことしか言えないのだろう。綾を真剣に愛していること。できればこの先の人生を二人で生きていきたいという気持ち。今、この時こそ思いの丈を……。でもその言葉は出てこない。

「呆れてるだろう？」

「え？」

「自分の気持ちをこんな風にしか表現できない男に。呆れてしまいましたか？」

「そんなことない。京ちゃんの気持ち、みんなわかってるから」

「綾は……」

「え？」

「いや、東京に知り合いはいるの？」

綾は自分を愛している南田の気持ちを痛い程わかっている。その上で、次の言葉が聞けるような気がして……でも南田が別のことを聞いてきたことへの失望感を悟られまいとして、少し慌てて答えた。

「うん。大学時代の友人が何人か」

「やっていける？」

「仕事の方は頑張る。でも……京ちゃん、私がいなくなって……大丈夫？」

「多分、大丈夫じゃない。きっとバランスの悪い凧みたいにグルグルまわりながら、真っ逆さまに落ちていくような気がする」

「変な人。あ～あ、どうしてこんな人、好きになっちゃったんだろう」

「あ～あっていうのはやめてくんない。あ～あは、こっちの気分なんだから」

「私、東京で頑張るね。京ちゃんも……」

綾はそこまで言うと言葉をつまらせた。ハンカチでそっと目頭を押さえて南田を見た。南田の目から大粒の涙がポロポロと流れ落ちている。

綾は顔を寄せて、その涙に唇をあてた。

「ごめんなさい、私、帰ります」

そう言って、持っていたハンカチを南田の手に握らせ、姿を消した。


数日後、綾が辞職願を出した。それは、予想をはるかに上まわる大きさで社内を驚きと落胆へと導いた。制作の同僚や管理職は勿論、総務局長の前畑や専務の丸山までが慰留に努めたが、全て徒労に終わった。勿論、現場のＡＤやプロダクションのスタッフも涙を流して綾を引き止めたが、それも功を奏すことはなかった。綾のデスクはきれいに片付けられ、ビニールマットの下に、『ありがとうございました。みんな頑張ってね　綾』と書かれた紙が一枚残されている。

綾の抜けた後、それを埋めていくのは容易ではない。現場のスタッフはその存在の大きさを日々の仕事の中で実感していた。と同時に、綾が辞めた理由を様々に憶測した。

営業の下請け、低予算での番組への締め付けなど、制作意欲の芽を摘んできたＫＨＳの体質を多くの者が口にした。結局、彼等の結論は、この会社に魅力が無いからということに落ち着いたのである。鎌倉、そして綾。制作の二枚看板を失ったことの驚きと悲しみは、彼等の心の中でいつまでも消えることはなかった。


「部長、南田部長」

報道フロアの昼下がり、山下が一枚の紙を手にして声をかけてきた。

「ちょっと、これ見て下さいよ」

山下が持ってきたのは社員名簿のコピーである。よく見ると、名前の横に◎とか△の印が入っている。つまりそれは四月の異動予想なのだ。この季節はどのセクションも異動に向けて落ち着きを失くしている。中に必ず情報通を自負する人間がいて、競馬の予想屋のように各局各部の異動リストを作るのである。その予想紙によると南田は二重丸、つまり当確の印がつけられている。

「俺の二重丸は精度が高そうだね」

南田は笑いながら予想紙を山下に返した。

「でも部長が異動ってことになると、現場は一気に冷え込んでしまいますよね」

「まあ、それはほら、人材豊富な我が社のことだから、後任はそれなりの人物が来るだろうよ」

「いや部長。要は信頼関係なんですよ。今報道の現場は南田部長の組織の動かし方、目標設定といったものに全幅の信頼を置いています。それは部長が報道の責任者らしく、日々ふるまっているという安心感のようなものです。まず報道をよく知っている人間であること。特に社内で、報道に対し理不尽に圧力をかけてくるものに毅然として立ち向かうことができる人間であること。営業や役員連中に顔を向けて仕事しているような人間がここの管理職になったら、まず空中分解でしょうね」

山下はすぐ近くでこちらの様子を窺っている田上に、わざと聞こえるような声で話した。

「ご高説、確かに拝聴いたしました。でもまだ異動って決まったわけじゃない」

「そうか。そうですよね。大変失礼いたしました。仕事に戻ります」

報道部長か。山下流の解釈は間違っていない。しかし一方で放送局の役職の中で、最も損な役回りを担っているのが報道部長なのだ。あらゆる意味において、常に危険と隣合わせのポストだ。ニュースの内容についての日常的なクレームや、加熱取材への抗議、事実誤認、下手すれば訴訟沙汰にもなりかねない。現場に対して大胆かつ細心に仕事をする事を指導しながら、そのミスについては報道部長自らが責任を負う。

そしてそれ以上に厄介なのは社内的な問題である。報道は単にシンボルであり、金を使うだけのセクションという認識が経営陣にある以上、どんなにいい仕事をしても、それに相応しい評価は出てこない。

後任は誰になるんだろう。今の流れからすると田上あたりが有力ということになる。でも田上では無理だ。制作部での井上と現場の実態を見ても明らかだ。管理職と現場の間に空白が生まれ、一体感のない、綻びだらけの職場となっていく。

「異動か……」

南田はそう呟くと、制作フロアに綾の姿を捜した。制作部員やプロダクションのスタッフに混じって、綾の姿が見えるような気がする。目を閉じると綾の元気な声が聞こえてくる。突然携帯が鳴った。既に退職した鎌倉の弾んだ声だった。

「今どうしてるの？」

「部長、ご無沙汰してます。すみません。何度かご連絡をいただきながら返事もしなくて」

「まだ仕事はしてません。四月からの予定でこっちのプロダクションとは契約を結びましたけど。で、部長、今日夕方、退職金やら保険の手続きで社に伺うんですが、夜お会いできます？」

「ああいいよ。他に誰か誘ってみようか？」

「実は山下とまい子に声をかけました。二人ともＯＫなんです。それ以外の人間はちょっと」

「わかった。じゃ場所は『みすず』で、時間は八時」

その夜、南田は約束の時間より少し遅れて『みすず』の暖簾をくぐった。店に入ると、すぐにカウンター左奥の席に腰掛けた。あの日、そこに座った綾のぬくもりが残っているような気がして。

「部長、どうしたんですか。こっちです」

キャスターのまい子が奥から声をかけてきた。

座敷には既に三人が揃っていて、鎌倉は南田の姿を見ると慌てて居ずまいを正し、連絡を入れなかった自らの非礼を何度も詫びた。

「仕事の方はうまくいきそうなの？」

「はい。小さなプロダクションですけど」

「そうか、何はともあれよかった。乾杯しようか」

四人はビールのジョッキを元気よく合わせた。鎌倉がいなくなったことで一番辛い思いをしているであろう山下がそんな素振りを少しも見せず、明るくふるまっている。

「部長、料理の方はおかみに頼んであります、お任せで。それとついでに今日は部長のおごりってことで」

「うん。今日は鎌倉の送別会ということでガンガンいこう。橘君はダンナの方はいいの？」

まい子は三年前、二十九歳の時に結婚している。相手はNHK大阪の職員である。

「全然大丈夫です。あ、そうだ部長、今度、うちのダンナ、名古屋に転勤するんです」

「おいおい、ダンナのあとを追って君まで辞めるんじゃないだろうな」

「それはないです。私、今の仕事大好きですから。私は辞めません。ね、鎌倉君」

「はい、すんまへん。さっさと辞めてしもて」

鎌倉が何か言う度にクスクス笑っていた山下が、まい子に突っ込みを入れた。

「まい子もあれだ、そろそろ子供作った方がええんとちゃうん」

「それが悩みの種。子供はほしいんだけど、できちゃったら、私みたいな契約の人間はすぐクビでしょ？　ね、南田部長」

「それはないと思うよ。逆に子供がいた方が生活感があって、キャスターとしてはいいかもしれない」

「でも部長、キャスターが前に出過ぎるのも考えもんですよ。取材する側にとってベストの原稿をあげても、こいつ時々自分流に書き換えたり、個人的なキャスターコメントを入れて、意図することと逆のこと言ったりするんで、ヒヤヒヤもんなんです」

「あら、そんな風に考えてんだ。山下君、それちょっとおかしいよ。だって私は自分がかつて取材を手がけたこととか日頃関心を持っていることについて、あなたたちの原稿を十分頭に入れた上でプラスアルファのコメントを入れてるのよ。もし君が書いた原稿の内容と反することを言ったとしたら、それは君の原稿が悪いってこと」

「よう言うわ。ええか、まい子。俺は記者やで。自分の足でせっせとネタを拾って、取材して原稿を書く。その原稿をデスクが目を通してキャスターに渡す。つまりチェックの既に入った原稿を勝手に書き換えるのは僭越やっちゅうことや」

　この二人は社内でもこうしてぶつかることがある。一方は優秀な記者だし、また一方は視聴者から高い信頼を得ているキャスターである。

「私はね、人が書いた原稿をそのまま一字一句間違えずに、美しく読むことが仕事だと思ってないの。そんなのアナウンサーの仕事でしょ。キャスターはそれなりの見識が必要だし、記者の書いてくる原稿にきちっと対応できなければ務まらないと思ってる。だから私は取材現場にも出るし、一生懸命勉強もしてる」

　二人の会話を聞いていた鎌倉が割って入った。

「俺は橘の意見に賛意を表するね。毎日ニュース見てると結構つまらん原稿が多いやろ？　それをキャスターとしてフォローしたり肉付けしているわけやから、橘は凄いと思うで」

「何や鎌倉、つまらん原稿とはどういうこっちゃ。制作の人間に何がわかる。俺は記者として毎日ベストを尽くしている。取材現場で新聞や放送各社と常に競い合ってるんや。抜くことはあっても抜かれることはないし、ニュースの背景や要因っちゅう、他の記者が入れないところまで踏み込んだ仕事をしてるんや」

「もう部長、何とか言って下さいよ。こいつすぐ熱くなるんだから」

まい子が呆れた顔で南田を見た。

「山下、君は知らないかもしれないけど、橘君は山下が書いた原稿にいつも真剣勝負を挑んでるんだよ。それは多分、他の記者の誰よりも山下を認めてるってことだと思う。俺はニュースのオンエアを見てて、要するに最終チェックをしてるんだけど、山下の原稿プラスまい子のコメントの組み合わせがベストだと思ってる」

「ほら見なさい。私はね、記者としての山下を百パーセント認めてる。その上で私もキャスターとして精一杯その原稿に向き合ってるのよ。それを出過ぎだなんて……」

「ところで南田部長、話ころっと変えて恐縮なんですが、結婚が決まりました」

鎌倉がこれ以上ないといったタイミングで例の話を切り出した。南田やまい子の話にも納得がいかず、憮然としていた山下の表情が一気に崩れた。

「それって鎌倉、あの永平寺手ぬぐいのか？」

まい子がキョトンとした顔で、

「ええ？　何、それ」

山下がことの顚末をゲラゲラと笑いながらまい子に説明する。まい子は途中何度も吹き出しながら聞いている。

「実は、ほら三人で話したあと、年末に会いに行ったんや。で、申し込んだ」

山下が笑いをこらえながら取材を始める。

「で、何て言うて申し込んだ？　いきなり結婚してくれやないやろうな」

「いや。正確に言うと、前から好意を持ってました、結婚していただけませんか……こんな具合だ」

「ギャハハハ。部長聞きましたか。この無骨者が、何の手続きもなく、いきなり本題に入ったそうですよ。で駄目だったんやろ。駄目に決まってるやろが、殆ど知らん相手からプロポーズされて受ける奴がどこにおんねん」

「いや。それが受けてくれたんや」

「え〜」

山下が絶句した。まい子は目を丸くしている。南田は鎌倉の手を取った。

「おめでとう。なんとなくこの間話聞いて、うまくいくような気がしてた。で、式はいつ頃になるの？」

「はい。きりのいいところで三月下旬に予定してます。その時は、部長、それから二人にも是非出席してほしいんだ。よろしくお願いします」

鎌倉はそう言うと深々と頭を下げた。

「おい。飲もう。もう一度乾杯や」

山下がそれぞれのグラスに酒をつぐ。まい子が嬉しそうに鎌倉の肩を叩いた。

「早く会ってみたいな。この男が一途に惚れ込んだ女性に」

乾杯のあとは鎌倉の一人舞台となった。会社では無口なこの男は、このメンバーの中では別人のようにいきいきとしていた。名実ともに主役となった彼を中心に四人はその夜飲み続け、焼酎の四合瓶を三本空けた。

十二時近くなって、鎌倉は深夜便のバスで福井に帰っていった。山下は酔い潰れている。酒豪のまい子は平気な顔でまだチビチビと飲み続けている。

「よし、そろそろ引き揚げようか」

南田がそう言って立ち上がろうとした時、まい子が不意に尋ねた。

「綾は……部長のことをとても愛してるんですよね」

「え？」

「ごめんなさい。酔っぱらってるついでに言わせて下さい。私が結婚した時、もう三年も前のことだけど、二人で飲みに出たんです。私、柄にもなくその時感傷的になってて、恋愛とか結婚について長話をしたんですけど、その時綾に聞いたんです。綾は結婚しないの？　好きな人いないのって。そしたら綾が、思い詰めたみたいにひと言、京ちゃんって答えたんです。私は男と女の事なんてとんと無頓着で、本当はどうでもいいんですけど、でもあの時の綾のひと言って、とても強く響いたんです。それでその後も、それとなく綾の様子を気にかけてたんですけど、最近はもう見ていられなかった。綾って同性の私から見てもあんなイイ女っていないないですよね。美人で賢くて凛としてて、仕事は抜群にできるし。でも器用じゃないいな。二人、似た者同士ですよね」

「……」

「綾から辞めるって聞いた時、私、すぐピンと来ました。理由は聞かなくてもわかっちゃった。どうしてですか？　部長。どうして綾は辞めなきゃならないんですか。部長はどうして止めなかったんですか？」

そこまで言うと、まい子は突然、しゃくり上げるように泣き出した。

キー局

土曜日の朝、休日にしては珍しく早く眼が覚めた。つけっ放しのエアコンを消して、いがらっぽい喉にどこそこの天然水というペットボトルの水を流し込む。テレビをつけると吉本のお笑い番組だ。チャンネルを変える。ＮＨＫのニュース解説という気分ではない。郵便ボックスに新聞を取りに行くと、時々エレベーターですれ違う五十がらみの中年男が山のようなゴミ袋を抱えてマンション裏手のドアから出ていくところだった。この辺は月曜と金曜がゴミの収集日である。マナーを守らないのは若い連中だけではない。恐らく単身赴任者か、南田と同じ一人者に違いない。それにしても生ゴミのツンとした臭いがエントランスホールに充満していて不快だった。

部屋に戻って新聞を広げる。まず社会面。じっくり読みあげて一面に戻る。南田が新聞を読む時の習慣である。七頁目の経済欄に入った時、電話が鳴った。技術部長の吉武からだった。

「南田部長、すみません朝早くから。朝七時の『経済探訪』見ました？」

「いや、今起きたんで」

「放送事故です。先週放送したVTRがまた流れたんですよ。マスターでオンエア直後に気づいたんですけど、今週分が搬入されてないんです」

「わかりました。すぐ出社します」

KHSの『経済探訪』は毎週土曜日、朝七時からの十五分間番組で、関西財界人へのインタビューを中心としたミニ枠である。大阪や神戸に本社を置く企業や、商工会議所、経済同友会などがスポンサーとなり、それぞれの経営者が自社や経済団体などのPRをする。インタビューの相手は代理店がピックアップして御膳立てし、制作部がカメラクルーを出す。そしてディレクター兼務のアナウンサーがインタビューするという番組である。手間隙がかからない割には実入りが良く、月額三百万、年間三千六百万の収入がある。更にこの番組は営業的に大きな付加価値を生んでいる。つまり出演者が大手のクライアントの代表というケースが多く、営業の持っていき方ひとつで新たなCM収入に繋がっていくというわけだ。

出社した南田を吉武が待っていた。

「すみません、南田部長。制作の井上部長に連絡を入れたんですが繋がらなくて。これが搬入されていたVTRです」

南田がVTRを確認すると、テープケースに今日の日付が入っている。しかしその中に入っているのは先週放送した分のテープだった。

南田はすぐに担当ディレクターであるアナウンサーの広兼安志を呼び出した。広兼は入社十三年目の中堅で、主に制作系の番組を担当している。自宅に電話を入れた時、彼はまだ寝ており、当然、番組が事故ったことなど知る由もない。

「南田だけど。今日放送分の『経済探訪』で放送事故が起きたからすぐ出社してくれ。今日のオンエアテープが搬入されてなかった」

「え、それはおかしいな。そんなはずないんですけどね。水曜日に編集して、確かに放送日の棚に置いたんですけど」

「うん。だからそのへんを確認したいから、出社して」

一時間後、広兼が出社し、吉武とともに消えた放送用テープの行方を追う。広兼が水曜日に使ったという編集室、マスターに隣接した放送日毎に仕切られた保管棚。目に止まったテープは全て再生し、チェックしていく。

そして二時間後、念の為にと最後に調べた制作フロアにある取材用テープのストック棚からそれは発見された。紛れもなく今日放送分のテープだった。つまりこういうことだ。広兼は水曜日の編集作業の際、放送用テープを仕上げて、最後に放送日を書いたラベルをテープケースに張って搬入するはずだった。しかしそのテープケースには、彼が編集用にと持ち込んだ先週分の放送テープが入っていたのである。広兼は自分のミスであることを認め、呆然として座り込んでいる。

「すみません部長。こんなつまらないミスでご迷惑かけて」

「起きたことを今とやかく言っても仕方がないだろう。この後のことを考えよう。まず今週放送できなかった分を来週放送するという告知を入れる。編成と業務に言って来週前半からスタートできるようにすることだ。それと井上部長にすぐ連絡とってくれ」

　南田はそう言うと、営業部長の北野の自宅に電話を入れた。不在である。携帯もつながらない。次に業務部長。池田は自宅にいた。南田は放送事故の概略を伝え、できればこの週末のうちに営業対応をとるよう進言した。

　月曜日の朝、南田は九時半に出社した。その姿を見て、井上が小走りでやって来た。

「南田部長、いやもう参ったね。広兼の奴がまさかあんなミスをするとはね。俺からは厳しく叱っといたけど、部長も頼みますよ。大体、アナウンサーなんて、ほんと大事な仕事任せられないよな」

　それだけ言うと、井上はそそくさと自分の席に戻っていった。殆ど同時に卓上の電話が鳴る。総務局長の前畑だった。

「南田部長？　土曜日の事故の件で、十時半から放送事故対策委員会を開く。必ず出席するように、いいね」

　放送事故対策委員会はＫＨＳの各部の部長で構成されている。大きな放送事故が起きると必ず招集され、原因の究明と対策を話し合う。委員長は前畑である。今回の事故は少々厄介な問題をはらんでいる。制作番組を統括する制作部長の責任。放送直前によく確認せずにテープをＶＴＲにかけた技術部の責任。そしてディレクターがアナウンサーである為に、アナウンス部長を兼務している南田の管理監督責任。

会議では技術部の吉武が当日のマスター勤務者に手落ちがあったことを素直に認め陳謝した。また南田も、事故の概要を説明するとともに、部下への監督が行き届かなかった点を詫びた。しかし井上はひたすらアナウンサーの広兼のミスをあげつらうことに終始したのである。そしてその会議を前畑は次のようにしめくくった。

「今回の事故は、何と言っても、広兼の単純なミスが原因だ。営業は対応に追われている。南田部長、取りあえず事故の顛末書と今後の対策を私に提出してくれ。事故はアナウンス部の責任ということにする。以上だ。ああそれから、今回の事故の件で野上常務から緊急の役員局長会議を開くという連絡を受けている。午後二時からだ、南田部長、それと吉武部長、井上部長、三人出席するように」

結局、今回の放送事故の責任は全て南田が負うことになった。恐らく午後の役員局長会でも、一方的に糾弾され、処分か或いはそれに近い裁定が下されるはずである。野上とそして前畑のわかりやすい思惑が見え隠れしている。それにしても、井上の責任回避の一連の発言は許し難い。午後の会議がはじめに結論ありきという流れにしても、制作部長としての責任だけははっきりさせておかなければならない。制作部の為にも。情報センターに戻った南田は、何故か上機嫌な井上を見てそう心に決めた。


「それでは緊急の役員局長会を開きます。議題は土曜日に起きた『経済探訪』の放送事故についてです」

前畑のこの一声で会議は始まった。中央正面に野上、その横に営業部長の北野がオブザーバーとして出席を許されている。専務の丸山をはじめ主だった役員局長クラスが顔を揃えている。

野上が口火を切った。

「放送事故対策委員会の報告は、先程前畑局長から受けました。まあ生身の人間が放送機器を扱うわけだから、事故は起きる。しかし今回の事故はいかん。個人と組織に緊張感が欠落している。お蔭で営業は土曜日からてんてこまいだ。いつも尻ぬぐいをさせられている。今回はきちっと責任を明らかにしていきたいと思っている」

相手を威圧するいつもの野上の低い声である。その言葉をきっかけに、南田に対し質問と非難が集中した。

「アナウンス部長として部下の仕事をちゃんと把握していると思えない」

「兼務で多忙はわかるが、アナウンス部長としての責任を放棄していないか？」

「報道のニュースもつまらない事故が多い。今回のことはその延長線上にあるのでは？」

「営業軽視の考え方が背景にある。厳しいこの時期にもっての他だ」

「他のアナウンサーから、部長の管理が杜撰だという指摘が出ている」

「危機管理がまったくできていない。報道部長としても危うい限りだ」

ざっとこんな調子である。ひと通り南田への糾弾が終わると、野上が自信たっぷりに締めくくった。

「皆さんのご意見はお説ごもっともというところだな。しかし言いっ放しは良くない。私は社長に懲罰委員会の開催を提案したいと思うがどうかな？」

前畑が間髪を入れずこれに同調した。

「そうですな。事故再発を防ぐ意味でもそれは必要でしょう。早速その手続きをとります」

「ちょっと待ちたまえ」

会議室の全ての視線が、発言の主に集中した。専務の丸山である。

「今日の会議は一方的に南田部長を裁くことに終始しているが、それは一体どういうわけだ。私が聞いた話では、南田部長は技術からの一報を受け、休日にも拘らずすぐに出社して原因の究明と営業、業務への連絡にあたっている。誠に迅速で適切な処理が行われたと思う。しかし考えても見給え。『経済探訪』は制作部の番組だ。井上部長」

「はい」

井上の顔は既に蒼白である。

「君が放送事故を知ったのはいつのことだ？」

「はい、あの、土曜日の夜でした」

「それから出社したのか？」

「はい、いえ出社しておりません」

「日曜日も出てないいな」

「はい」

「つまりそういうことだ。事故が起きる。次にどうするという責任の所在がまったく見えない。南田部長は、広兼にすぐ制作部長に連絡するよう指示したらしいが、それはどういうわけか参考までに聞いておこう」

南田は意外な展開に少し驚いていた。丸山は土曜日の一部始終を全て調べあげている。その上で会議の流れに一石を投じている。

「はい、私は先程来皆さんの仰る通り、監督責任があったと自らの非を認めています。ただ制作部の体制に関しては多少の危惧を抱いています。ＫＨＳは今、レギュラー、単発を含め、数多くの番組を作っていますが、そのいずれのものにも管理の目が行き届いていないように思います。作りっ放し、やらせっ放しの状況です。今回のことは私の責任ですが、これを機に制作番組にきちっと目が行き届くような体制づくりを構築していただければと思っています」

「その通りだな。井上部長、私は専務として君の制作部長としての資質に重大な疑念を持っている。直ちに、いいか直ちに制作部の体制について改善策を示したまえ」

全員、息をのんでこのやり取りを見ている。普段現場の事に殆ど口を出すことのない丸山が、野上主導の会議の流れを完全に止めている。一体それは何を意味するのか。恐らく寺西一族が、何かの意図を持って動き始めたのだ。加えて、これまで何かと野上、前畑と確執のあった南田が、丸山と見事に一体化している。野上常務とその取り巻きにとって、まさに衝撃的とも言える事態が生まれたのである。

結局会議では、今回の事故に関わった三つのセクションに注意を促すという程度の結論にとどまった。懲罰委員会を開くという野上の提案も完全に一蹴された形となった。

報道フロアに戻った南田は広兼を呼び、二度と同じ過ちをくり返さないこと、搬入前の放送用テープを、南田か、報道デスクが目を通すという約束事を決め、必ず守るよう申し渡した。

遅れて報道フロアに戻ってきた局長の宗方が南田に声をかけた。

「今、専務と話をしてきた。南田部長に頑張れと伝えておくように言われたよ。それにしても、専務の一声は凄かったな。君もこれからは専務にいろいろと相談するといい」

そのやり取りを、田上がじっと窺っている。田上は会議での出来事を井上から電話で聞いている。南田が丸山と繋がっているとしたら……。田上は野上一辺倒に振るまい、南田の追い落としを謀《はか》ってきたことに身がすくむ思いがした。

その週の金曜日、南田は東京国際テレビの大会議室にいた。四月改編に向けての全国報道部長会議である。国際テレビは大胆な改革案をその場で明らかにすることになっている。南田は十二月の会議前日に、編集長の岡野からそれとなく協力を依頼されている。国際テレビの示した案にＫＨＳ、つまり南田がイエスと言えば流れは決まるだろう。しかしそのプランは常にキー局のものであって、例えばフォーマットひとつを取っても、地方局はどこでローカルニュース枠に降りるのか、或いは東京と地方の番組的な流れを切らない工夫、スタジオセットの改装など厄介な作業を強いられるのである。改編作業が本格化するこの時期の報道部長会議はローカル局のブーイングでいつも揉めていた。そしてその都度、反キー局の急先鋒にＫＨＳの存在があった。

「二時定刻ですので、報道部長会議を開催します」

報道ネットワーク部の熊下が一同を見渡した。

「本日の予定ですが、まず各局の皆様から近況報告をいただきます。その後いったん休憩を挟みまして、午後四時から、来年度の改編について意見交換したいと考えています。で、会議終了は午後六時を予定しています。その後六時半から場所をお台場のホテル日航に移しまして懇親会を開く、という段取りです。では各局報告、今回は北の方からいきましょうか？」

「ちょっといいですか？」

南田が手を挙げた。岡野をはじめ、国際テレビの管理職に緊張が走る。

「今日は、四月の改編案だけにして、各局報告はやめませんか。どうせ事前に各局から出されたレジメがここにあるんですから、それはそれぞれあとで読んでいただくことにして、まず改編の話をしましょうよ」

国際テレビにすれば、それは避けたかった。各局報告は一局につき三分程度という申し合わせがあるが、中には十五分近く時間をかけて自分の局の異動の話やら、その地方で起きた事件事故の報告をする局がある。従って各局報告だけで予定時間を大幅にオーバーする。残った僅かな時間で自作の改編案を提示し、地方局からの意見が生煮えの状態で時間切れを狙う……これが東京国際テレビの戦略なのである。

南田の提案に対し各局から「異議なし」の声が上がると、熊下は困惑した表情で編集長を見た。岡野が小さく頷く。

「では四月改編から進めていきます。編集長」

「はい。岡野です。皆様お疲れ様です。とくにＫＨＳさん、先般の東亜プロセスフーズの件、大変ご苦労様でした。スクープ映像、その後の報道の組み立てなど完璧だったと思います。今後とも、いろいろな局面でお知恵を拝借したいと願っています」

聞いていてむず痒くなるようなＫＨＳに対する讃辞である。これを要約すると、即ちこの会議の流れを国際テレビのペースでよろしくということである。

「さて改編についてですが、皆様もご承知の通り、夕方ニュース『データファイル』はこの一年、関東地区で大変苦戦してきました。視聴率は五～七％前後で、在京五社中、三位四位を行ったり来たりという状況です。そこで我々はまず局内の意識改革を進め、フットワークを重視した機構の変更を行います。中堅若手記者の中から特に優秀な人材をピックアップいたしまして、各コーナー毎にプロデューサー制度を構築いたします。次にキャスターの変更です。四月からは、タレントの若狭恵を起用いたします。ご存知のように若狭恵は、歌ってよし喋ってよし、絵も描けば自作の詩も出版するというマルチタレントで……」

「編集長」

南田が一気に捲し立てる岡野を遮った。

「少し順序が違うような気がするんで申し上げますが、改編プランの前に、現行の『データファイル』の何が失敗だったのか、その点をまず明らかにして下さい。その上で次の対策を講じる。これが順序だと思います」

東海地区の局が呼応する。

「いつも目先の変更なんだ。タイトル、キャスター、フォーマット。その都度、これがこの番組の〝売り〟だといって、いつも失敗している」

更に広島、熊本の局が続く。

「もっと本質的なところを変えていかないと、信頼されるニュース作りはできない」

岡野はじっと腕組みをして聞いている。KHSにペースを攪乱《かくらん》されているという思いが、逆にこの男の傲岸不遜な性格に火をつけた。KHSがそう出るならキー局としての立場で押さえつける。

「ご意見はよくわかりました。反省点については敢えてここでは申し上げません。何故なら、四月の改編案はそのあたりを十分咀嚼した上でのプランだからです。我々は前に進んで行くことだけを考えています。確かに夕方のニュースはここ数年、地に足がついていないというか、上滑りしていたと思います。その意味も含めて、去年十月、私はこのセクションに編集長という立場で起用されたと思っています。つまりお客さんを呼ぶために私の出番がまわってきたと自認しています。ですからここはひとつ、私なりにやらせていただきたいと思っています。必ず結果を出します」

南田はその言葉をじっと聞いていた。年齢的には自分と同じ世代のこの男は、本来ならば各部のキャップクラスであるはずである。それが編集長なのだ。恐らくこの局の経営陣と気脈を通じ、様々な駆け引きを弄《ろう》してこのポジションを得たのだろう。こういう手合ほど、自分で責任を取ろうとしない。彼の流儀で四月からの番組がスタートし、そして失敗すれば、機構改革と称して集めた若手スタッフに責任を転嫁する。南田は岡野に対し、本能的にそんな臭いを嗅ぎ取っていた。

会議はその後、女性タレントの起用についてすったもんだの議論が続いたが、岡野がこれを一方的に打ち切って次に進めた。

「続いてフォーマットに移ります。夕方五時、オープニングの後ニュースⅠ部。続いて企画ものを幾つか入れていきます。もし重大なニュースがあれば企画をつぶして全編ニュースゾーンとなります。そして午後六時からニュースⅡ部、続いてスポーツ、天気予報、エンディングです」

東北の局が手を挙げた。

「五時のニュースⅠ部と六時のⅡ部は内容を変えるんですか？」

岡野が平然と答える。

「I部はその日のメインとなるニュースを並べます。六時のII部はその他のニュースと話題ものをピックアップします」

東北の局が到底納得できないという表情で反論する。

「うちは五時からのキー局のネットを取っていないんですよ。うちだけじゃなくて、ここに出席している系列局の半数以上は六時が番組のスタートなんですよね。そうすると、ニュースの冒頭にその他のニュースと話題ものが来るというわけですか？」

ここで会議は収拾がつかない程大荒れとなった。ローカル局の多くが、このフォーマットではやれないと口々に声を揃えた。中にはネットワークからの撤退を言い出す局もある。さすがの岡野もこの事態に強権発動のタイミングを失っていた。

「編集長」

南田が発言する。その声に会議室は一瞬静かになる。

「もう一度プランを練り直してもらえませんか。ローカル局の実情をきちっと把握した上で。今編集長が示したI部とII部のニュースについての考え方では、系列局の了解は得られないということです。それと報道部長会はローカル局のガス抜きの場じゃないんだから、時間切れの見切り発車はしないこと、これだけは是非お願いします」

会場から大きな拍手が起きた。岡野はこの提案を受け入れ、次の報道部長会議に再度別の案を提示する事を約束した。

懇親会は盛況だった。会議ではあれ程紛糾したのに、ゴルフ談義やら地方の旨い物自慢が和気靄々《あいあい》とくり広げられている。

岡野が二合徳利を手にして南田の席にやって来た。

「南田部長、今日はお疲れ様でした。やっぱりＫＨＳさんが流れを作っちゃいましたね。でもお陰で、一段とやる気が出てきましたよ」

つがれた酒に少し口をつける。返杯しようとすると、その手を押し戻すようにして更に酒をつぎ足してくる。突然、岡野は声を落とした。

「つかぬことを耳にしたんだけど、南田部長、ＫＨＳで上の方とあまりうまくいってないんだって？四月から大丈夫なの？」

探るような目つきである。

「異動のことですか？　さあ、僕には見当もつかないけど」

南田はそうはぐらかした。

「お願いしますよ、ニュースのネットワークから南田部長がいなくなっちゃうと、大幅な戦力ダウンだからね」

岡野はそう言うと、次の席へ移っていった。どうやら俺がいない方がいいらしい。南田は岡野がなみなみと杯についだ酒を手元の椀の中に落とした。

「皆さん、宴たけなわですが、品川の方に二次会の席を準備してあります。この辺でそろそろ中締めとさせていただきたいと思います。報道部長会参加者の最長老、東北文化放送の三井部長に締めのご挨拶をいただきたいと思います」

三井が座の中心に進み出た。三井はそこで長々とネットワークの重要性について話し始めた。丁度その時携帯が鳴った。南田は急いで部屋の外に出る。

「綾です」

「どうしたの？」

「もう懇親会終わりました？」

「今、お開きの挨拶中」

「このあと二次会に行くの？」

「どうしようかなって思ってたとこ」

「京ちゃん、厄入りの会、してあげます」

「え？」

「そこ、お台場の日航ホテルでしょ？」

「うん」

「私、今そのホテルのバーにいるの」

「え、そうなんだ」

「ね、二次会やめて一緒に厄入りの会……」

「すぐそっちに行く」

ホテルのバーラウンジに入ると、カウンターに綾が座っている。南田の姿を見て手を振った。

「ごめんなさい、大事な会議なのに」

「それ程大層なものじゃないから。それより東京は？　国際テレビと打ち合わせ？」

「そう。仕事の打ち合わせして、春から住む家を探して……なんてウソ。京ちゃんに会いに来た」

いつものようにグラスを合わせた。綾は濃い緑のカクテルドレスを身につけている。細くしなやかな指でグラスを包み、薄く紅をひいた唇に運ぶ。美しいと思った。

「この間、ごめんね。京ちゃんを泣かせてしまった」

「四十一歳にもなって、あんまり恰好よくないよね。でもまあ仕方ないさ。涙が勝手に出てきたんだから」

「人にあんまり弱味とか見せないじゃない、京ちゃんって。だからびっくりして感動した」

「この間のハンカチ、そのまま部屋に飾ってある。お宝だな、あれは」

「おととい、国際テレビの制作でスタッフミーティングがあったのね。あっそうそう、私四月から朝ワイドの月火担当になったの。それでその時思いがけず京ちゃんの話が出たのよ」

「ＫＨＳには泣き虫の報道部長がいるって話？」

「ハハハ。じゃなくて、報道部長の南田ってどんな人って聞かれた。有名なのよ京ちゃんは」

「で、何と答えた？」

「スーパーマンです。ＫＨＳを一人でしょって立ってますって言っといた。でもその時、京ちゃんの名前が出て、ほんとにすごく会いたかった。どうしてた？　毎日」

「夢うつつ。意識が混濁してるっていうか、誰かさんのせいで」

「でしょう。でも不思議よね私たち。男と女の関係でもなかったし、たくさんの時間を共有してたわけでもないのに。毎日……毎日ね、私出社すると、まず京ちゃんの姿を捜して、取材に出る時も必ず報道部長の席を見て、帰社すると部屋に入るなり京ちゃんを目で追って。これからそれもできなくなる。悲しいな……」

「綾はいつまでこっちなの？」

「一週間程東京にいる。京ちゃんは？」

「明日朝帰る予定にしてたけど。今夜は一緒にいたいね」

「うん、そのつもりでこのホテルのツインを予約してる」

「明日、どっか行きたい所ある？」

「そうね。柴又の題経寺、浅草の仲見世……。どこでもいい。明日は京ちゃんにベッタリまとわりつくんだから」

部屋からお台場の海が見える。周囲のイルミネーションが海に映ってキラキラと輝いている。二人は暫く見つめ合い、優しく唇を重ねた。長い歳月は、この時の為にあったかのように愛し合い、そして結ばれた。

次の日、二人は子供のようにはしゃいで過ごした。綾は人目もはばからず南田の腕にすがり、首に手をまわしてぶら下がり、片時も離れようとしなかった。帝釈天の境内でおみくじを引き、凶が出たといって笑った。柴又の参道で草だんごを頰張り、映画のとら屋と違うと言って嘆いた。浅草の仲見世でおかめとひょっとこの面を買い、それぞれ顔につけたままぶつかるようにして歩いた。

日がすっかり暮れて、二人は有楽町にいた。駅のガード下にある喜多方ラーメンの店に入る。

「寅さんの映画でね、寅さんが旅に出る時、上野駅でラーメンを食べるシーンが何作かあるの。私山田監督の作品全部見てるけど、何故かそのシーンが大好きなの。切なくて寂しくて。だから二人のお別れの時はラーメン食べようと思って」

　そう言って綾は力なく笑った。

「別にこれで会えなくなるわけじゃないから」

「でも、もう会えない」

「どうして？」

「辛くなるだけだから」

　二人は黙ったままラーメンを食べ続ける。

「私、東京駅まで見送らないね」

「うん」

「京ちゃん」

「え？」

「体に気をつけて。それからあまり肩に力を入れ過ぎないで。いろいろ嫌なこと多いだろうけど」

「東京の家が見つかったら連絡して」

「駄目。教えない。携帯の番号も変える」

「どうして？」

「もう会わないつもりだから」

「二日間一緒にいて嫌われちゃったかな」

「そんなこと……どんどん好きになってる。京ちゃんは？」

南田は答えるかわりに綾の手をそっと握った。綾が強く握り返した。

「私、もう行くね」

「……」

「じゃ、京ちゃん」

京ちゃんと呼んだあとに、もう一度小さく京ちゃんと呟いて、そして綾は店を後にした。

ＣＭ調査委員会

民間放送にとって、あの忌まわしい事件から八年。それは視聴者やテレビを生業とする者の記憶の中から、忘れ去られようとしていた。しかし、それが再び起きたのである。ＣＭ不正事件。あの時、不正を引き起こした局だけでなく、全国の民放テレビ局は再発防止と信頼回復の為に努力をすることを誓ったはずだった。ＣＭを不正に間引いた局では経営責任者が辞任し、不正に直接関わった人間は要職を追われている。もう二度と起こることはない。誰もがそう思っていた。

話は三カ月程前に遡る。十一月のその日、仙台に本社を置く紳士服量販店の東日本統括部の社員が奥州テレビ（ＯＳＴＶ）にチャンネルをあわせていた。彼はテレビの番組というよりコマーシャルをチェックしていたのである。その量販店では東北各県のエリアを対象に、季節商品のスポットを年に数回打っている。そして定期的にＣＭが契約通り放送されているか支店毎に調査をさせていた。

東日本統括部販売促進課係長、これが小野寺厚の肩書きである。小野寺は年に二〜三回実施されるこの調査の要領を得ていた。統括部の宿直室に置かれたテレビの前で、彼は何の緊張感もなく長椅子に横たわっている。CMが流れる時間は、あらかじめ広告代理店から渡されたタイムテーブルに書き込んである。つまり指定されたその時間だけ、自社のCMの有無を確認するという簡単な仕事だった。午後七時をまわる。放送開始からその時間まで、契約通り三本のCMが流れている。そしてゴールデンタイム枠に今入っている。午後十時までのこの枠は、各局とも視聴率が良く、商品に対する認知効果の最も高いゾーンである。当然一本あたりの料金も高額である。タイムテーブルでは、ここに三本のCMが入ることになっている。小野寺は近くのコンビニで買った弁当をつつきながら、番組と、そしてその合間に流れるコマーシャルを見ている。

しかし、ゴールデン枠で放送された自社のCMは一本だけだった。更に午後十時以降放送終了までに流れたのは二本である。契約では四本となっている。一日十本の契約、しかし放送されたのは六本ということになる。小野寺は、この日から一週間調査を続けた。結果は同じだった。そのCMは九月から十一月の三カ月間で契約金額は三百万円。一日十本、三カ月で九百本の契約内容である。しかし実際に流れたのは五百四十本で、各ゾーンのCM単価を計算すると、約百五十万円が間引きされたということになる。

小野寺はこの結果を仙台の本社に伝えた。そしてその日のうちに、奥州テレビの営業部長が広告代理店に呼ばれたのである。OSTVは弁明に終始した。今回生じたCM未消化は故意によるものではなく、営業担当とスポット担当デスクの業務連絡の不徹底から生じたものであること、更に未放送の分とは別に、二百本のCMを上積みして放送することなどを明らかにし、スポンサーに対し陳謝した。ことはそれで収まったかに見えた。しかし広告主協会と広告業協会のその後の抜き打ち調査で、他に二件の不正が発覚したのである。間引きされていたのは全国に支店を持つ大手住宅メーカーと家電量販店で、二社合計で本数にして四百八十本、被害額は五百八十万円とはじき出された。しかも、この二社について、OSTVは事前に社内調査でその事実を摑んでいながら発覚を恐れて隠蔽したということも明るみに出たのである。その不正は営業局長が指示し、営業部長や業務デスクなどが関与した組織的なもので、放送運行表や確認書などの改竄《ざん》が巧妙に行われていた。

CM不正事件再発、問われる民放の体質と責任。こうした見出しで、年が明けた一月末から地元のメディアに加えて全国紙などでも大々的に報じられた。

「KHSは大丈夫だろうな？」

寺西が眉間にしわを寄せて、野上を見た。二月最後の管理職会議で、総務局長の前畑がOSTVにおけるCM不正事件の経緯と、その後の民間放送連盟などの対応、社内処分の概要を説明した直後のことである。

余裕の表情で野上がこれに答える。

「うちは大丈夫です。営業、業務、放送の各セクションの作業を一元化しておりますし、オンエア後に放送確認書でもチェックしています。あとは人為的なミスということになりますが、営業、業務には特に優秀な人材を配置し、日頃からミスの無い作業を厳しく指導しておりますので、どうぞご安心下さい」

営業部長の北野が満面の笑みを浮かべ、得意そうに続ける。

「しかし、今回のＯＳＴＶの不正で、三社合わせてもたった七百万円余りの被害額ですか。それにしてはダメージが大きかったということですよね」

出席している管理職たちはこの流れに乗り遅れまいと、意味もなく笑ったり頷いたりしている。

前畑がつけ加えた。

「しかしＯＳＴＶも迷惑千万ですな。早速、全国の民放局に対し、ＣＭ調査を実施する旨の通達が出されましたので、我が社としても早晩調査委員会を立ち上げることになるでしょう」

「それはいつごろになる？」

寺西はなおも不安の色が隠せない。局が受けるダメージ、経営トップの引責辞任など前畑が報告した衝撃的事実が頭の中を離れないのだ。

「恐らく調査直前に言ってくると思います」

「そのあたり、くれぐれも間違いのないように。野上常務頼むよ」

「はい、かしこまりました」

野上はそう言って胸を張った。

その後は、いつもの退屈な各局報告が続いた。営業局からは、今年度通年の売り上げ見通しが前年比八十二％と過去最悪となることが報告された。但し業績予想が悪いのはＫＨＳだけでなく、在阪各局、及び在京のキー局でも軒並み八十％台に売り上げが落ち込むこともつけ加えられた。

この時、専務の丸山が突然言葉をはさんだ。

「今年の数字はある程度予想ができたこととして、来年度以降、どう立て直していくのかね？」

会議の席に一瞬緊張が走る。営業の業績について、これまでこうした席では一度も発言した事が無かった丸山がストレートを投げ込んできている。つい先日も、役員局長会で南田の責任と懲罰委員会の開催を一方的に言い立てた野上に対し、その会議の流れをひと言で覆している。寺西一族と野上の確執……。管理職の面々は、この会社の勢力を二分する二人のこの場でのやり取りに息をのんだ。

「ま、こういう経済情勢ですので、来年度以降劇的に売り上げを伸ばすことは難しいと思ってます。しかし手をこまねいているわけにはいきませんので、少なくとも今年度の売り上げにプラスアルファーして予算を設定し、百%、いやそれ以上の売り上げを目指したいと考えています」

「いや私が聞いているのは数字上の目標じゃなくて具体的な戦略だよ、常務」

「はい。私ども営業局では、ここ数年の売り上げ減少についてつぶさに検討を加えてきました。その結果、スポンサーの絶対数が減ってきていること、より大口のスポンサー収入に頼り過ぎているということがわかりました。ですから来年度は、多少小口でもスポンサーの数を増やしていくことに力点を置いていきたいと考えています。またその為の営業スタッフの強化も検討中です。とにかく来年度は営業再スタートの年と位置づけ、全力で取り組みたいと決意しています」

さすがに野上は海千山千の強者である。たとえ相手が専務や社長であっても、こと営業に関しては一歩も退かないという自信に満ちた態度だった。一方の丸山は表情ひとつ変えず、手元の営業資料を目で追っている。次の言葉を探しているようにも見える。

前畑が二人を交互に見遣りながら遠慮がちに発言した。

「今、スタッフの強化という常務のご発言がありましたが、四月一日発令の人事異動について、若干作業が遅れております。年内にはほぼ骨格についてプランは固まっておりましたが、制作部の二人が退職しましたので、そのあたりを含め、今詰めの作業に入っています。三月十五日頃には内示が出せると思います」

管理職会議が終わり、南田が席に戻ると、東京支社営業部長の佐田明が声をかけた。

「報道部長殿、お変わりございませんか?」

「どうしたの?　今来たのか」

「ああ、このあと営業責任者会議がある。来年度の予算決めってやつだ」

「もうすでに予算は出てるんじゃないの?」

「修正に次ぐ修正ってやつだな。誰かさんのお蔭で某食品メーカーもポシャったし」

「東京支社も良くないの?」

「お手上げだね。キー局も軒並みスポットが落ち込んでるし。あの国際テレビが九十%を割るっていうんだから、まさに危機的状況だな」

佐田は南田と同期入社で、報道からスタートしている。報道での彼のスタイルはまさに猪のようだった。取材ターゲットへの食い込みが鋭く、ひとたび目標を定めると、絶対に食らいついて離さないといったところがあった。

「報道も予算カットだろう」

「五千万ぐらいかな。でも固定費が多いから、削るのは難しい」

東京各局の大幅な制作費削減は南田も耳にしている。下請けプロダクションとの契約打ち切りや番組毎の予算の見直しも進められている。

「ここ何年かで経営破綻なんていう局が出てくるぞ。恐らく三十社から四十社は既にグレーゾーンだからな」

佐田は民放各局の思惑が行き交う東京で、様々な情報を自分なりに分析し、危機感を募らせている。思えばこの業界は、オイルショックや多局化、バブル崩壊といった局面でも右肩上がりの成長を続けてきた。要するに、崖っ縁に立たされて、血と汗を流して困難を乗り切ってきたという経験をしていないのだ。ぬるま湯にどっぷりと首までつかり、ひたすら脆弱な体質を醸成してきたのである。

「南田、夜久しぶりに行くか」

「でも営業責任者会議のあと、飲み会じゃないの？」

「うん。一次会だけ顔出して、そっちと合流するよ」

午後十時を過ぎて、佐田は南田の待つ小料理屋にやってきた。ＪＲの大阪駅近くにあるその店は、報道時代二人でよく飲んでいた店である。

佐田は席に腰を掛けるなりコップ酒を一気に呑み干した。

「おばちゃん、ぬるいよ。沸騰する程熱くして」

「はいはい。佐田君相変わらずやねえ」

「そうよ。俺は気力、体力とも二十代のあの頃とまったく変わってないからな」

そう言うと、少し後退を始めた額に手をやってクスッと笑った。

「営業会議、どうだった？」

「どうもこうも、ひたすら辛気臭い会議だったよ。それより南田はどうなんだ。顔色は悪いし、目に勢いが無いぞ」

「少々疲れてるかもしれない。仕事でじゃなくて恋の悩みよ。切なくてね、毎日」

「ワハハハ、俺にその手の冗談はやめとけ。ところで今日な、オフレコの話があるんだ」

「人事異動の話だろ？」

「うん、ま、それに絡む話だ。いいか、これから俺が話すことは口外無用だぞ」

「了解。拝聴いたします」

「実はな。野上常務のことだ。社長と専務、それから複数の役員の間で野上はずしの動きが始まってる」

「そうなんだ」

「なんだ、反応が薄いな。その理由を聞けよ」

「何故野上はずしなの？」

「うん、端的に言えば、ここ数年の売り上げの低迷ってことさ。勿論常務は会社をここまで大きくした最大の功労者だ。しかしそろそろ限界だ。同じ営業でも、東京や名古屋の支社はその強引な手法に反発を強めているんだ。恐らく本社の中でも似たような状況があるんだと思う。だから、だ。売り上げ不振の詰腹を切らされるってわけだ。寺西一族がこのチャンスを捉えて、丸山体制への一新を謀って動き出した、つまりそういうことだ。恐らくこの動きは相当大きなパワーで一気に加速するはずだ」

「それでそれと異動に何か関係があるのか？」

「大ありよ。四月の内示が遅れてるだろう？　あれはな、野上と前畑が作ったプランを専務がストップしたからだ」

「ふーん」

「おい、聞いてんのか南田」

「ああ、とても面白い話だ。で、それやこれやの話の出どころはどこだ」

「実はな、先週丸山専務と業務部長の池田が東京に来たんだ。系列の経営責任者会議が国際テレビで開かれた時だ。で、その夜、俺と東京支社長が合流して四人でめしを食ったというわけさ。南田、その時専務が俺に何て言ったと思う。次の報道部長にどうだ、とこうきたわけよ。どう思う？」

「どう思うって、佐田ならいいと思うよ」

「意外と呑気に構えてんだな。野上常務は後任に田上の昇格を考えてる。専務は俺にどうだと言う。つまり南田、お前の名前がそこには無いということだ」

「あれだけ派手に上とやり合ったから異動はまあ、あるだろうな」

「ちょっとやり過ぎだよ。だが専務にしてみれば、逆に南田は好感度が高いってことだよ」

「専務のコマとして認められた訳だ」

「しかし、これは専務の話なんだが、社長がお前を嫌っている。だから今すぐ南田をそれなりのポストに置くのは難しいという判断なんだ。恐らく今回の人事で南田はいったん報道からはずされる。ただそれは長いことではないと思う。何故なら南田はこれからの報道制作に絶対必要な人材だからだ」

「何だか総務局長の内示訓話みたいな話だな」

「うん。それでだ。南田、四月にどんな人事があっても会社を辞めたりするなよ。暫くどっかのセクションに行って、のんびりと英気を養え。約束しろ。辞めるのは俺が許さんからな」

同期の二人はその後二軒飲み屋をまわり、午前三時頃に別れた。佐田のストレートな物言いは昔と少しも変わっていない。沈みがちな南田の心が、ほんの少し癒されたような気がした。


「ＫＨＳ・ＣＭ調査委員会を今から始めます。ご承知のように、奥州テレビでＣＭの不正事件が発覚しました。あってはならないことが再び起きたわけです。ＫＨＳにはそういうことは無いと信じていますが、とにかく調査委員の皆さんには厳しいチェックをお願いいたします」

前畑が少し改まった挨拶をしたのは、立会人となる三人の広告代理店の人間がその場にいたからである。彼等はＫＨＳの調査委員の仕事を監視し、同時に自らも調査にあたる権限を与えられている。

前畑は続いてＫＨＳの調査委員を代理店側に紹介した。メンバーは報道、制作、技術、総務、事業のそれぞれ部長と副部長である。コマーシャルの契約からオンエアに直接関わる営業、業務、放送の三つのセクションははずされている。

立会人が調査の作業手順を説明する。

「ＫＨＳさんには特にＣＭの本数と扱い金額の多い三十社のスポンサーについて調査をしていただきます。対象期間は二〇〇〇年度の一年間です。ここにＫＨＳさんとスポンサーとの間で交わされた契約書があります。契約したＣＭが正しく放送されたかどうか、見落としのないようにお願いします。それでは始めて下さい」

その言葉で、前畑は放送部に電話を入れ、二〇〇〇年度の全ての放送運行表を会議室に運ばせた。一日分で四十頁、一年間分ともなると膨大な量である。

南田には三社分の契約書が渡された。東京支社扱いの大手製薬メーカー、本社扱いの家電量販店と最近急成長を遂げている健康食品メーカーだ。そのうち最も本数の多い製薬メーカーのＣＭから調査をスタートさせた。それは通年で一日十本、年間にすると三千五百本以上という量になる。まずそのＣＭがその日のどの時間帯に流れたかを確認する。そうすれば次の日の運行表では、その時間帯だけ確認すればいいのだ。その規則性に従ってチェックを進めるという作業は、そう繁雑なことではない。他のメンバーも黙々と作業を続けている。立会人は自らも作業を手伝ったり、調査委員の仕事ぶりを監視したりしている。

二日目、立会人が一人になる。初日のような緊張感は無く、椅子に座って週刊誌や新聞を読んでいる。調査委員のメンバーにも余裕がある。井上は営業出身者らしく運行表を見ながら田上に蘊蓄《うんちく》を傾けている。このスポンサーはそもそも自分が手がけたものだとか、自社のイベント告知が多いなどと、素人の田上に自慢気に語っている。

確かに……ＫＨＳ主催の事業イベントの告知が多い。それはＣＭが売れていないということに他ならない。以前、ＣＭ不正事件が初めて明るみに出た時は、テレビの売り上げが好調に推移していた。つまりＣＭの収容枠が混み合っていた時期である。放送する枠が満杯の状態にも拘らずＣＭを受注し、そして間引きする。これが不正の実態だった。だとすれば、今はそれこそ奥州テレビが引き起こしたような人為的なミスしか考えられない。南田はそんなことを考えながら作業を続けていた。

「報道の南田部長、ですよね」

「はい。南田です」

「私、大博堂の小渕です」

「ええ、きのうの自己紹介で……」

「実は私、東プロの担当でした。それで、ほら、KHSさんがニュースで不正を暴いて、結果あんなことになったでしょ。初期の対応が悪いということで、さんざんしぼられた挙句に担当替えになっちゃいました」

「それは大変でしたね」

「ええ。でも東プロって広告代理店を雑用係みたいに扱うところがあって、本音を言えばちょっとホッとしてるんです」

小渕はそう言うと、人懐っこく笑ってみせた。南田はこれまで広告代理店の人間と親しく付き合うということが無かった。唯一、報道を追われた八年前、制作でスポンサーのパブリシティ番組を担当した時、何人かの広告マンと接触している。しかしそれはあくまでビジネスライクな淡々としたものであった。大手の広告代理店の中には、テレビ何するものぞ、といった態度を露骨に見せる広告マンもいた。報道あがりに何がわかる、と言わんばかりの横柄な物言いに、南田は不快な印象を当時募らせていた。しかし、少なくとも小渕という男にはそういったところがない。

「仕事楽しいですか？」

南田の問いかけに、小渕は一瞬ためらうような表情を見せた。

「ええ、でもスポンサーと局を行ったり来たりの毎日で。本当は南田さんみたいな報道の人とか、ドキュメンタリーを手がけている制作のディレクター、新聞の論説委員といった人たちとも幅広く付き合っていけたらなと思ってます」

「じゃあ、この仕事が終わったら、報道の方に遊びに来たら。営業に寄ったついでいいから」

「ほんとですか？　ありがとうございます。遠慮無く顔を出しますね。情報センターって、ちょっと敷居が高いけど」

小渕はそんな調子で、その後も南田の所に立ち止まっては広告業界の現状をあれこれと語り、一方報道現場の話など熱心に耳を傾けた。

南田の作業は順調に進んでいる。三日目の夕方には二社目の家電量販店のチェックが終了していた。全て契約通りの内容で放送されている。他のメンバーも順調で、契約内容の不一致は出てきていない。中には契約よりも多く放送したケースもある。全員の作業に余裕のようなものが生まれている。前畑はひたすら笑顔を取り繕って立会人と接し、広告代理店での残業対策など、調査とは無関係な話をしている。南田はこの余分な仕事を早く終わらせて、ニュースの現場に戻りたかった。夕方五時、『データファイル』がスタートする時間だ。しかしその部屋にはテレビが置かれていなかった。

四日目。南田は三社目の契約書を手にしていた。株式会社ファインピーコック。天然成分百％の化粧石鹸と化粧水で飛躍的に業績を伸ばした通販会社である。契約期間は六月から三カ月。夏のＵＶ対策用化粧水の集中スポットで、若い女性や主婦層をターゲットにした放送ゾーンを指定している。午前十時から正午までに二本。ゴールデンタイムを中心に夕方五時から十一時までに十本のＣＭが入る。放送時間帯を考えると一本あたりの単価は高額なものになる。契約金額は月額四千万円、三カ月で一億二千万円になっている。

六月一日の放送運行表を取り出す。午前中二本、指定通りである。そして夕方から一本一本確認していく。南田はひと通り本数を数えると、再び注意深く運行表を確認し始めた。足りない……。六月二日の運行表を見る。やはり夕方から六本である。契約ではこのゾーンに十本のＣＭが流れていなくてはならない。次の日も、またその次の日も。ちなみに八月分の運行表を調べてみる。同様の本数である。

——契約書と運行表に不一致がある——南田はそう確信した。

その時、前畑が南田の横に立った。

「どうだい南田部長。順調に進んでるみたいだね」

「はい。ええ、あの大丈夫です」

南田は咄嗟にそう答えた。

「あと四日だ。頑張ってくれ」

前畑は愛想笑いを浮かべながら南田の元を離れた。

その日の作業が終了した午後六時半すぎ、南田は情報センターの自分のデスクに戻った。机の上には社内連絡文や稟議書が山のように積まれている。顔を上げ、テレビのモニターに視線を移す。その日のニュースも、まい子が相変わらず切れ味鋭いコメントで項目を繋いでいる。

ニュースが終了し、報道サブに入っていた山下が出てきた。南田の姿を見て足早にやって来る。

「部長、お疲れのようですね。調査委員会の方はどうですか？」

「うん」

「不正がボロボロ出てきたとか？　ハハハ、そんなわけないですよね」

「山下」

「はい」

南田は周囲を見回し、人がいないことを確認する。

「不正がある」

「え？　ほんとですか」

「声を少し落とせ」

「はい。わかりました」

「ファインピーコック。知ってるだろ？」

「あの通販化粧品ですか？」

「今、俺がそれをチェックしてるんだけど、かなり間引きされている」

「へえー。びっくりですね。で、どうします？　もう委員会の中で明らかにしたんですか？」

「いや、まだ誰にも言ってない」

山下は急に真顔になった。

「それが事実だとすれば、会社は隠蔽するかもしれませんね」

「それはわからない。でも可能性はあるな」

「部長」

「え？」

「多分部長も私と同じこと考えてると思うんですけど」

「闇の中に葬らせない方法？」

「そういうことです。それって、コピーできます？　契約書と、何とかってやつ」

「放送運行表？」

「はい」

「非常に難しいな。なにぶん調査期間中は、委員以外部屋は一切立ち入り禁止だから。しかも調査が終了すると鍵がかけられてしまうし」

そこで二人は押し黙った。誰にも見咎められず、放送運行表と契約書を持ち出し、コピーを取るなんてことは至難の技である。

「そうだ、昼休みの一時間は人がいない。人がいないというわけじゃなくて、交替で一人は残ることになってる。それを毎日俺がやれば……」

「それしかないですね。確か調査が行われている中会議室の隣に、前室みたいな小さな部屋がありましたよね。そこに会議資料用にコピー機があるはずです。以前使ったことがあるんです。創立四十周年の企画会議の時」

「しかしコピーをとるといっても膨大な量だから……」

「明日から四日間程、僕は報道シフトをはずれます。で風邪をひいたことにしてマスクかなんかして昼前に出社するんです。勤務先はその小部屋です」

「うん。俺が昼休みに契約書と運行表を部屋から持ち出し山下に渡す。山下はそれをコピーし、持ち帰る。原紙は俺が元に戻すってわけだ」

「はい。そういうことです」

「しかし、いくら何でも山下にそんなことをさせるわけにはいかないなあ」

「大丈夫です。やらせて下さい。うまくいけば……」

「え？」

「いや何でもないです。とにかくやりましょう」

山下はその時、うまくいけば、南田の異動を止めることができるかもしれない、そう考えていたのである。

次の日、南田は平然と作業を続けた。結局六月から八月までの全ての運行表に、ファインピーコックのCMは一日八本しかなかった。この事実をどうもっていく？　会社が不一致を直ちに認め、その結果を広告主と広告業協会に明らかにし、謝罪とともに不足分プラスアルファを補償する。であればコピーを取ること自体意味を持たなくなる。しかしもしそうでないケース。つまり会社がCMの不足を公にせず隠蔽を謀った時は？　南田の中でまだ明確な青写真はできあがっていない。まずはコピーをとること。あとは会社の出方次第だ。南田はその時、野上や社長の寺西の顔をボンヤリと思い浮かべた。

「皆さん、昼休みにしましょう」

十二時少し前、前畑が全員に声をかけた。食事の場所は四階にあるゲストルームで、毎日豪華な仕出し弁当が届けられている。立会人と調査委員はここで食事をとり、その後一時までテレビを見たり新聞を広げたりしながら時間をつぶすのである。秘書室の女性社員がいて、常にコーヒーや紅茶のサービスをする。単純な作業を請け負っている彼等にとってこの場所は憩いの空間であり、昼休みの一時間と午後三時のティータイムを楽しみにしていた。

立会人と委員が部屋を出たあと、中会議室には南田と事業部副部長の山浦正が残った。

「南田部長、食事は？」

「うん、ちょっと腹具合が良くなくてね。食欲もまるでないんだ。今日は俺が留守番を代わるからめし食っておいでよ」

「そうですか。申しわけないですね。じゃお願いします」

山浦が部屋を出る。時計を見ると十二時を三分程まわっている。

南田は携帯で山下を呼び出した。

「南田だけど、もう部屋に入ってる？」

「はい、ＯＫです。いつでもどうぞ」

南田は六月の運行表から半月分を抜き取り、中会議室を出た。外に人がいないのを確認する。七階のこのフロアには大小の会議室があるが、ＣＭ調査が実施される一週間は、全ての部屋の使用が禁じられている。中会議室の廊下を挟んで斜め前にある部屋のドアを開ける。真っ暗である。照明のスイッチを入れると、そこは八畳程の広さで、電話とファックス、そしてコピー機が置かれている。山下が部屋の隅にある机の陰から顔を出した。

「大丈夫か？　誰かに見られなかった？」

「完璧です。やりましょう」

「今十二時六分だから、とにかく三十分でやれる範囲でコピーしてくれ。何かあれば携帯で連絡する」

山下は半月分の運行表と、ファインピーコックの契約書を受け取ると、直ちに複写を始めた。

中会議室に戻る。ソファーに腰を落とし、何度も時計を見る。十五分程経って携帯が鳴った。

「部長、まもなく終わります。六月残りの分持って来て下さい」

「ずい分早いな」

「高速コピーができるタイプですから」

南田は更に十五日分の運行表を取り出し、小部屋に向かった。

「じゃ、これ最初の半月分です。誓約書もコピーしました」

「うん。今十二時二十五分だけど大丈夫か？」

「余裕です」

山下はそう言うと、また複写の作業に入った。

午後一時を過ぎて、三々五々調査委員のメンバーが中会議室に戻ってきた。部屋には南田が一人ソファーに腰掛けて新聞を読んでいる。

「南田部長。大丈夫なの？」

前畑が声をかけてきた。

「ええ、ここ一週間程は昼めし抜きで薬を飲むよう医者から言われてるんです。申し訳ないんですが、明日からの私の弁当はキャンセルしていただいていいですか？」

「それはいいんだけど、ま、あまり無理をしない方がいいな」

午後の作業が始まった。六月の運行表は井上の手元に置かれている。井上はひたすら自分の担当分のCMをチェックしている。

その頃、山下はそっと部屋を抜け出していた。エレベーターを使わず、非常階段で下まで降りると、社員駐車場に停めてあった自分の車に乗り込んだ。大きく膨れた三つの紙袋とともに自宅マンションに向かったのである。

南田と山下はその後二日間同じ作業を繰り返し、三カ月分の放送運行表と誓約書をコピーした。

調査開始から六日目の夜、南田は山下のマンションにいた。

「本当に一日八本しか入ってませんね」

「うん」

「これをどう使います？」

「取りあえず、ここに積んでおく。このコピーの出番があるか無いかは会社の出方ひとつってことだ」

「金額にしてどれくらいになるのかな？」

「本数だけ単純に計算すれば三カ月で三百六十本不足してるわけだから、金額で四千万円といったところだろう。ただ間引きされているゾーンがゴールデン枠だから単価計算ではじき出すと、それ以上の金額になるだろうな」

「半端じゃないですね。不正についてはいつ頃切り出すんですか？」

「もう殆ど調査は終わっているはずだから、多分明日の午後には集計の為の会議があると思う。その席で俺はあるがままの集計の結果を発表するつもりだ」

「広告代理店も集計の席に立ち合うんですか？」

「いや、それはないだろう。彼等の仕事は調査そのものを監視することだから」

「この結果を発表したら……会社はどうするのかな？」

「さあ、どうだろう。ただ、どっちにしても、山下の仕事はこれで終わりだ。これ以上は関わらない方がいい」

「わかりました。でも何か必要な時はいつでも声をかけて下さい。それと、今後起きることについては、速やかな情報の開示をお願いいたします」

そう言って山下は無邪気な笑顔を見せた。山下は報道という仕事を愛している。そして南田はその報道のシンボルなのだ。南田が不正を暴《あば》くカードを手に入れ、今後どんな形でそれを行使するにしても……『全て受け入れる』……という思いが彼の心を支配していた。


調査最終日、午前中の早い時間に全てのチェックが終了した。前畑はスケジュール通りにことが運んだ為か、殊更上機嫌である。広告代理店の三人に何度も頭を下げ、その労に感謝の言葉を送り続けている。

「ではこれで調査を終了します。皆さんゲストルームで少し早いですが昼食をとって下さい。あ、南田部長はまだ調子悪いのかな？」

「いえ、もう大丈夫です」

「そうか。それは良かった。報道部長は激務だからな。健康管理にはくれぐれも気をつけて」

その言葉に、南田は危うく吹き出しそうになった。

ゲストルームのテーブルには、最終日ということもあっていつもより更にグレードの高い会席弁当が準備されていた。南田はこの三日間、昼食抜きで薬服用というのがウソのように旺盛な食欲でその弁当を平らげた。

「南田部長、僕はこれで帰ります。今度報道フロアを見学に行きますね」

「うん。来る時は連絡して。報道と制作の現場を案内するから」

「はい。近いうちに是非」

大博堂の小渕は南田にだけ丁寧に挨拶し、本来の仕事場へと帰っていった。

広告代理店の三人が引き揚げ、その場が社員だけになると、前畑はいつもの横柄な態度に戻った。

「このあと三時から報告会議を開く。遅れないように。じゃ解散する」

その後も南田はたった一人ゲストルームに残り、コーヒーを飲んでいた。準備はできている。どんな展開になっても対応できる。そう心の中で呟くと、懐のあるものの所在をスーツの上から確認した。取材用の高感度小型録音機が内ポケットに収まっている。今後、会議でのやり取りを全て録音する。不正の隠蔽を指示する言葉があれば、漏れ無く記録する。そして、不正を裏付ける契約書と放送運行表は完璧にコピーしてある。南田はこの会社が健全な形で不正を処理することを望んでいる。しかし、そうでない場合は毅然たる態度で臨むことをその時決意した。

隠蔽工作

調査報告会議が何の緊張感もなくスタートした。前畑をトップとするこの委員会は、調査を実施したという事実のみが重要なことであり、報告会は形式的なもので委員の委嘱を解く為の集まりという認識だった。

前畑の手っ取り早く片付けてしまおうといった内容の簡単な挨拶の後、調査委員が自分の担当したスポンサーについてその結果を発表していく。田上は自分が調査したスポンサーは契約本数より若干多かったと笑いながら報告した。制作部長の井上は、ＣＭの受注から放送まで、いかにＫＨＳのシステムが完璧かを絶賛しながら報告を終えた。そして、技術部長、事業部長、総務部長と、結果報告が淡々と続く。不一致は何ひとつ無い。しかしその直後だった。総務部の副部長・川北修の報告でその場に居あわせた委員から笑顔が消えた。

「通信のアイメディアですけど、七月から三カ月、月額一千万、計三千万円の発注が出ています。契約書によるとＣＭの総本数は七百二十本なんですが、私のチェックでは六百九十本しか放送されていません。三十本不足しています。それと住宅メーカーのパラダイスホーム。四月から六月まで大型住宅団地売り出しのＣＭです。それと十月から十二月までの、オール電化仕様住宅のＣＭですね。それぞれ二千万円ずつ三百六十本の契約ですが、本数がトータルで四十四本不足してます」

「ちょっと待ち給え。それは確かなんだろうな」

前畑が言葉をはさんだ。気分はすっかりパニック状態、そんな表情である。

「ええ、確かです。間違いありません」

皆暫くの間押し黙った。沈黙を破ったのは田上である。

「その誤差って、許容範囲内なんじゃないですか？　広告代理店の放送後の確認も杜撰《ずさん》だったということですよね。いいんじゃないかなあ、それぐらいは」

営業の経験が無い田上が許容という言葉を安易に使っている。おまけに本数の不足は広告代理店の責任と言わんばかりの厚顔ぶりである。

井上が田上の発言に頷きながら続いた。

「大量にスポットが出る場合のよくありがちな単純なミスでしょう。私は大して問題にするようなことはないと思いますけど」

よくありがちなミス、とは一体どういう意味なのだろうか。ＫＨＳでは過去において、そうしたことが頻繁にあったということなのか？　南田は二人の発言に呆れ、怒りが込み上げてきた。

「ま、とにかく営業に連絡して対策を講じよう」

そう言って前畑が近くにあった電話に手を伸ばした時、南田がそれを制した。

「まだ全員の報告が終わったわけではありませんから、営業への連絡はその後にしてはどうですか？」

「ああ、それもそうだな。じゃ残りをさっさと片付けてしまおう。次は南田部長か」

南田は大手製薬メーカー、次いで家電量販店の調査結果を発表した。

「ということで、この二件とも契約通り履行されており、まったく問題はありません。続いて通販化粧品のファインピーコックに移ります。残念ながら、先程田上君の言った『許容範囲内』、井上部長の『単純なミス』といった類の言葉が全く通用しない大きな不一致が出ています」

この発言で委員全員息を呑み、南田を凝視した。

「まず契約内容ですが、六月からのワンクールで月額四千万、トータル一億二千万円です。本数は午前中二本、残りはゴールデン枠を中心に十本の計十二本です。これを調べましたが一日トータル八本しか放送されてません。三カ月で三百六十本の不足ということです」

全員が凍りついている。営業出身の井上はスポンサーに与えた被害の額をはじき出した。

「金額にすると五千万以上になるかもしれないな、大変だこれは。南田部長、確かなの？　それって」

「前畑局長、なんならファインピーコックの契約書と放送運行表をここでチェックしていただいたらどうでしょう。私の調査した内容が正しいかどうか確認の意味で」

「ああ、そうしよう。川北、放送部と事業部に連絡してその二つをここに持ってこさせろ」

前畑はこの上もなく苛立っていた。本来なら、この報告会で得た完璧な調査結果を社長の寺西や野上に、あたかも自分の手柄のように伝えるはずだった。つい先刻も野上から電話があり、夜、酒を飲みながら異動についての打ち合わせをすることになっていた。それどころではない……。全身が熱くなり、汗が吹き出してくるような悪感の中にいた。

運行表と契約書が運ばれてくると、南田を除く十人が分担してチェック作業に入った。そして二時間後、再調査が終了し結果が集計された。南田の報告通りの内容だった。沈黙の時の中でそれぞれの思いが交錯している。田上は野上がこれをどう判断するのか思案していた。仮にそれがどのようなものであれ、その決定に自らを委《ゆだ》ねていくことに迷いは無かった。井上はこの結果を明らかにすることで、その後の営業活動に与える影響や、スポンサーに対して行う三倍返しの補償のとてつもない額を思うにつけ、公表はあり得ないという判断が自らの頭の中を支配していた。

「とにかく、この結果については一切口外することの無いように。職場や勿論家族にもだ。会社が十分検討した上で適切な判断を下すと思う。明日の午後また委員会を開くので集まってくれ」

――ルビコンの川を渡る――南田は部屋を出るとそう呟いた。この会社の本当の姿が間もなく見えてくる。それが醜悪なものか、あるいはそうでないのか。CM調査委員会でさえ、不正を隠蔽する空気が芽ばえている。寺西の性格、野上の立場、この会社の経営理念とその手法を思うとまず間違いなく……。南田は凛としてこうした勢力と対峙していくことを決意している。自分でも驚く程に好戦的な気分になっていた。

前畑は委員会が終わると、その足で営業フロアに向かった。野上は不在である。営業部長の北野と業務部長の池田を呼び、調査結果を伝えた。

「何かの間違いじゃないんですか？」

北野はにわかには信じられないという様子で前畑を見た。

「うちのシステムではあり得ないことです。絶対に」

池田にはその事態がまだ呑み込めていない。数本の誤差ならまだしも、四百本を越えるＣＭの未放送はＫＨＳのＣＭ運行システム上、起きるはずがないと信じての発言である。

「間違いない。全員で確認したんだ。まず野上常務に電話で連絡しておいた方がいい。それからファインピーコックを担当したのは誰だ」

「土井です。すぐ呼びましょう」

土居守勝は入社十四年の中堅社員で、途中販売促進部に二年在籍したことがあるが、それ以外は業務部のスポットデスク一筋の男である。これまでＣＭの時間取り作業でミスを犯したことも無く周囲の信頼も厚い。三人の待つミーティングルームにやってきた土井は、その件を聞いても平然としている。そして強気な態度を崩さずに答えた。

「私はファインピーコックを担当して五年になります。時間取りは全部頭の中に入ってます。ミスはあり得ません。そこまで仰るんでしたら、今確認しましょう」

土井は三人を従えて自分のデスクに歩き始めた。机の上に置かれたパソコンに向かうとパスワードを入力し、スポンサー一覧を立ち上げる。その中のファインピーコックを慣れた手つきで瞬時に探し出す。そして二〇〇〇年六月のスポット時間取り表をクリックした。

「あれ。おかしいな」

もう一度作業手順を繰り返す。そして土井は身じろぎもせずその画面を凝視している。

「どうなんだ土井」

時間取り表の見方など知るよしもない前畑が固まったまま動かない土井をどやしつけた。

「八本、しかありませんね」

土井に代わって答えたのは池田である。彼は乱暴に土井を押しのけると、自らマウスを手にした。

「土井、ひょっとしたら前の年度の時間取りをコピーしたんじゃないのか？」

四人が見据える画面には、前年度のファインピーコックの時間取りが映し出されている。午前中に二本、そしてゴールデン枠を中心に六本、計八本である。土井は側にあった椅子に崩れるように腰を落とした。彼は自分の犯したミスを即座に理解した。池田の言う通りだった。ファインピーコックの契約内容はその年から増額され本数も増えている。にも拘らず、土井は営業から渡された発注書をよく確認せず、前年度の時間取りをまるまるコピーしたのである。

その夜常務室には、出張先から急遽戻った野上と前畑、それに北野と池田が顔を揃えていた。いずれの表情も硬くこわばっている。

「何故だ。何故こういうことになるんだ」

怒りを押し殺したような野上の声で他の三人が一斉に顔を上げた。

池田が恐縮しきった様子で答える。

「パラダイスホームとアイメディアは営業の連絡ミスで生じたものです。発注書への本数の書き込みが雑で、業務のスポット担当が間違って入力したための不一致です。しかし、ファインピーコックは……土井のケアレスミスとしか言いようがありません」

「それはさっきから何度も聞いた。お前は彼の仕事を管理監督する立場だろう。何やってたんだ」

「申し訳ありません。土井はスポット担当デスクの中でもチーフの立場にある人間ですし、これまで一度もこうしたミスを犯したことが無かったので、私としましては彼を信頼して……」

「奴のことはもういい。問題はこれからどうするかだ。前畑局長、どう思う？」

「はい。少し時間をかけてこの問題を整理し、社長、専務にもご報告した上でご決断を仰ぐということになると思います。勿論常務のご判断が最優先ということで」

「ふん。わかったようなわからん話だ。結局俺に責任を取らせるということか」

「いえ、決してそのような」

「広告業と広告主協会への報告はいつまでだ？」

「はい。来週の水曜日です」

「一週間か……」

野上は目を閉じた。押し黙ったままの北野が漸く口を開いた。

「前畑局長、この件を知っているのはこの四人と……」

「後は調査委員十人、それと土井だ」

「外に漏れる心配はないんでしょうね」

「調査委員のメンバーには口外厳禁と言ってある」

「南田は大丈夫ですか？」

南田の名前が出た時、目を瞑って腕組みしていた野上が反応した。

「南田か……厄介だな。とにかく前畑局長、調査委員にはくれぐれも釘をさしといてくれ。絶対に表に出ないようにな」

「はい。承知しました。それで……」

「何だ？」

「常務としては、どうされるおつもりですか、この問題を」

「俺には選択肢は無い。答えはひとつだ」

次の日の午後、委員会が再び開かれた。オブザーバーとして、野上、北野、池田の三人がその席に加わった。前畑はこの会議の冒頭、ファインピーコックの契約内容と放送運行表の不一致について、業務部のミスであること、また他の二件については営業と業務の連絡ミスと作業確認が杜撰だったことによる不一致だと説明した。

「それで、前にも言ったけど、会社として、早晩この問題に決着をつけなければならないわけだ。で、取りあえず委員の諸君がどう判断してるのか参考までに伺いたい。岩井君から」

総務部長の岩井は前畑の子飼いの部下である。

「調査委員会というのは、あくまで指定されたスポンサーについてCMの本数をチェックするのが仕事です。何かを決める場所ではないはずです。ですから我々の役割はもう終わっているとしか申し上げられません。あとはトップのご判断に委ねます」

次に川北が発言する。

「私が担当したアイメディアとパラダイスホームについての契約違反は明らかです。私自身としては、そのあたりをきちっと報告し、適正な処理をしていただきたいと思います」

「ファインピーコックの件は？」

「それは担当された南田部長にご意見を伺って下さい」

前畑は同じ職場の部下のこの発言に、不快な表情を露わにしている。

「次、井上部長」

「はい。非常に難しい事態ですよね。もし表沙汰になればＫＨＳだけじゃなく広告代理店まで巻き込んだ形で広がっていくわけでしょ。個人的には、公にしないですむ方法を模索していただければと思います」

「うん。では次、技術部の岩田副部長」

「今回のことはＣＭ運行上のシステムの問題ではなく、あくまでも個人のミスです。担当者の再教育が必要でしょう」

「いやそうじゃなくて、不一致の出た件をどうするかと聞いてるんだよ」

「いえ、私にはわかりません」

「次、田上副部長」

田上は野上の顔を見ながら話しはじめた。

「ＫＨＳは、開局以来諸先輩方が頑張ってここまで大きく成長してきました。たった一人の些細なミスや連絡の行き違い程度のことで永々と築きあげてきたものを壊していいものでしょうか？　常務をはじめ経営トップのご判断は是非、その点に沿った形でお願いしたいと思います」

田上はそう言い切ると、自信に満ちた表情で野上を見た。

「では南田部長」

「ありのままを公表すべきです。その理由を論じる必要はないでしょう」

南田はきっぱりと、より刺激的にそう答えた。結局十人のメンバーのうち、公表すべきと答えたのは南田と川北の二人。隠蔽を主張したのは井上と田上。残りの六人は明確な答えを避けた。

前畑は委員全員の話をひと通り聞き終わると野上に発言を促した。

「うん。皆ご苦労さんでした。営業と業務の連携ミスで生じた今回の件で、皆さんに余分な心配をおかけしたこと、大変申し訳なく思ってます。しかしこの後のことは、我々経営に携わる者が責任を持ってきちっと結論を出すつもりです。取りあえずそれまでは動かないでいただきたい。つまり、今このことが社内外に漏れると我々が適切に判断をすることが困難になるということです。どうかくれぐれもよろしく頼みます」

哀願するように、切々と語るその様子に南田は違和感を覚えていた。動くな……は即ち、隠蔽するという彼の決意表明に他ならない。恐らく……硬軟を自在に使い分けて、委員を籠絡してくるに違いない。敵は既に隠蔽を決意している。南田はそう確信した。

会議室を出てエレベーターの前に立った時、南田は肩を叩かれた。野上だった。

「南田部長、お疲れさん。どうだい。たまにはめしでも食いに行かないか、今夜あたり」

「そうですね。ご一緒させていただきます」

「あそう。嬉しいね。じゃあ時間と場所はあとで連絡する。楽しみにしてるよ」

「はい。ありがとうございます」

会話はそれだけだった。しかし南田は、それが戦いのプロローグであることを感じ取っていた。

一方前畑は調査委員会が終わると、重い足取りで社長室に向かっていた。寺西にはその日の朝、調査結果の一部始終を既に報告していた。話を聞き終わった時の寺西の形相は凄まじいものがあった。ソファーセットの上にあったクリスタルのタバコ入れをいきなり壁に投げつけ、それでも収まらずに前畑が提出した報告書を何度も引き裂いて部屋に放り投げたのである。

元々、社内の失態については小さなことにも過剰反応する男である。事態を冷静に受け止め、メディアのトップとして瞬時に的確な判断を下す資質は持ち合わせていなかった。

前畑は荒れ狂う寺西を前にして、ただ無言で俯いているほかなかった。

「ミスした業務部の何とかという男、すぐ首を切れ」

「……」

「おい前畑」

「はい」

「いいか。俺の顔に泥を塗るな。お前たち役員と局長クラスで最良の知恵をしぼれ。それと、この件に関することは全て俺の耳に入れるようにしろ、いいか」

「はい、それはもう重々承知しております。今日はこのあと調査委員会を招集していますので、彼等の考え方なども逐一ご報告させていただきます」

前畑はそう言うと逃げるように社長室をあとにしたのだった。

そして、この日二度目の社長室訪問である。少しは怒りが収まっているだろうか、何故俺がこんな目に遭わなければならないのか。問題を引き起こしたのは営業局であり、その責任者は野上常務だ――。

社長室に入ると寺西と専務の丸山が座っている。

「遅くなりました。たった今調査委員会が終わりましたので急ぎかけつけました」

前畑は直立不動のまま寺西の様子を窺う。寺西は無言である。貧乏揺すりが始まっている。

丸山が手招きした。

「で、どうだったの？　委員会の方は」

「はい。今回の件をどう受け止めているか全員に聞きました。二人が公表すべき、公表をしないが二人、残りは会社の決定に一任する、そんな答えでした」

「公表しろと言ったのは？」

「はい。報道の南田と総務の川北です」

「公表に反対なのは？」

「制作の井上、報道の田上です」

寺西が前畑を睨みつけた。口元が怒りに震えている。

「お前は何か。委員会で一人一人の意見を聞いてきただけなのか。委員長としての判断はどう示したんだ？」

「はい。あ、いえ、それはあの、当然私としては何かしらの判断をしなければならないと思いますが、まず社長や専務のご判断を仰がなければなりませんし……」

「前畑、お前何言ってんだ。委員長として、委員会の道筋、方向性を示すのはお前の仕事だろうが」

「まあまあ社長、前畑局長の立場ではそれは無理だと思いますよ」

丸山が割って入った。

「社長、どうでしょう。ここは私と野上常務、前畑局長の三人にお任せ願えませんか？　会社や社長にとって最善の方法を一生懸命考えますので。それで近いうちに結論を出し、その上で社長のご判断をいただければと思います」

寺西はその丸山の言葉で漸く落ち着きを取り戻した。

「わかった。だがあまり時間は無い。過去に起きたＣＭ間引き事件などつぶさに検討を加えた上で結論を出してくれ」

社長室から出ると、丸山は前畑の肩を抱くようにして耳打ちした。

「野上常務はどうなんだ。どう持っていこうとしてる？」

「いえ、私にはまだ、常務ともゆっくりお話をしていませんので。ただ……選択肢は無いと、そのようには仰っていました」

「選択肢が無い、か。ま、いずれにしても、常務と君はこれまで二人三脚でやってきたんだ。これからも支えてやってくれ、常務を」

「は？」

「彼の判断を尊重してやることだ」

そう言うと丸山は専務室に入っていった。前畑には丸山の今の言葉の意味が十分に理解できていなかった。

梅田にある京風の料亭に入ったのは、約束の午後八時少し前だった。仲居に案内され、「大文字」と表札のある部屋に進むと、野上が先に来ていた。

「失礼します」

「おお、南田部長。さ、こっちにどうぞ」

天然木を使用した一枚板の和卓には、幾品かの料理が並んでいる。

「ま一杯いこう」

野上は南田のグラスにビールをついだ。

「ごめんやす」

「おかみか。紹介しよう。我が社のエースだ。報道部長の南田君だ」

「南田です」

「ようこそおこしやす。まあＫＨＳさんにもこんなハンサムな男はんがいらしたんどすなあ」

「部長。日本酒はどうだ？　東北のいい酒があるんだ」

「はい。いただきます」

「おかみ、じゃいつもの」

「へえ。では野上はんも南田はんも、ごゆっくりお過ごしやす」

南田は部屋の外に目をやった。こぢんまりとした日本庭園が効果的にライティングされている。庭石の間に小ぶりの鹿威《ししおど》しが置かれ、絶え間なく流れる水の音と、竹筒の透明感のある響きが耳に心地よい。

「梅田のど真ん中なのに静かですね。ここにはよく来られるんですか？」

「ああ、まあたまに大事なお客さんがある時はな」

仲居がお造りと日本酒を運んできた。今度は南田が野上の杯に酒をつぐ。

「いや、この席はね、特別意味があって誘ったわけじゃないんだ。今日の委員会での君の発言に感心してね。我が社にもこんな人材がいたんだと、改めて思いをいたしたというわけだ」

「恐れ入ります」

「まあ、これまで君とはいろんな場面で衝突してきたが、それも私の立場上、万やむを得ずということなんだな。その辺をわかってほしい」

「ええ。私も報道部長として、少なくともこの職にある間は、という気負いみたいなものがあります。常務にはかねてから失礼な物言いを重ねてきたという思いがありました」

「そうか。いや嬉しいねえ。君からそんな言葉が聞けるとは。さ、空けて、ぐっと」

二人で猿芝居を演じている。少なくとも本音でのぶつかり合いはまだ先のことだ。相手が真剣を抜いてくるまではこんな調子でいい。南田は心の中でそう呟き、相手の次の言葉を待った。

「南田部長、民放はこれから大変な時代を迎える。これまでは営業主導でやってきたが、これからはそうはいかないだろう。営業と報道制作の両輪でしっかり会社を支えていかなくてはならない」

「はい」

「だから君には引き続き報道を頼みたいと思っているんだ。ゆくゆくはＫＨＳの情報センターを率いていってほしい」

「はい。私は自分が置かれた状況の中で、とにかくベストを尽くしたいと考えています。ご指導よろしくお願いします」

相手は海千山千の強者である。南田の発言の真意を探りながらの会話に違いない。それにしても、そんなことは曖気《おくび》にも出さず上機嫌にふるまっている。ひょっとしたらこの男は南田の態度や物言いを素直に受け止め、最終的には自分の意のままになると判断したのかもしれない。南田はさりげなく本題に触れてみた。

「しかし今度のCMの件は大変ですね」

「え？　ああそうなんだ。大変だ。営業の責任者として忸怩《じくじ》たる思いだよ。僕はね部長、一切の私心を捨ててこの問題に取り組むつもりだ。会社の為に、会社の将来にとって一番何をすべきかを十分熟慮してね。ま、君にもいろいろと相談したり知恵を借りることがあると思う。その時はよろしく頼むよ」

二時間程して二人は別れた。酒はそれ程進んでいない。料理にも殆ど手をつけていなかった。結局野上は手の内を見せていない。南田に対しては徐々に手懐けていくという戦略なのだろう。しかし他の委員達には性急にアメとムチで懐柔していくに違いない。恐らく彼等は落とされる。そうなれば孤立無援の戦いになる。しかし俺には不正を裏付ける決定的な証拠が手元にある。事態が煮詰まって、不正を隠蔽しようとする輩が一気呵成にことを謀った時、最後の手段に打って出る。南田にはこの先一人で戦っていくことに何のためらいも、そして孤独感も無かった。万が一、自分が一敗地にまみれたとしても失う物は少ないという思いが、更に南田の気分を逞しくさせていたのである。

一方野上は南田と別れた後、前畑に会っていた。堂島にある野上の行きつけのバーである。先に店に来ていた前畑は、野上を見て慌てて席を立った。

「ああ待たせたな。申し訳ない」

「で、どうでしたか南田は?」

「いや、まだわからん。何とかいけるような気もするが……」

「そうですか。しかし南田みたいなタイプが一番厄介ですよね。あいつと話してると、無性に腹が立ってくるんです」

「どういうことだ」

「いや、あいつは妻子もいないし、借金も無い。同世代の他の連中はやれ子供の教育費だ、住宅ローンだで四苦八苦してるのに。要するに気楽なんですよ。だから正義の士を気取って会社でも大きな顔をしてるってわけですな」

「そんなことはどうでもいい。それより……」

野上にとって南田以上に気になる相手が一人いる。専務の丸山である。CMの件を丸山に報告した時、そしてそれ以降も丸山が妙に落ち着いているのが気になっていた。

「……専務は君に、俺を支えてやれと言ったんだな?」

「はい。常務の判断を尊重するようにと」

——丸山のこの発言の意図は何か。ひょっとして丸山のターゲットはこの俺だけではなく、その周辺にいる取り巻きも含めて一掃しようとしているのかもしれない。その動きに寺西も同調しているのだろうか。しかし寺西は営業の最高責任者たる自分に全幅の信頼を置いているはずだ。ＫＨＳで営業を仕切れる人材は俺をおいて他にはいない……。

「油断できないな。今回のことで、俺に一方的に責任を押しつける腹かもしれない」

「いや常務、それは無いと思いますよ。仮にこの問題が明るみに出た場合、社長に次ぐ地位にある人間として責任回避はできないでしょう。結局は会社や自分の立場を守る為に、私たちと同じ所に立つしかないと思いますけど」

「彼の真意がどこにあるのか、折ある毎に探ってくれ」

「はい。そのつもりです。お任せ下さい」

翌日、ＫＨＳの社長室で、この会社の命運を決する重要な会議が開かれた。寺西以下丸山、野上、そして前畑がその席にいる。

まず野上が、営業に端を発した今回の事態について深謝し、頭を下げた。

「今回の不始末を糧とし、今後二度とこのような事態を招かないよう、営業責任者として全身全霊を捧げる所存です。どうぞお許し下さい。申し訳ございませんでした」

丸山が低頭したままの野上をなだめるように声をかけた。

「もういいよ常務、顔を上げたまえ。それより今後のことだ。君の考えを聞かせて欲しい」

「はい。結論から申し上げますと、会社や寺西社長にこれ以上ご迷惑をおかけすることはできないということです。ＣＭの不一致を表に出すことで、他のクライアント、広告代理店、そして視聴者からの不信感は当分消えることはないでしょう。そうなった場合のＫＨＳのダメージは、単に売り上げへの影響にとどまらず、これまで築きあげてきたＫＨＳの局イメージを根底から揺さ振りかねない事態を生む可能性があります。従って……この問題は決して公表することはできません」

「うむ。何も無かった。契約不一致は一切無かったと報告するんだな？」

「はい。その通りです」

「前畑局長はどうなんだ」

「はい。私も常務のお考えに賛成です。それ以外に手は無いと考えます」

「社長、いかがですか？」

「私の腹はもう決まっている。忌わしい報告を受けたその瞬間からだ。私の心は既にボロボロだ。これ以上傷つけないでほしい。この会社が音を立てて崩れ落ちていくのは見たくもない。それを防ぐ唯一の手立ては、不正を隠し通すことだ」

　野上は丸山が聞き役にまわっていることにこだわっていた。自分たちに言いたいだけ言わせておいて、不測の事態に立ち至った時、自らの責任を回避する心づもりなのか？　そうはさせない。この場で彼の考え方を披瀝させなければならない。

「丸山専務のお考えは？」

「私は……基本的には隠蔽に賛成できない。というか、完全に隠しおおせるかどうか疑問に思っています。不正をごまかし隠したことが表沙汰になれば、そのダメージは計りしれない。局の存続にも関わる事態だ。ただ社長ご自身の決断もまた尊重しなければならない。社長を支える立場として、そのご判断に粛粛と従うということです」

その話をじっと聞いていた寺西が何かを思い出したようにやおら席を立った。彼は社長室の壁に掛けられた二枚の肖像画の前で立ち止まった。初代社長・寺西公平と二代目の要平が精巧に描かれている。

「初代社長は様々な困難を克服しKHSを立ち上げた。そして二代目は経営基盤を揺るぎないものとし今に至っている。私はこの会社を更に大きくしていく責任を負っているんだ。いいか野上、前畑、今回の件を絶対に表に出してはいかん。すぐに手を打つんだ」


その日の午後から調査委員への工作が始まった。野上と前畑、そして制作の井上、報道の田上が、態度を不鮮明にしていた六人に対し、「隠蔽」に同意するよう説得した。彼等は一人ずつ常務室に呼ばれ、隠蔽は社長、専務同意の上で、会社の方針であること、更に会社のその方針に従えば、将来に渡って重要なポストを手に入れることも可能という甘言も耳打ちされたのである。最後は井上と田上が泣き落とし戦術に出た。会社と社員、そしてその家族を守る為にと、涙ぐみながら訴えたのである。

結局この六人は会社の決定に従うことを約束した。元々殆どが何らかのコネを使って闇入社した人間たちである。事態を冷静に分析し会社の不正を止めようという気概を持ち合わせていなかったのである。

「あとは南田部長と川北ですね」

田上が、自分の泣き落とし戦術が効を奏したと言わんばかりの表情で野上を見た。

「そうだ。前畑局長」

「はい」

「確か川北は、日本鉄工建設の下請け会社の息子だろう」

「は？　そうでしたか」

「あいつが入社試験を受けた時、俺は局長面接したことを覚えている。確か川北の父親が先代に頼み込んで闇入社させたんだ」

「なる程、じゃ川北は社長にお出ましいただきますか」

「そういうことだ。すぐ社長に連絡を取ってくれ」

十分後、川北が社長室に呼ばれた。川北がその部屋に入ると、寺西がにこやかに彼を迎えた。側に野上と前畑が座っている。

前畑が穏やかな表情で切り出した。

「今日は、社長から君に折り入ってお話があるそうだ。多分いい話だと思うよ」

川北の緊張した様子を見て、野上は明るく話しかけた。

「まあそう硬くならずに。と言っても君が社長室に入るなんてそうないことだからな。でもいずれは君もこうして社長の前でKHSの経営について話をする立場になるかもしれないんだ。君は我が社にとって有為な人材の一人だからな」

「お父上は元気にしてますか？」

短気な寺西がいきなり切り出した。

「はい」

「君のお父上には、グループのまさに本体を支えてもらって、寺西の末席をけがす者として大変感謝してるんだよ」

「恐縮です」

「川北部品工業だったかな？」

「はい。そうです」

「近頃はどうなの？　この不況下だから仕事も大変なんだろうね」

「はい。会社に残っているのは父と母だけになりました」

「え？　従業員とかは？」

「殆ど仕事が無い状態が続きましたので、次々と辞めていきました」

　川北部品工業はボルトやナットといった主に造船の為の部品を生産する小さな町工場で、その殆どの製品を日本鉄工建設のグループ企業であるＮＴＫ船舶に納入していた。しかし造船業もここ数年来の不況で川北部品への発注も止まり、今まさに倒産寸前の状況にある。川北はここ二年程、給与の半分を実家に入れ、両親を支えていた。

「そこまで追い込まれていたとは知らなかった。いや申し訳ない。それじゃこうしよう。日本鉄工建設の社長に川北部品工業のことを頼んでおこう。社長といっても私の長兄だ。恐らく従業員が何人か戻ってこられるぐらいの仕事はすぐにでもできるようになる」

　野上が感心しきったように合いの手を入れる。

「それはいい。いや社長痛み入ります。良かったな川北君」

「はい。あの。ありがとうございます。両親もきっと喜ぶと思います」

寺西は自分の威光に酔うように、話を続けた。

「まあ君は先代社長のお眼鏡にかなってKHSに入社したんだし、私にもそれなりに責任があるからな。私に何でも相談しなさい。悪いようにはしないつもりだ」

前畑はそのタイミングを待っていたかのように口を開いた。

「実は川北君、今日君に社長室に来てもらったのは例のCM調査の件なんだよ。君には是非協力して欲しいんだ。社長や専務も今度のことで心を痛めておられる。本来なら君の言うように契約不履行の実態を明らかにすべきなんだが、そのことで会社が大きなダメージを負うことになる。会社とそして社員を守る為だ。会社の方針に従って欲しい。どうだね？」

「私は、どうすればよろしいのですか？」

「委員会の席で結果を公表しない、もしくは会社の決定に従うという意思表示をしてくれればいい」

「それは私が調査したアイメディアとパラダイスホームの二件についてということですか？」

「ファインピーコックも含めての話だ」

「しかし、それは……南田部長は了解されたんでしょうか？」

寺西は不快な表情を露骨に見せている。野上が更に説明を続ける。

「南田とは既に話をした。彼も自分の将来がかかってるんだ。最終的には我々の意向に従うことは間違いない」

「そうですか。南田部長が……」

前畑が寺西の顔色を垣間見ながら語気を強めた。

「だから南田のことはどうでもいいんだ。君が承知すればいいことだ」

「わかりました。私は会社の決定に従います」

野上はその言葉を待ちわびていたかのように川北の手を固く握った。

「ありがとう。社長もお喜びだ。今後ともよろしく頼むよ」

寺西も先刻までの不機嫌な表情がうそのように相好を崩した。

「君の父上のことは私に任せておきなさい。それと君の将来のことだが、人事異動など君の意向に沿う形でもっていくことを約束しよう」

川北が社長室を出た後、部屋に残った三人に笑顔は無かった。

「川北は首尾よくいきましたが、問題は南田ですね」

そう言って前畑は腕を組んだ。

「そういうことだ。一方的にこちらの考え方を押しつけると多分反発してくるだろうし、あまり弱味を見せるのもなあ……」

野上のその一言に寺西が怒りを露わにした。

「南田が何だというんだ。たかが報道部長だろ。馬鹿馬鹿しい。私が一喝すればどうにでもなるだろう」

「それはもう、社長から直々のお言葉があれば……」

前畑は機嫌を取り結ぼうと、寺西の喜びそうなフレーズを挟んだが、それはあまり意味が無かった。

「あす朝一番に南田を呼べ。いいか、こういう問題は結論を長引かせたり、たった一人の為にてこずったりしていると、必ずいい結果に繋がらないんだ。明日だ。明日一気に決めてしまおう」

「はい、わかりました」

野上と前畑が深々と頭を垂れた。

PART III

エピローグ

中　継

会社としてＣＭ問題の隠蔽を決め、調査委員に対して様々に説得工作を続けていたその日。南田は少しだけ幸せな気分に浸っていた。報道部長としての日常の中にあったからである。

南田はいつものように午前九時前に出社し、その日のニュース取材に出向く記者やカメラマンと短く会話を交わして送り出す。十時からは政治部担当記者と一カ月後に迫った統一地方選挙の打ち合わせに入った。彼等は年明け前から既に各府県の激戦区などを取材している。三月に入ったこの時期は、かなりの精度で当落予想をし、注目選挙区の継続取材を総がかりで行っている。政治部キャップの豊原が、取材資料を元に即日開票される四月二十七日の選挙特番のフォーマットを説明する。大道具担当がスタジオセットのレイアウトの図面を持ち込む。ゲストの有無、キャスター、リポーターの配置、次の日の昼ニュースの対応、夕刊の特集など綿密なやり取りが続く。

その打ち合わせが終盤にさしかかった時、事件の一報が入った。デスクの宮中がニュース速報のスタンバイを大声で指示しながら、ミーティングルームにやってくる。

「部長、天王寺駅で殺しです。中年の男が通行人に切りつけて、二人死亡が確認されてます。他にもかなりの負傷者が出ています」

「発生は？」

「四十分程前ですね。詳しいことはまだ」

「中継車を出そう。犯行現場の確認と、負傷者の搬送先の病院を調べてくれ」

「はい。中継リポートを誰にやらせます？」

「取材シフトを確認して決める」

南田はそこまで指示すると、ミーティング中の政治部の記者を見渡した。その様子を見て、

「了解です。我々も現場に飛びます」

そう言って中堅の政治担当記者二人が、選挙資料を手際よく片付けると、取材のスタンバイを始めた。キャップの豊原も心得ている。

「私は取りあえずデスクを手伝います。中継班が立ち上がったら、現場との連絡は私が」

南田は報道センターに入った。既に府警記者クラブに詰めていた記者二名が現場に飛んでいる。応援の二名も本社から間もなく天王寺に向かう。中継車の出動に向け、技術スタッフが準備を始めている。

昼前のニュースまで一時間を切っている。宮中がさかんに時間を気にしている。

「中継ぎりぎりですね」

「うん。リポートは現場で取材している記者にやらせよう」

「でも連中もまだ漸く現場に着いたばかりですから……」

その時、報道直通の電話が鳴った。南田が受話器をとる。アナウンサーの三重野まきだ。

「部長ですか。三重野です。殺人事件です」

「今スタンバイしてる」

「私、今現場にいるんです。たまたま制作の仕事で、天王寺駅周辺で街頭インタビューをしてたんです。で、部長、発生直後の映像をこちらのクルーで押さえました。それと事件を目撃した人のインタビューも何人かとりました」

「ほんと？　それはお手柄だ。撮影したテープすぐ本社にあげて」

「はい」

「それから、三十分程したら中継車が現場に着くから、リポートしてくれ」

「私が……はい、やります」

「昼ニュースまであまり時間が無いからよろしく。原稿は今、府警クラブにいる今岡が書いてる。いいか三重野。原稿はあくまでベースだ。現場の空気、雑感、自分が目のあたりにした事実、取材したことをきちっと盛り込んでリポートするように」

「はい、わかりました。やってみます」

そのやり取りを聞いていた宮中が、驚いたような顔で南田を見た。

「三重野が現場にいたんですか」

「ああ、別件の取材で天王寺にいたらしい」

「あいつ、妙に大きなヤマに出くわしますね」

十分後、府警記者クラブの今岡から容疑者逮捕の報が入った。男は犯行後徒歩で逃走し、大阪市大医学部近くの路上で職務質問され、その場で取り押さえられたという内容だった。

午前十一時半、昼前のニュースがスタートした。スタジオのアナウンサーがリードを読む。

「今朝、JR天王寺の駅ビルで、刃物を持った中年の男が近くにいた通行人や買物客に次々に切りつけ、二人が死亡、十二人が重軽傷を負いました。男はその後逃走しましたが、まもなく逮捕されました。中継でお伝えします」

映像が天王寺駅に切り替わる。三重野まきがマイクを握っている。

「はい。お伝えします。犯行は午前十時少し前、丁度私が今立っている場所から三十メートル程離れたステーションプラザの入口前で起きました。包丁のような刃物を手にした中年の男がいきなり近くにいた通行人や買い物客に切りつけ、二人が搬送先の病院で死亡、十二人が重軽傷を負っています。目撃者の話によりますと、男は犯行直前、何かわけのわからないことを口走りながら地下鉄谷町線の天王寺駅方面からやって来たということです。そして犯行後、徒歩で逃走しましたが、十五分後現場から五百メートル離れた大阪市立大学医学部前の路上で駆けつけた警察官に職務質問され、逮捕されました」

VTRに入る。

男「いやあ、もう目の前であっという間のことで。何がなんだかわからんような状態やった」

女「私が見た時は、もう十人ぐらいの人が倒れてはって。もう恐くて恐くて」

女「すごい悲鳴が聞こえてきて、そっちを見たら男が暴れてました」

再びまきのワンショット。

「亡くなったのは、北区の会社員、田所周一さん三十六歳。阿倍野区の予備校生、本田多重子さん十九歳です。また重軽傷を負った十二人は、現在、大阪市大病院など三つの病院で手当てを受けています。なお逮捕された男は現在取り調べを受けていますが、職務質問された際、刃物を振りまわすなどして暴れた為、警察官が威嚇発砲し、とり押さえたということです。天王寺駅の現場からお伝えしました」

南田は報道サブでこのニュースを見ていた。オンエアが終わると同時に宮中のひと言。

「よっしゃあ」

南田は宮中の肩をポンとひとつ叩き、

「上出来。よくやった。あとイブニングニュースと夕刊の対応だ。中継リポートの内容を変えるように三重野に指示すること。男の身元、取り調べの状況、重軽傷者のその後の容態。府警からも直接三重野に情報を送るよう言っといて」

「わかりました。しかし三重野って大した奴ですね。女子アナじゃ久々ですよ。あんな出来のいいヤツ」

「出来がいいかどうかはこれからだな。ま、しっかり面倒見てやってくれ」

その後まきは午後三時前のイブニングニュース、夕方ワイド『データファイル』で全国中継とローカル枠を次々とこなした。

午後八時に帰社した時、情報センターの記者やディレクターが一斉に拍手し、まきを称えた。その一人一人に頭を下げ、ありがとうございましたと言って涙ぐんでいる。まきはその足で南田のデスクにやって来た。

「南田部長、ありがとうございました。またチャンスを与えていただいて。でも、もう夢中で何が何だかわからないうちにリポートが終わっちゃって。すみませんでした」

「うん。お疲れさん。ビデオに撮ってるから橘君に指導してもらうといい。今日は震えは来なかったみたいだね」

「ハハハ、大丈夫でした。本当にありがとうございました」

南田はまきの後ろ姿を見ながら、『有能な記者ほど大きな事件事故現場に遭遇する』という先輩記者の言葉を思い出していた。本人の意欲と熱意、そして適切な指導があれば、まきは間違いなく報道の顔になる。アナウンス部のフロアに目をやると、録画テープを手にしたまきがＶＴＲの前で橘に頭を下げている。やがて二人は、そのテープを何度も巻き戻しては再生するという作業を始めた。橘の指摘にまきは何度も頷きながら一生懸命メモを取っている。その近くにもう一人、夜勤担当の女子アナが、橘とまきには目もくれず女性週刊誌を読みふけっている。三重野とその女子アナには、明らかに仕事への姿勢に差がある。そして、それは二人の将来を決定的に変えていくに違いないと、南田は思った。

結局その日南田は夜十一時の最終ニュースが終了するまで社に残っていた。天王寺駅前の殺傷事件は死亡者が三人になった。その後の調べで、容疑者の腕に複数の注射痕が見つかり、検査の結果、覚醒剤常習者であることが判明したのである。

南田は今日一日、報道の仕事ができたことで満足していた。久しぶりに心地良い疲労感が体を包んでいる。こんな日は『みすず』で一杯やって……。椅子から立ち上がろうとしたその時、すぐ横に誰かが幽霊のように立ちつくしているのに気づいた。業務部の土井である。

「おい驚かすなよ。どうしたんだ」

「はい、あ、お疲れ様です南田部長」

「土井が報道にやって来るなんて珍しいね。何年ぶりだい？」

「申し訳ありません」

「いや冗談だよ冗談。で、何か用事？」

「ファインピーコックのことです」

「うん」

「部長。あれは本当に私のミスでした。取り返しのつかないことをしたと思っています」

手が小刻みに震えている。その様子は尋常ではない。

「ま、座れよそこに」

土井は近くにあった椅子を南田のデスクに引き寄せ腰を掛けた。

「個人的なミスはね、どのセクションでも日常的に起きる。大事なのは同じ過ちを繰り返さないこと。それと上司がきちっと責任を取ることだな。その上で組織が、個人のそうしたミスが再び起きないよう環境改善を含めて対応していくことだ。そういうことじゃないの？」

「と仰いますと、部長はＣＭの件を公表されるおつもりですか？」

「会社の出方次第ということになる」

「お願いです。会社は今回のことを表に出さないと既に決めています。部長もその決定に従って下さい。こんなことを部長にお願いするのは筋違いも甚だしいことはわかっています。でもそれしかないんです」

　そう懇願すると土井はいきなり席を立ち、床にひざまずいて頭を下げた。

「土井、頭を上げろ。このフロアにいるのは二人だけじゃないんだ」

　その言葉を聞いて土井は慌てて立ち上がり周囲を見渡した。明日の取材予定に目を通していたまい子と泊り勤務の女子アナが怪訝な視線をこちらに送っている。

「すいません。取り乱してしまいました」

「土井」

「はい」

「報道部長にお願いしてこいと、上の方から言われたのか？」

「いえ、そうではありません。私の独断で参りました」

「とにかくひと言だけ言っておく。君のミスは単なるミスだ。いいか、誰にでも起こりうる過ちだ。しかしそれを悪意をもって隠蔽しようとしたり、或いは隠蔽を目論む連中と同じ歩調をとれば、先々もっと重大な責任を負うことになる。それを肝に銘じておけ」

「あの……それは」

「俺がどう出るかは会社次第だ。君は自分のミスを後悔してればそれでいい。その程度のことだ」

　冷静さを失っている土井は、にわかに南田の言葉の意味を理解していない様子だった。

土井が悄然と報道フロアを出ていくと、まい子が急ぎ足でやって来た。

「部長、普通じゃなかったですね、今の様子。一体何があったんですか？」

「二〜三日すればわかるよ。今この会社で何が起きているか」

南田はデスクを片付け始めた。せっかくの報道の一日が台無しになった。そんな不快な思いが込み上げてきた。

次の日、南田が出社すると卓上の電話が鳴った。前畑からだ。

「南田部長？　今から社長室に、いいですか？」

「わかりました。伺います」

受話器を置く。田上と井上がこちらの動きに目を配っているのが視界に入った。二人を呼びつけて殴ってやりたいという衝動に駆られた。

社長室に向かう。秘書室の女性社員が、

「おはようございます。お待ちになっていらっしゃいます」

と気取った様子で声をかけてきた。その女性秘書のあとに続いて入室する。寺西、丸山、野上、前畑。四人が一斉に南田を見た。南田はにこりともせずに「おはようございます」と挨拶し前に進んだ。

前畑がソファーに腰掛けるよう勧める。南田は腰を落としながら野上に声をかけた。

「常務、先日はごちそうになりました。ありがとうございました」

「ああ、また行こう。久しぶりに楽しい酒だった」

野上の顔に安堵の色が浮かんでいる。丸山が二人のやり取りを探るような目で見ている。

寺西は無言のまま南田を威圧している。

前畑が、南田の機嫌をとり結ぶかのように、ニュースの話をもち出した。

「今朝新聞を見て知ったんだが、きのうは天王寺で大変な事件があったんだね。報道は忙しかっただろう」

「うちのニュースはご覧になりましたか？」

「いやいや、きのうは忙しくてね。見る時間が無かったんだ」

南田は心の中で舌打ちした。土台この連中は自社のニュースなど関心が無いのだ。他局との表現の違いや報道記者一人一人の仕事の中身などはお構いなしで、やれ残業が多いだの、金を使うななどと日常的にクレームをつけるのである。南田はこれまで自分と、そして報道というセクションに対して行われてきた不条理な仕打ちのひとつひとつを思い出して無性に腹が立った。

「南田部長。今日は社長から君にお話をしていただくことになっている。組織人として聞いてもらいたいんだ。ＫＨＳのな」

野上が、少なくとも先日来心が通じてる部分があるという自信からか、笑顔を絶やさず柔かく切り出した。

「では社長、お願いいたします」

前畑が露払いをする。

「南田部長、毎日報道という仕事は大変だろう。実は在阪の社長会でもね、時々お誉めの言葉をいただくんだよ。ＫＨＳの報道は一歩先を行ってるってね。それもこれも南田部長や社員の努力の賜物だ。いや本当にご苦労さん」

「恐れ入ります」

「KHSも開局四十五年になるが、まあいろんなことがあって大変なんだ」

「はい」

「組織がね、組織が成熟するのはいいんだが、ある意味で動脈硬化を起こしている部分があるんだな。CMの不正など予想もしなかったことが起きてしまって……ま、それも根詰まりを起こして血が通わなくなってしまったということだろう。私自身もね、責任を痛感しているんだ。だからこそ、これを教訓にしてだね、体制を一新して未来に繋げていかなければならないと思っている。君のような気鋭の社員がその将来を担うわけだから、よろしく頼みますよ」

寺西は自分の話に酔うように言葉を繋いでいく。野上がフォローに入る。

「いや実は社長。先日南田部長と飲んだ時も将来の報道と制作を是非頼むという話をしまして、南田君も快く承知してくれたんですよ」

「ほう、そうかね。それは心強い。では今回のCMの件も了解してくれるわけだね？」

思っていたより物わかりが良さそうだ。南田はこれで落とせる……そんな安心感が言葉を性急にさせた。しかし……。

「CMの件、ですか？　特に私は何も伺っていませんが」

南田はわざととぼけて答えた。寺西の表情が見る見るうちに不快なものに変わっていく。

「前畑局長、ちゃんと説明したまえ」

「はい。南田部長、私たちというか、社長は会社のことを大変ご心配になっていらっしゃるんだ。勿論社員や家族のこともね。だから我々としては、今回のCMの件を表に出さないという結論に達したんだよ」

野上がすぐその後に続く。

「実はな、CM調査委員一人一人の意向も確認したんだ。こういう問題はやはり社員の考え方も尊重しなければならんからね。結論から言うと、全員だ。全員が今回のことは何も無かったことにという判断なんだ。だから南田部長にもその、会社の決定に従ってほしいんだ」

「不正が発覚した三件を全て隠蔽するということですか？」

寺西が南田のその言葉に怒りを含んだ調子で答えた。

「隠蔽というのは適切じゃなかろう。要するに、会社を守る為に傷口を敢えてさらすのはやめようということだ」

「南田部長。今回は東北の局で僅か七〜八百万円程度のCM間引きがあったということで調査が行われることになったんだが、広告業協会も広告主協会も、実はこの手の問題にうんざりしてるんだよ。だから、ここはひとつ何も無かったことにすれば、全てが丸く収まるというわけなんだ」

南田はその前畑の言葉に呆れていた。しかしそんな気持ちを露ほども見せず、更に相手から隠蔽に向けての言質を引き出そうと試みた。

「丸く収まるのは結構だと思いますけど、万が一、その隠蔽の事実が外に出たら、どうするおつもりですか？」

「だから、君が何も言わなければ、漏れないんだよ。そんなことは君、わかりきったことじゃないか」

野上は、寺西の相手を威嚇するような言い方は南田には通用しないし、かえって逆効果になる恐れもあると、少し慌てた。

「南田部長のその心配はわかるよ。隠蔽が発覚すればそれはおおごとになると思う。でも仮に今回の件を公表したとしよう。ファインピーコックの未消化分のCMが金額にして五千万円だ。その補償は三倍の一億五千万円にもなる。それに加えてスポンサー各社や広告代理店との信頼関係が崩れ、競合になっている物件の多くが他局に流れていくだろう。KHSブランドというか、社に対するイメージも格段に悪くなる。それは報道や制作、事業展開にもマイナスに繋がるということなんだ。だから南田部長、ここはひとつ大人の判断というか、KHSの社員としての選択をして欲しいんだ」

寺西の貧乏揺すりが激しくなっている。野上と前畑は、南田の次の言葉を待っている。丸山は、ただ目を閉じている。

その時、寺西が伝家の宝刀を抜いた。

「なあ南田部長。私は君にお願いをしているだけではなくて、その見返りも実は考えているんだ。ま、平たく言えば昇格ということだ。そしてこれから先も将来にわたって君の立場を保障するつもりだ」

「南田部長、どうだろう。社長もこのように仰って下さっていることだし、ひとつ会社の……」

前畑のこの言葉を南田が遮った。

「会社の考え方はよくわかりました」

「それじゃ公表しないということにしてくれるかね？」

「少し考える時間を下さい。私にとってもＫＨＳは大切な会社です。社長をはじめ常務、前畑局長の御意向を十分尊重した上で、判断させていただきます。前畑局長」

「うん、何？」

「委員会は明日ですね？」

「ああ、あさって水曜日に委員会の結果を広告主と広告業協会に報告しなければならないからな」

「では明日の委員会の席で私の意見を述べさせていただきます」

南田はそう言うと一方的に席を立ち、退室した。その後ろ姿を呆然として見送った四人は、暫くの間気まずい沈黙の中にあった。

「しかし、何だあの態度は。失敬極まりない奴だ。野上常務、前畑、どうするつもりだ？」

野上も前畑も、小さく頷いただけで返事に窮している。その時丸山が初めて口を開いた。

「南田は不満なんですよ。恐らく報道に対するこれまでの会社の扱いに不満を持ってるんだろうと思う。この際少しごねて困らせてやろう程度のことでしょう。南田はそういう男だと思いますよ。だから、大丈夫でしょう」

丸山のこの分析は、部屋の空気を少し楽観的なものに変えた。南田自身の待遇だけでなく報道というセクションを優遇するという戦略が、この上もなく有効なものになる……少なくとも野上と前畑はこのことに気付いたのである。

午後になって雨が本降りとなった。情報センターの窓から大阪城が白く煙って見える。周辺のビルの群れを追う。多くの人間が日々の営みを支える為に汗を流している。皆社会的な生き物だ。親、兄弟、そして家族がある。そして企業という組織の中でそれぞれに他と関係を持ちながら時を刻み、喜びや悲しみを分かちあっている。振り返って自分の生き方はどうなんだろう。年老いた一人暮らしの母ともう何年も音信の絶えている兄。この二人の肉親でさえ支え合う存在ではない。親しい友人と言える程の同世代の仲間も身近には存在しない。そんな生き方が愛する者さえも深く傷つけ遠ざけてしまっているのかもしれない。そういえば……山里の庵に住む北光尼はありのままの自分を受け入れることで、その先に安らぎと豊かな生があると説いた。ありのまま。南田はありのままの自分すら定かにできないことに、大きなため息をついた。

その時、デスクの電話が鳴り、南田は我に返った。総務部長の岩井からだ。

「南田部長、ちょっと総務までおこし願えませんか?」

総務部のフロアに入ると、前畑と岩井、それに川北が待っていた。

「実は業務の土井のことなんだが、昨夜家に帰らなかったらしいんだ。家族から電話があってね。今日も無断欠勤してるし」

前畑は眉間に皺を寄せた。

「土井だったら、きのうの夜十二時ごろ報道に来てましたけど」

「うん、その時に巡回していた警備員から、報道にいたという話を聞いたんだ。何か変わった様子とか無かった?」

南田は昨夜の土井の様子を思い出していた。土下座して懇願する姿は確かに普通ではなかった。あのあと彼は自宅にも帰らず姿を消している。妙な胸騒ぎを覚えた。

「彼は例の件で、自分のミスを気にしていたようですけど」

「そうなんだ。あのことが発覚してから、彼は業務部の同僚とも殆ど口を利いていないらしい。……何かあったら私に知らせてくれ」

総務の部屋を出ると、川北が後を追ってきた。

「土井のことなんですけど。実は彼、五年前、当時事業部にいた時、自分のミスでイベントの看板の搬入が遅れたということがあって、その時も二日間無断欠勤してるんです」

「そうなんだ」

「だから、あまり気にされなくてもいいかなって思ったんです」

「わかった」

「それより部長、例のあの件、部長はどうされるおつもりですか？」

「まだ決めてない」

「そうですか……」

南田はデスクに戻ると、書類の山に目を通し始めた。東京国際テレビからの封書が目に止まる。報道部長会の開催通知である。結局前の会議では国際テレビのプランを系列局が突き返したという形で終わっている。恐らく国際テレビは前回と同じ案を提示してくる。時間切れという形でローカル局の意向を無視し、キー局中心の案を実施に移す腹づもりなのである。これでまた、ＫＨＳも含めてローカル局は大変な作業を強いられる……。

——四月改編か——。その時自分の立場はどうなっているのだろう。ＣＭ問題が無ければ、異動は確実だった。不正隠蔽に同意すれば恐らく報道の責任者としての地位は保障される。しかしその選択肢は自分には無い。報道で育ち、報道を愛し続けた人間だからこそ、取り引きに応じることはあり得ない。その決意が、報道での日々に幕を引くことになる。南田は覚悟を決めている。この上ない悲しい決断であった。

土井からの電話を受けたのはその日の夕方である。

「土井？　どうしたんだ。会社休んだって聞いたけど」

「はい。申し訳ありません」

「俺に謝ったってしょうがない。今どこ？」

「なんば駅の近くです」

「きのうの夜も家に帰ってないんだろう。ご家族が心配してるぞ」

「ええ、わかってます。部長、今夜会っていただけますか？」

「ああ、一緒にめしでも食おうか」

「はい。是非お願いします」

「ニュースが終わったら携帯に連絡入れる」

「すいません。ご心配をおかけして」

まずは安心した。昨夜の土井を思い出すにつけ、良くないことが起きなければという不安を拭い去ることができなかった。今夜彼に会って、自分の素直な気持ちを丁寧に話してやろう。彼の思うところを真剣に聞き、二人で解決策を探ってみよう。そんなことを考えながら、再び書類に目を通し始めた。

土井とは午後八時に、JR大阪駅近くの賑やかな居酒屋で落ち合った。土井は南田に電話した後、いったん自宅に戻り着替えてきたという。濃い茶の革のハーフコートの下にとっくりのセーターというラフないでたちである。昨夜会った時とは明らかに眼の勢いが違う。何かふっ切れたような表情である。

「部長、きのうは大変失礼しました」

「あのあと、どうしたの？」

「会社出てから駅前の屋台で酒を飲んで、その後もう一軒、新地のわけのわからんバーに入って、そこでビール一本飲んだら三万円ぼったくられて、で、金ものうなったし家に帰る気にもなれへんから、一泊二千円のカプセルホテルに泊ったんです。今日は朝から夕方近くまで大阪城公園でボーッとしてました」

「一人でボーッとするのはいいけど、家族に妙な心配をかけない方がいいな」

「はい。さっき家に帰って女房に詫びを入れておきました。で、部長、私ずっと考えてました、例のCMのこと」

「うん」

「今回のことは勿論私がミスをしでかしたのが発端なんですけど、会社に迷惑をかけたとか、上司から睨まれる、そんなことばっかりしか頭になかったんですわ。うちの会社、特に営業や業務って上司の為にというか、いつもその顔色ばっかり見て仕事してるようなところがありますやろ。よく見られたい、認められたいって、毎日そんなことのくり返しなんです。そやからミスすると、もうペシャンコなんですわ。そやけど、よお考えてみると、仕事って自分の為にするもんですよね。労働を提供して報酬を得る、それで自分と家族を養う。簡単なことやったんです。ミスをしたら自分を責めて、それを肥やしにしてまた一歩踏み出していけばええ。そやから僕は頑張ってまた一生懸命仕事をしようと思ってます」

南田は土井という人間をよく知らない。営業や業務というセクションは、少なくともこの会社では花形の職場であり、高いステータスを得ている。そこで働く者は時として選ばれた者という意識を前に出し、社内で不遜ともとれる態度を見せることがある。しかし、今ここでやり直しを誓うこの男は、純粋で健全な若者である。

「そこまで考えてんなら、俺からはもう何も言うことはなさそうだね」

「すんません。一人で興奮して喋ってしもて。でも、思ったんです。もうカッコつけんのやめようって。泥臭く生きてった方が人間きっと楽なんやないかなあって。そんな気持ちにさせたんは南田部長ですよ」

「俺ってそんなに泥臭いか？」

「恐らく南田部長って、報道や制作の中ではとってもカッコええ人やろうと思います。でも営業の人間から見たら、とてもダサイしカッコ悪いんです」

「それって不本意だけど、何となくわかるような気がする」

「ハハハ。でしょう？　でね、部長」

「うん」

「例のCMの件なんですけど、表沙汰にしちゃいましょう」

「きのうと逆の展開だ。でもそうなると、君自身のミスが何かにつけて取沙汰されることになるけどいいの？」

「構いません。もしこのまま隠蔽することになったらそれこそ僕はずっと苦しむことになります。これまで以上に会社や上司に盲従して、負い目みたいなものを感じながら生きていくことになりますやろ。そやから、自分のミスで生じた今回の件の責任をきちっと背負ってみようって思ったんです。それで首になるならまた別の仕事探しますし、首が繋がるんやったら、それはそれでKHSでもう一度出直してみようって」

「なんだか晴ればれとした表情だね」

「南田部長のお蔭ですわ」

「カッコ悪いが決め手か」

「ハハハ、そういうことです」

　二人はその後愉快に杯を重ねた。帰り際、土井は南田の手を強く握って力強く宣言した。

「南田部長、いろいろとありがとうございました。CMの件、部長のご判断に全てお任せします。公表しないということなら、それはそれで一向に構いません。但しその場合は私自身で告発に踏み切るつもりです。本当に、いろいろとありがとうございました」

次の日も冷たい雨である。昨夜は土井と深酒をした。頭がズシンと重たい。部屋にアルコールの臭いが充満しているような気がして窓を全開にする。風がレースのカーテンを吹き上げた。ベッドに腰掛けて窓の外を眺めると、どす黒い雲が重なりながら東の方向に動いている。街路樹が折れ曲がるように風にあおられ、その都度大きな水の粒が歩道に音を立てて降り注いでいる。春の嵐……。南田はやっとの思いで立ち上がると、身仕度を始めた。Ｙシャツにネクタイ。そしてスーツの上着をタンスから取り出し、そこで手を止めた。確か一枚あったはずだ――。部屋の隅の書棚を見ている。取材資料などがうず高く積まれたその奥から菓子の缶を取り出した。中に写真の束が入っている。入社以来の取材先でのスナップや、情報センターでの記念写真。そして目指す一枚の写真を手にした。日付は三年前の秋になっている。編集室だ。南田と綾が写っている。編集機の前で椅子に腰掛け、少し照れたような表情の南田。そしてそのすぐ横に寄り添うように綾がいる。屈託の無い笑顔の中に南田に寄せる深い思いがある。南田もまた同じ、いや、それ以上に綾を愛している。でも照れ笑いか。綾と接している時は多分いつもそうなんだ。曖昧な照れ笑い。

南田はその写真をシステム手帳に入れた。暫くの間持ち歩いてみようと思う。いずれは上等な額の中に入れて飾ろう……。

その日の出社時間はいつもより三十分程早かった。入社二年目の記者・緒方洋一が原稿と向き合っている。未明に起きた不審火による住宅火災で二人が焼死している。暫くして電話取材が始まった。火災があった地区で頻繁に起きている連続放火事件との関連を所轄の警察署に聞いている。

「当然そういう見方をするやろ——いや、そやから出火元が特定できたら手口が似てるって……七件やろ。続けて七件もやられて、一体どんな警戒してんの……付近の住民に取材するで、そしたら批判が集中するやろ……もうええわ。あ、ちょっと名前聞かして——」

　南田はこの記者をすぐに呼びつけた。

「今の電話取材、あれは一体何だ」

「昼ニュース用の火事の取材です」

「そうじゃなくて口のきき方だ。一体何様のつもりなんだ、お前いつからそんなに偉くなった」

「すみません」

「今から現場と所轄の署に行ってこい。やり直しだ。もし今電話で対応した警察官がいたら非礼を詫びろ」

「でも火事の原稿が」

「いいからすぐ行ってこい」

　南田は、慌てて退室する緒方の後ろ姿を見ながら呆然としていた。大きな勘違いをしている。恐らくどんな取材に出向いても、彼はＫＨＳの報道記者だと肩をそびやかし、相手を威圧して通り一遍の情報を得る。そして、それをいとも簡単に放送原稿に仕上げるのだ。報道部長として失格だ。少なくとも、部下への目配りができていない。記者を養成するという意味で、見落としと手抜かりがある。南田は自分自身に腹を立てながら、いつの間にかその怒りの矛先を会社に向けていた。報道部長は毎日のニュースについて全責任を負う。しかし実際は、人事やら予算、機材購入、メンテナンスなど管理業務に日々追われている。そして連日のように手を変え品を変えて繰り広げられる会議。加えてこの書類の山だ。土台、報道部長という仕事を一管理職と位置づけることに無理がある。南田の中で、会社に対する怒りがふつふつと沸き上がってきた。

「部長、おはよう」

宗方である。最近妙に出社時間が早い。さてはこの昼行灯《あんどん》、CM事件でどこぞの役員の周辺を飛びまわっているに違いない。

「おはようございます。早いですね」

「ああ、ちょっとね。それより今日、例の委員会なんだろ」

「はい」

「専務からひと通りのことを聞いてるよ」

「ご存知だったんですか？」

「うん。それで専務がね。君のことを大変心配してたね」

「どういうことでしょう？」

「ま、要するに君はこの会社にとって必要な人材だから、CM問題で社長や常務と対立するような局面になっても君を孤立させたりしないと、こう仰っているんだ」

南田はその時初めて丸山の野望の全体像を見たような気がした。彼のターゲットは野上だけではない。社長のポストを視野に入れて動いている。隠蔽工作には積極的に加担せず、この二人に全責任を負わせ辞任に追い込む腹づもりなのだ。

「で、どうするつもりだい？」

「会社の出方ひとつです」

「そうか。ま、専務も私も君の味方だ。それを忘れないようにな」

宗方はそう言うと南田の肩を叩き、自分のデスクに戻っていった。恐らく役員への昇格を約束されているのだろう。丸山新体制……その取り巻きの中に宗方がいる。どっちに転んでもKHSにとって不幸な事態である。気持ちが深く沈んでいった。

午後、KHSビル六階にあるC会議室で、CM調査委員会が始まった。委員長の前畑が挨拶に立つ。

「年度末の忙しい時期に調査委員としての責任を果たしていただいて感謝してます。明日委員会での調査結果を提出する運びです。今回、三件のCM未消化が見つかったことで会社はその対応に苦慮してきました。そして結論として、この問題を外に出さないという苦渋の選択を取らざるを得ませんでした。社長はじめ我々経営陣は今回のことを重く受け止め、これを教訓としてKHSの再生に全力をあげていきたいと思っています。皆さんにも是非ご協力をお願いしたいと思っています」

いつもの高飛車な態度ではなく、それは嚙んで含めるような丁寧な物言いだった。

「今日の委員会は、会社の考え方を伝えるとともに、皆さんの委員委嘱を解く最後の会議です。何か発言があればどうぞ」

しばしの沈黙の後、井上が手を挙げた。

「私は制作の責任者として、今回の事態を非常に残念なことと受け止めています。しかし、ことを表に出さず、再生に向けて力強く踏み出すという会社の決断を多としたいと思っています。私もKHSの為に微力を尽くすつもりです」

　田上が続く。

「全く同感ですね。ま、要は、こんな不始末を二度と起こさないという決意ですよ。今度のことで眠れない夜もありましたけど、会社の決断ですっきりしました。後は我々が頑張ってKHSを大きくしていくことが大事だと思っています」

　前畑は二人の発言に、いかにも感動したかのように大きく頷いている。

「ありがとう。他には何か。川北君は？」

「私は……特に何もありません」

「皆さんの気持ちは社長にも伝えておこう。じゃこれで調査委員会を終わることにします。皆さんご苦労様でした……」

「ちょっと待って下さい」

　全員一斉に声の主に視線を移す。南田である。

「皆さんお忘れになってるだろうと思うのでひとつだけ言っておきます。それは、この会社が公共の電波を使っている報道機関だということです。行政や企業、或いはその他の様々な団体に対して情報の開示を迫ったり、不正を追及する役割を担ってるんです。その会社が自ら不正をしようってわけですか？」

　前畑が慌てて南田の発言を止めにかかった。

「まあ南田部長、その話はまたあとでゆっくり」

「あとで？　僕はＣＭ調査委員会の委員として今委員会で発言してるんです」

南田は毅然としてそう言い切ると、なおも続けた。

「確かにこの問題が表に出れば、営業にも大きな影響があるでしょう。信頼を取り戻すのにも時間がかかると思います。しかし、だからといって隠蔽に走るのは愚行も甚だしい。委員長、明日、広告業、広告主の双方の協会に三社でＣＭ未放送ありという事実をきちっと報告して下さい。以上です」

会議室は静まり返った。委員がそれぞれに南田の今の言葉を反芻している。

田上は、もし南田の主張を受け入れ会社が決定を翻してありのままの報告をしたら、隠蔽を声高に言い続けてきた自分の立場はどうなるのかを考えていた。井上は、青臭い上に馬鹿ばかしいと思っている。ＫＨＳの人間としてもっと相応しい身の処し方があるだろうと理解に苦しんでいた。川北の思いは複雑だった。公表することが当たり前だと信じていた自分が会社の懐柔に屈してしまっている。南田とともに良識ある判断を主張すべきではなかったか。でも、両親とその会社の運命を寺西に委ねてしまっているし……。

「南田部長の今の発言は、一委員の考え方として受け止めておきます。ではこれで終わります」

前畑がそそくさとしめくくった。

南田が会議室を出ると、井上が田上に耳打ちをした。

「何考えてんだ、あいつ。何故会社に楯突くんだろう。一人じゃどうせ何もできないのはわかりきってるのに」

「そうですよね。でも井上部長、僕は毎日のように南田部長を見てますけど、ちょっとまずい相手ですよ。会社は簡単に考えてると、とんでもないことになるかもしれない」

「それは考え過ぎだよ田上。人間誰しも自分が一番かわいいもんだ。最後には会社の決定に従うと思うぜ。大丈夫だ」

「……だといいんですけどね」

前畑は社長室に直行した。寺西と丸山、野上が待っていた。

「どうだった？　南田は」

「だめです常務。隠蔽は認めないと、かなり強い口調で」

寺西は組んでいた足を戻し床を強く踏みつけた。

「あの野郎、いい気になって。おい、どうするんだ。相手は一介の部長だろ」

「ひょっとしたら、あいつゲームをしてるのかもしれない」

野上が呟いた。

「ゲーム？　そりゃ何のことだ」

「ええ、駆け引きですよ。粘れば粘る程、我々からいい条件を引き出せる。取りあえずまず自分の身分を保障させる。それと恐らく報道というセクションを優遇する為の条件が欲しいんだろうと思いますよ」

「なる程、その可能性はありますな」

前畑が同意した。彼は以前から報道の人事管理や機材購入に関して、南田と衝突を繰り返してきただけに、野上の分析が的を射ていると確信したのだ。

「報道？　報道の何をして欲しいんだ、あいつは。まあいい。そんなことはお安いご用だ。今回は目をつぶって南田の条件をのんでやれ。何年かしたら必ず放り出してやるからな」

寺西は苦々しくそう言い放つと席を立った。

丸山がその後ろ姿を見ながら二人に言った。

「今日中に彼の本音を聞くといい。彼の望む条件については二人に任せる。時間はあまり無い。ただし拙速は許されない。いいな」

その頃南田は自分のデスクに戻っていた。会社は何がなんでも隠蔽するつもりだ。自分が異を唱えてもその方針を変えることはない。恐らく具体的な条件を出して説得してくるに違いない。だったらそれに興味を示すような素振りを見せて、相手を走らせる。協会に虚偽の報告をしたその時、一気に潰しにかかる。寺西、野上、そして前畑、井上、田上。俺は絶対に許さない――。南田は唇を嚙みしめた。

「南田部長」

会議室から戻った田上が笑みを浮かべている。

「まぶしい限りでした。ほんと、恥じ入るばかりです」

「何のこと？」

「先程の委員会でのご発言です」

「恥じ入るばかりと思ってたんだったら、君も考え方を変えたらどうだ？」

「それは私だって部長のようにスパッといきたいと思ってますよ。でも会社のこととか、これから先の仕事のこともあるし」

「で、積極的に隠蔽を主張したってわけだ」

「積極的っていうこともないんですけど。でも部長、これからの報道のことを考えたら、答えはひとつしかないと思うんですけど」

「これからの報道のこと？」

「ええ。上手くすれば、これから二人で報道をもっといい形に変えていくこともできるんじゃないですか？」

「田上、ここは報道のフロアだ。その手のうす汚い話をする場所じゃない。土台お前のような男が管理職としてこの中にいること自体、俺は吐き気がする。消えろ」

　南田は基本的に田上を嫌っている。その理由は二つあった。ひとつは顔を営業に向けて仕事をしていることだ。去年の春、異動時期を前に南田は人事当局から次の副部長ポストについて意見を求められた。その際南田は迷うことなく現デスクの宮中の名前を挙げている。しかし蓋を開けてみると田上だった。野上の意向である。以来、田上の野上詣でが連日のように行われるようになったのである。そしてもうひとつ。田上に報道的なセンスがまるで無いことである。

　素人なら、それなりのひたむきさがあればいい。しかし彼は物を知らない割に口を出したがる。そして失敗するのである。それは官公庁などの記者会見の席でしばしば発揮され、在阪のマスコミ各社から失笑を買っていた。交通死亡事故で加害者と被害者を間違え、大誤報を出したこともある。度重なるミスに、さすがの南田も重要な取材テーマから田上をはずすようにしていた。しかし田上は何故自分が周囲から疎《うと》んじられ、南田からの信頼が得られないのか、全く気付いていないのである。無神経で厚顔無恥、そんな手合いが報道の中枢にいる。野上や前畑とともに会社に対する南田の怒りの象徴ともいえる人物なのである。

それから一時間程して、前畑から常務室へ来るようにとの電話が入った。部屋に入ると、野上と前畑がにこやかな表情を作っている。前畑が電話でコーヒーを注文する。

「どうだい、今夜あたりまためしでも食いに行かないか。前畑局長も是非ということなんで」

「ええ、でも、今日は夜スケジュールが入ってますので、また別の機会にお願いできればと思います」

「そうか。じゃあ今度三人でスケジュールを合わせて実現しよう」

コーヒーが運ばれてくる。野上はスプーンに粗目の砂糖をのせ、カップに入れてゆっくりとかき混ぜる。前畑はミルクをたっぷり入れて、せわし気にスプーンを動かしている。

「南田部長」

野上はコーヒーには口をつけず、正面に座っている南田を真っすぐに見た。

「CMの未消化が発覚してから、君とはいろいろ話をしてきたんだが、ま、言ってみれば遠まわりしながら雑談をしてたようなもんなんだ」

「はい」

「でも、これから私の言うことは、掛値なしの本音の部分だ。君もそのつもりで聞いて欲しい」

「ええ」

「正直言って私は南田部長を軽く考えすぎていた。まずその不明を恥じている。君の一連の発言や態度を見聞きするにつれ、想像してた以上に君がこの会社の将来を担う人材だと遅まきながら確信したんだ」

「はい」

「で、社長ともよく相談したんだが、君を報道局長に昇格させようと思っている。その年では異例の抜擢ということになるが、内外に向け、ＫＨＳが気鋭の若手を局長に昇格させ、デジタル化時代の報道制作に並々ならぬ決意を示した、とアピールしたいわけだ」

「私が局長ですか？」

「うん。勿論それだけではない。新しい時代に相応しい報道機能の充実も、併せて進めていきたいと思っている。機材や人員の確保についても君の考え方を百％尊重して予算措置を講じる。目指すは最強の報道制作だ」

　音を立ててコーヒーをすすっていた前畑が、

「国際テレビ何するものぞ、ですか。いやわくわくしますな」

「夢のようなお話ですね」

「うん。それもこれも南田部長の存在があるから可能な話なんだよ。他に人材はいないしな」

「ありがとうございます。で、私はどうすればいいんですか？」

「うん。だから今回のことは全て、こちらに任せてもらえないか。何度も言うようだけど、この件が公になると本当に大変なんだ。社長や私の立場云々じゃないんだ。ただ会社を守りたいというその一念なんだよ」

「黙して語らず、ですか？」

「ああ、是非そうして欲しい。無理に我々に同調するような発言はいらないんだ。そう、黙って見ていてくれれば」

「はい」

「いや南田部長、本当にありがとう。これで救われる。四月が楽しみだ。局長になった君の姿を見るのがね」

南田が常務室を出ると、野上と前畑は社長室に急いだ。寺西と丸山がその結果を待っている。

「どうだった南田は。了解したのか？」

「はい。大丈夫です。いろいろとご心配をおかけしました。局長というポストと報道強化のまき餌は効果覿面《てきめん》でした」

「そうか、局長ね。ふん。結局あいつにしてやられたということだ」

「はい。しかしこれで全てがうまく運ぶはずです。明日協会側には、契約通り問題無しという調査結果を報告いたします」

「しかし常務、南田は本当に大丈夫なんでしょうか」

前畑は委員会の席での南田を見ている。隠蔽を拒否すると断言したあの時の南田を思うと、その心変わりがにわかに信じられなかったのである。

「大丈夫だと言ってるだろう。ただこの後もフォローをきちんとしておかなくてはな。何せ爆弾を抱えているようなもんだから」

夕方の報道センターは活気に満ちている。取材先から引き揚げてきた記者やカメラマンが、それぞれ原稿の作成、VTRの編集作業に入る。デスクは原稿に赤ペンを入れフォーマットを作成し、ニュース項目の順位づけと時間の割り振りなどを進めていく。ニュースキャスターのまい子は上がった原稿に目を通し、疑問点や視聴者にわかりづらい表現などについて、デスクや記者と個別に打ち合わせを行う。こうした一連の流れが、オンエア間際の追い込み作業になると、怒号と罵声の行き交う戦場に変わる。案外そういう日はニュースに躍動感が生まれたりする。逆に作業が順調で、早い時間にスタンバイが終わると、放送は淡々と終了するのである。

その日、報道センターは比較的静かだった。南田が常務室から戻ると、デスクの宮中が夕刊のメニューを持ってやってきた。

「今日は特にあっと驚くようなニュースは無いですね。行政ネタは、府県職員の異動、あ、そうだ、京都と兵庫で民間の政策提言シンクタンクの発足、これリポートです。それと経済ネタで関西地区の完全失業率、警察ネタは連続放火事件、キャップの今岡が現地でVリポートしてます。朝部長が喝を入れたらしいですね、緒方に。で、じきじきキャップのお出ましというやつです。気合入ってますよ。今日のリポート。そんなところですね。あ、そうだ。今日の天気予報、春の嵐の気象条件について予報士が長目に解説します。以上です」

宮中が戻ると、入れ替わるように今岡が緒方を連れてやって来た。

「部長、今日はすいませんでした。こいつには厳しく言っておきましたので」

「申しわけありません。今後気をつけます」

緒方は恐縮しきっている。

「今岡、入社三年目までの記者をもう一度再教育してくれ。電話の応対、取材態度、基本部分からやり直しだ。警察担当という仕事は言わば記者としてのスタートラインだ。そこで間違うと使いものにならなくなる」

「はい。中堅記者を若手につけて、マンツーマンで指導します」

「緒方、今日今岡はお前の為に火災現場に飛んだんだ。そこで彼から何を学んだか言ってみろ」

「はい。現場での徹底した取材と、所轄署での警察官とのやり取りなど全部勉強になりました」

「電話一本で簡単に仕上げようとしたお前の原稿と、現場に足を運んで多角的に情報を得た今岡のリポートニュース、その差を頭に焼きつけておけ」

今岡と緒方が編集作業に戻っていった。報道部長が警察キャップと若手記者に喝を入れたことで、報道センターは少し緊張している。しかしそれもほんの一時のことで、暫くするとフロア内は再びがやがやと動き始めた。

南田はその日一日の書類の山に目を通し始めた。机の左隅に、報道部全員の二月の勤務表が置かれている。超過勤務の平均が八十時間を超えている。その一枚一枚に印を押していく。全員分の押印を終わったところで、南田はふと思いついたように、来年度の報道機材の更新計画書を引き出しの中から取り出した。ＶＴＲ送出機三台の更新は、結局一台しか認められていない。分厚い勤務表の束と機材の更新計画のファイルを手にすると、南田は総務のフロアに向かった。

「前畑局長、今、よろしいですか？」

「ああ。南田部長、先程はどうも」

社長室から戻ったばかりの前畑が、南田を見て作り笑いを浮かべている。

「二月の勤務表を持ってきました」

「そんなもの誰かに持たせてくれたらいいのに」

「はい。それで、ですね。報道の残業時間は平均で八十時間を超えました」

「うん？　ああ、ま、報道はいろいろあるからな。そこに置いといてくれ」

「超過勤務を減らす為の対策案は書かなくていいんですか？」

「いや、いい。大丈夫だ」

「それと、来年度の機材の更新の件ですが」

前畑の机に更新計画のファイルを置く。

「確か報道はＶＴＲ送出機の更新だったな」

「ええ。購入検討委員会で三台のうち二台が却下されたんですけど、計画案通り三台まとめて購入していただければと思って……」

「しかし、それはもう結論が出てるから」

「だめでしょうか？」

「いや、再度検討しよう。トップ判断で何とでもなるから」

「ありがとうございます。よろしくお願いします」

「ああそれと、四月の人事異動の件なんだが」

「はい」

「実は素案はできていたんだが、君の昇格のこともあるし、大幅に手を入れなければならないんだ。どうだ、一緒に人事案を作らないか？」

「は？　私がですか。それはいつでもご協力しますけど」

「そうか。じゃこの件はまた連絡するよ」

「はい。ああそうだ、人事案といえば、私がいつか提案させていただいた契約アナの社員化の件ですけど」

前畑の表情が次第に曇っていく。

「それが、どうかした？」

「報道の契約アナウンサー二名を社員として雇用していただきたいんです」

「しかしそれは……簡単にはいかないと思うが」

「そうでしょうか。人員配置の中長期計画を少し見直せば可能だと思いますけど」

「うーん。ま、上にはそのように伝えておくけど二名って誰？」

「はい、橘まい子と吉田邦江です」

前畑は納得のいかない顔でメモを取っている。

「吉田邦江って契約アナ？」

「ええ、アナウンサーというよりは優秀な記者です。特集や企画物を担当してます。そうか、あまりKHSのニュースはご覧にならないんですね」

「いやいや、そんなことはないんだが」

「ではよろしくお願いします。社員化の件は大至急決裁をしていただきたいと思います」

南田が総務の部屋を出ると、前畑はすぐに野上に電話を入れ、機材購入と契約アナの社員化についての南田の要望を伝えた。

「あいつ調子に乗りやがって。まあしかし、その程度のことなら何てことはない。俺が社長に掛け合って今日中に決裁を取ってやる。南田にはそのように伝えておけ」

ことは驚く程、迅速に運んだ。野上から社長決裁を得たという連絡を受けた前畑は、直ちに人事部長を呼び、社員化への手続きをさせたのである。前畑はそのことを電話で伝えてきた。

「朗報だ。二人の社員化の件OKだ。明日十時に辞令を交付するので、社長室に来るよう伝えておいて。南田部長も一緒に」

「はい。ありがとうございます。社内掲示板にも人事通知を張り出しておいて下さい」

「そのつもりだ。じゃ明日十時に」

南田は夕方のニュースが終わると、まい子と吉田邦江を呼んだ。吉田はまい子より二歳年上で、本来アナウンサー契約を結んでいたが、その後記者としての才能を開花させ、特に教育や医療の分野で社員以上の成果を上げている。南田は以前この二人の社員化を要求して前畑に一蹴された経緯がある。

「お疲れ様です。部長、私たちに何か？」

「ちょっとそこに掛けて」

「まさか、今年度で契約打ち切りとかじゃないんでしょうね」

吉田のその声が大きかったので、周りにいた報道スタッフが一斉にこちらを見た。

「うん、実は契約を打ち切る話なんだ。契約終了で社員化するってこと」

「ははは、部長何ですか唐突に」

まい子が笑いながら聞き返した。

「明日十時社長室で辞令交付だ。俺も同席するから、遅れないようにね」

吉田はまじまじと南田の顔を見ている。

「でも、社員化の件は以前NGだったじゃないですか。今になって何故……冗談なんでしょ？」

「こんなこと、冗談で言ったりしないよ」

「部長、何かあったんですか？」

まい子が真顔になっている。

「いや別に。社員化の理由は簡単。君たちが一生懸命頑張って社員以上の仕事をしてくれているから。それだけ」

「はい。取りあえず、わかりました。明日十時ですね？」

「うん。少し早目に出社して」

二人はまだその話がピンときていないような表情で席に戻っていった。隣同士の席で何やら話し込んでいる。

南田は大きく背伸びをした。妙に長い一日だった。サウナにでも行ってマッサージを受けよう。そう呟いてデスクを片付け帰り支度をしていると、まい子が声をかけてきた。

「部長、飲みに行きません？」

「そうだな。ま、我が社のエースから誘われたら断れないよね。吉田君も一緒？」

「いえ、私一人です」

「OK、じゃあ前祝いということでパッといきますか」

二人が『みすず』の暖簾をくぐると、店はガランとしていた。

「相変わらず不景気だねここは」

美津江は南田の軽口を気にも止めず、客をもてなす準備を始めている。

「南田さん、今日もまたとっておきの美女をご同伴やね。えーと橘さんでしたっけ」

「はい。橘まい子です」

「KHSで一、二位を争う美形だわね。隅に置けへんのやから、報道部長は」

「ははは。ね部長、私が一番で、二番目は誰かしら？」

まい子はからかうように南田を見た。

「ま、とにかくおかみ、適当にみつくろって」

「刺身の盛り合わせ、どうやろか？」

「刺身っていってもどうせ青物ばかりじゃないの？」

「それがな、今日は市場で中トロの上物を仕入れたんよ」

「じゃそれと、何か煮物を適当に」

酒が運ばれてくると、まい子は陽気にグラスを掲げた。

「ではもう一人の美女に乾杯」

まい子は酒豪である。運ばれてくる料理にはほんの少し箸をつけるだけで、ひたすらコップ酒をあおっている。

「うちの看板キャスターが実は大酒飲みだなんて、人様には見せられないよな」

「すいません。私の生きがいは、第一がお酒、次が仕事、三、四がなくて五に亭主」

「ま、でも月〜金ベルトでキャスターやるってのも大変な仕事だし、大目に見てやろう」

「はい。ありがとうございます。あ、そうだ部長、ひとつ質問があります」

「社員化のこと？」

「いえ。部長、私、別に社員になろうがなるまいが、どうでもいいんです。今みたいにちゃんと仕事ができればそれでＯＫ」

「でも社員になれば給料は上がるし、なんだかんだ身分も保障されるから」

「部長」

「はい。何でしょうか」

「部長って最近お疲れですか？　言うことが低調ですね」

「そうかなあ。俺は、二人が仕事に見合うだけの報酬と地位を手にするのは当然のことだと思うけど」

「私が言いたいのは、部長と会社がその何というか私たちの為に妙な取引をしたんじゃないかなって。だってそうでしょう。契約の人間が社員になるなんてＫＨＳでは普通考えられないことですから」

「妙な取引はしてないけど」

「けど、何ですか？　どうも最近、部長の様子おかしいですよ。この間の業務の土井さんの件といい。何が起きてるんですか？」

「うん、ちょっと。ちょっとだけ待ってくれないかな。タイミングを見て、君や宮中、それと山下には真っ先に報告するから」

「本当に？　わかりました」

そう言うと、まい子は突然席を立ち、深々と頭を下げた。

「部長。いつも感謝しています。いつも気にかけていただいている上に、社員にまでしてもらって、本当にありがとうございます」

「なんだ急に改まって。まあいいから掛けて。あのねえ橘君、社員になるのはいいんだけど、それが君の手かせ足かせになったりして、結構厄介かもしれないよ」

「はい。その時はその時ですから」

　まい子には恐らく社員になるということへのこだわりがあまり無いのだ。契約という形で一年毎に更新してきた精神的な強さがある。だから、その時はその時なのだろう。これだけの人材を社員の半分以下の報酬で放置してきたＫＨＳという会社に、またぞろ南田は腹を立てていた。

「さっきの私の質問って、社員云々の話じゃないんです」

「綾のこと？」

「ええ、彼女ね、江東区の富岡っていう所にいいマンションを見つけたそうですよ」

「そうなんだ」

「私はね、折角東京に住むんだったら麻布とか恵比寿みたいなリッチな所にしたらって言ってたんです。彼女そこそこ財力もあるし。でも、彼女の好きな下町の商店街があって、海の香りがするからそこに決めたって言ってました」

　そういえば綾は二人で過ごしたあの日も、柴又や浅草といった東京の下町を歩くことを望んだ。帝釈天、浅草寺、仲見世。南田はその時の綾を、その仕草のひとつひとつを思い出していた。

「彼女、元気にしてるの？」

「一度ぐらい連絡してあげたらいいのに」

「でも、もう会わないし携帯も変えるって言ってたから」

「彼女は何ひとつ変えてませんよ」

　まい子はそう言うと、手さげからマンションのアドレスが書かれたメモ用紙を取り出し南田に渡した。

「そのマンション、３ＬＤＫなんですって」

「うん」

「一人で広過ぎないって聞いたんです。そしたら彼女、そのうちの一番いい部屋にＫＨＳ時代の物を置くんですって。ほら、彼女ドキュメンタリーの制作で何度も賞を取ってるでしょ。その時のトロフィーとか写真なんかを飾るんだって言ってました。だから私言ったんですよ。そんな物、ひとまとめにして押し入れにでも入れちゃったらって」

　南田は話を聞きながら綾を思っていた。新しい環境の中で既に再スタートを切っている。東京という舞台で、やがて彼女は仕事の上で頭角を現してくる。そして自分が立ち入ることのできない世界を築いて……。

「部長？　私の話聞いてます？」

「うん、聞いてる。押し入れにひとまとめの話」

「で、その後の綾の話、私泣けちゃった。彼女ね、その思い出の品を押し入れに片付けるのは、部長がその部屋で暮らし始める時だって。でもそれはあり得ないことだから、その部屋はずっとＫＨＳルームだって笑ってました。だから、部長、質問です。男と女ってそれでいいんでしょうか？　二人はずっと別の世界で生きていくんですか？」

　まい子の真剣な問いかけに、南田は即答することができなかった。すぐに答えが見つかるぐらいなら、苦しい思いを重ねることはなかった。

「綾は……彼女らしい選択をしたけど、俺はまだ、何も決めていない」

それだけ言うのがやっとだった。

美津江がカウンターに熱燗の酒を置き、ポツリと呟いた。

「南田さん、無器用やからね。あ、ごめんなさい、まい子さん。話に入ってしもて。私随分前から二人を見てきたから、何となくわかるんやけど、東京に行った綾さんもここにいる南田さんも辛いんよ。でも二人で辛い思いをしてるうちに、きっと答えを見つけようとするんやろうと思う。時間がかかってもね」

「それって、いい形の答えだったらいいんですけど」

まい子は少し涙ぐんでいる。南田に対して立ち入った物言いをしたことも少し後悔していた。まい子のそんな様子を見て、美津江が明るい調子で、その場のウェットな雰囲気を断ち切った。

「ま、私らは外野でわいわい言うてるだけよ。はっぱかけたり背中押したりね」

「うん。美津江さんの言う通りね。部長、すみません。あ、大変だ、部長が悲しそうな顔してる。どうしよう美津江さん」

「ハハハ。放っときなはれ。無器用で優柔不断な男なんて。さ、飲みまひょ。まい子さん」

調査報告書に社長印を押しながら、寺西は落ち着かない様子で前畑に念を押した。

「全てうまくいってるんだな？」

「はい。万が一の時の為に、放送運行表と確認書を改竄しておきましたのでご安心を」

「ふーん」

寺西は曖昧な返事をし、報告書を改めて見た。調査した三十社分のデータである。問題のあった三社も含めて契約書通りの本数が書き込まれている。書類の右上にＫＨＳ・ＣＭ調査委員会委員長　前畑慎造、その下にＫＨＳ代表取締役社長　寺西武。それぞれの印鑑と、社印が押されている。

「これでいいか」

寺西がその報告書を少し乱暴に前畑に渡した。この紙きれの為に、ここ数日振りまわされてきたという思いがある。

「はい、結構でございます。ありがとうございました。すぐにでも両協会に提出いたします。あ、それとこのあと午前十時から辞令交付がございますので、よろしくお願いいたします」

その頃南田は自分のデスクで、出勤途中に買ったサンドイッチをぱくついていた。一人暮しの生活でそれはよくあることだった。取材に出る記者やカメラマンがひやかしていく。そんなことを気にも留めず、口の中にあるものをコーヒーで流し込んだ。

電話が鳴る。土井だった。

「今日はちゃんと出社してるか？」

「ええ、大丈夫です」

土井は明らかに周囲を気にしながら、小声で話をしている。

「例のＣＭの件、三件とも全てデータが改竄されてます。それと放送確認書も。ぜんぶ北野部長の仕事です」

「業務部長の池田はどうなの？」

「いえ、池田部長はノータッチです。以前から彼は専務寄りの人でしたから」

「そうか。君は改竄を手伝うように言われなかったのか？」

「北野部長から言われましたけど、何せ今僕はこの職場で廃人のように振るまってますんで、曖昧な返事をしたら、いや君はいいって」

「そうか。野上常務の様子はどう？」

「いつもと比べると、少し落ち着かないなって感じですかね。決定的に変わったのは、以前のように人を怒鳴ったり威嚇したりしなくなりましたね」

「そりゃ大した変わりようだな」

「で部長、僕はどうすればいいんですか？」

「暫くボーッとしてたらいい。なにせ廃人なんだから」

「はい、わかりました。ボーッとするのは得意ですから。でも何かあれば仰って下さい。お手伝いします」


辞令交付が終わり、連絡掲示板に人事通達が張り出されると、社内は驚きに包まれた。

吉田邦江　報道部主事とする
橘　まい子　アナウンス部主事とする

殆どの社員たちはこの人事を喜び、南田に画期的なことだと声をかけてきた。

夕方のニュースが終わると、南田は報道とアナウンスの合同部会を開き、改めて二人を紹介した。吉田とまい子は部員たちを前に、仕事はこれまで通りに、でも社員としての自覚を持ってと決意表明した。

部会が終わると、三重野まきがまい子の手を握って喜びを爆発させている。それでも収まらず南田のデスクにやって来た。満面の笑みである。

「早く追いつかないとね、橘君に」

「はい。そのつもりで頑張ります。でも本当に良かった。アナウンス部で初めて公私ともに相談できる人ができて」

「契約だとそれができないわけ？」

「社員アナの方たちの橘さんを見る目が厳しくて、つい私も今まで気軽に声がかけられなかったんです」

「ということは、アナウンス部では契約者に対する差別があるっていうわけ？」

「いえそうじゃなくて、橘さんって仕事がとにかくできる人ですから。それに看板キャスターだし」

「嫉妬のようなものなんだ」

「そうですね。とにかく、いろいろ大変なんですよ、アナウンス部って。今回の社員化のことだって……」

「何かあったの？」

「ええ。ＫＨＳのアナウンサーは大卒しか採ってないのに、何で短大卒の橘さんが社員の局アナなのって……そんな調子なんです」

「ハハハ、それは大変だ。ま、とにかく君はそういうことを気にせずに、一生懸命仕事したら？　ライバルは橘まい子だ」

「ライバルだなんてそんな。でも橘さんを目標に頑張ります」


春らしい天気だ。天気予報によると四月下旬並みの陽気だという。久しぶりに上着を脱いで出社する。いつものように情報センターは静かな朝を迎えている。コーヒーメーカーを見ると、それはきのうの残りでどす黒く濁っている。情報センターの外にある自販機で缶コーヒーを買い、一気に飲み干した。

「部長、朝いちで国際テレビから電話がありました。報道ネットワーク部です」

既に出社していた編集長の宮中が報道センターから声をかけた。

「うん。あ、宮中ちょっと」

「はい。天気がいいから中継車でも出しますか？」

「ま、それは君に任せる。来週ね、東京で報道部長会があるんだけど、君出てくれない？」

「は？　私がですか。部長は？」

「ちょっと社内でいろいろあるんで」

「わかりました。私でよければ。あとで内容についてレクチャーして下さい」

南田は国際テレビに電話を入れ、自身の欠席と宮中の出席を伝えた。

田上が出社してくる。時計は十時少し前をさしている。

「お早うございます。私、今日は昼ニュースのサブデスクをします。何か連絡事項はございますか？」

数日前南田から一方的に攻撃されて以来、田上は出社と退社の挨拶をする時だけ、南田のデスクにやって来る。その表情は硬く視線も合わせない。逃げるように自分の席に戻ろうとした田上を呼び止めた。

「田上。今日は昼ニュースのサブデスクだって？」

「はい。勤務表ではそのように」

「昼ニュースは何時からだ」

「はい？　十一時半ですけど」

「昼ニュースのデスクが十時に出社っていうのはどういう訳だ。取材スタッフは早朝から走りまわっているのに、デスクはそんなことお構いなし。ネタが出揃ったところで重役並みの出勤か？」

「え、でも私サブですから」

「もういい。お前のサブデスク勤務は今後一切なしだ。内勤の雑用でもしていろ」

田上が顔を上気させ唇を震わせながら、情報センターから姿を消した。入れ替わるように宗方が南田のデスクの前に立った。

「朝から気合入ってるね。駄目か、田上は」

「駄目ですね。報道は無理です」

「そうだな。あ、そうそう今日の管理職会議、何を報告する？」

「そうですね。特に何も無いけど、契約アナの社員化の件はどうですか？」

「それはいい。君は何を報告する？」

「さあ、どうしましょうか」

大阪合同プレス

午後二時、管理職会議がスタートした。いつものように、寺西が秘書室長と秘書室の女性社員を伴って会議室に現れる。座っていた管理職は全員席を立ち、寺西が着席するまで深々と頭を下げ続ける。

「では只今より、管理職会議を開きます。社長、何かございますか？」

総務部長の岩井が冒頭のセレモニーとして社長の発言を促す。

「ああ、これから新年度にかけて皆、忙しいことと思う。体を壊さないよう頑張って下さい」

威厳はあるが、特に意味のある言葉ではない。体を壊すなは、この男の口癖なのである。

「社長、ありがとうございました。では引き続き各局報告に移らせていただきます。まず営業局から、野上常務お願いいたします」

「はい。えー、いよいよ今年度も一カ月弱となりました。ご承知のように、この業界にとってここ数年大変厳しい状況が続いています。特に今年度は前回の会議でもご報告しましたが、我がＫＨＳでも開局以来の売り上げの落ち込みを記録しました。しかし、来年度に向け、既に予算を組み、戦略も立てています。関西地区でトップのシェアを維持し、V字回復を目指して頑張りたいと思っています。各局各部のご協力、よろしくお願いいいたします」

続いて報告に立った部長の北野は、ライバル局の今年度の売り上げ状況や、来年度予算など細かい数字を並べ立てた。事業局は局長と部長がKHSが主催したイベントの収支報告をするとともに来年度の予定などを詳しく説明した。

「では総務局です。前畑局長、お願いします」

前畑は椅子から立ち上がると、うやうやしく寺西に一礼した。

「ええまず、四月の人事異動の件ですが、十五日に内示をいたします。一日発令です。作業が遅れまして申し訳ございません。なお、発令後は速やかに新しい部署に移れるよう、管理職、社員の皆さんにはご協力をお願い致します」

前畑はそこまで報告をすませると、小さく咳払いし、寺西と野上にちらっと視線を送った。

「えーそれから、奥州テレビのCM間引き事件を受け、全国の民放局で実施された調査ですが、我が社も三十のスポンサーについてチェックを行いました。結果は特に、いやまったく問題はございませんでした。広告業協会と広告主協会にその旨報告をいたしました。以上です」

前畑が席に着く。額の汗をハンカチで拭おうとした時、南田が発言した。

「ちょっとよろしいでしょうか。私の聞き違いだったら申し訳ありません。今前畑局長はCM調査の結果を問題無しと言われました。しかもそれを協会に報告したと仰いましたが、それは本当ですか？」

前畑の蒼白になった顔に視線が注がれる。

「お答えにならないのでしたら、私が代わりにご説明します。私はKHSのCM調査委員として、実際その調査の現場にいました。その結果、三社で四百三十本の未消化CMがあることが判明しています。金額にして約六千万円に相当します。にも拘らずそれを隠蔽して協会に虚偽の報告をしたということですね？」

「もうやめろ、今日の会議はここまでだ。岩井部長、閉会だ」

野上が突然大声を出し、席を立とうとしたが、南田は一段と大きな声でたたみかけた。

「今回の隠蔽を指示したのは、寺西社長、野上常務、前畑局長の三人。積極的にその指示に従ったのは、北野部長、井上部長、そして報道の田上です」

「南田、お前、どういうことだ。社内には守秘義務というのがあるだろう。処分覚悟でそんなたわ言を言ってるんだろうな」

寺西が処分という言葉を持ち出して威嚇してきた。

「守秘義務、なる程、社内の服務規程の違反ですか。それは認めましょう。しかしあなた方の犯した行為は詐欺だ。つまり犯罪ですよ」

「何を馬鹿な。何か証拠があるのか。え？」

「社長、それに常務と前畑局長、あなた方は報道部長という私の立場を少々甘く見てましたね。いいですか、この会社は報道機関なんです。もし不正があれば、その事実を視聴者に明らかにしていく責任を我々は負っているんですよ。私は報道部長として、あなた方の隠蔽工作を全て記録しています」

「何を記録しているんだ、それを見せてみろ」

野上が更に声を荒げた。南田はふところからテープレコーダーを取り出し、再生ボタンを押した。そのテープには寺西、野上、前畑の三人と南田のやりとりが明瞭に録音されている。隠蔽することに同意を求める声。その見返りとして昇格をちらつかせる三人。そして曖昧に答える南田の声。

「おい、誰かそのテープを取り上げろ」

寺西が大声で怒鳴った。

「社長、これは複写したものです。取り上げても一緒です。それと言っておきますが今のはほんの一部です。井上部長と田上の隠蔽を主張する声、その他全てのやり取りを録音しています。それだけではありません。北野部長によって改竄される前の放送運行表と確認書も、調査したその日のうちにコピーをとっています」

この部屋の管理職は半ば呆気にとられ、或いは驚愕の表情で南田と寺西、野上を交互に見ている。録音テープを聞かされた上、運行表と確認書の両方がコピーされていると知った寺西と野上は言葉を失っている。

「南田部長」

こんな状況の中でも何故か冷静な丸山である。

「もうその辺にしておこう。会社として改めて対応を考えることにするから。それと皆さんにお願いだが、今の、この場でのやり取りは伏せておいてほしい。近いうちにきちっとした形で報告しますから」

　南田が報道フロアに戻ると、まい子がコーヒーを運んできた。

「部長、これマイコーヒーです。開封したばかりですから香りがいいでしょ？」

「ありがとう」

「管理職会議だったんですか？」

「CMの間引きがあってね」

「ええ？」

「会社は隠蔽しようとしている、いや正確に言うと隠蔽したということになる」

　南田はこれまでの経緯を詳しく説明した。

「やっぱり」

「え？」

「何かあると思ってたけど、そういうことでしたか」

「うん」

「何やってんだろ、この会社は。で、これから部長どうするつもりですか？」

「今日社内の一部で明らかにしたわけだから、会社がこの後どう出るかだな。もしあくまで隠蔽を続けようというなら、最終的な手段に打って出る」

「私にも何かお手伝いできることがあればいいんですけど」

「そのうち、いろいろ頼むこともあると思うよ」

「きっと、ですよ」

まい子が席に戻ると土井から電話が入った。

「部長、やったんでしょ管理職会議で。今池田部長から聞きました」

「うん」

「営業フロアの管理職はみんなヒソヒソ話をしてますよ。それと常務は社長室に呼ばれたみたいです。部長、一人で大丈夫ですか？」

「うん。問題ない」

「私も覚悟はできてますから、部長が必要とした時に参戦します」

「わかった。暫くは営業の様子でも探っといて」

受話器を置くと南田は携帯電話を手にした。手帳を見ながら電話をかける。大阪合同プレス社会部の直通番号である。

「はい、島永ですけど」

「ご無沙汰してます。ＫＨＳの南田です」

「おう久しぶりやな。元気かいな？」

「ええ。島永部長、今夜一杯やりませんか？」

「今日？　今夜な。ひとつ予定が入ってんねんけど、他ならん南田部長のお誘いやさかい、キャンセルしましょ」

「じゃ以前在阪の報道部長会で行ったことがある全日空ホテルの雲海、座敷を押さえておきます。八時でどうでしょう？」

「雲海やな。ＯＫ。ほんなら後程」

大阪合同プレスは地方紙としては全国で最も大きな新聞社で、全国紙に次ぐ発行部数を誇っている。社会部長の島永は南田の七歳年上で、警察の記者クラブ時代からの付き合いである。二カ月に一度開かれる在阪のマスコミ部長会では常に意気投合し、二次会、三次会まで一緒に飲み続ける仲だ。

――彼なら大丈夫――。南田はそう呟くと、ホテルに電話を入れ、雲海の座敷を予約した。

その頃、社長室では寺西が荒れ狂っていた。丸山、野上、前畑、そして宗方も同席している。

「おい野上、どうするんだ。え？　前畑。南田はどうして、おい、何とか言え。いいか、俺は絶対に許さんからな。首にしろ。すぐにだ」

「社長、まあ落ち着いて下さい。ことはそう簡単じゃありません。ここはひとつ冷静になって皆で知恵を出し合いませんか」

丸山が一族の人間をいたわるように諭した。

「私の不覚でした。ここまで来たら、もう土下座してでも南田に頼み込むしかないでしょう」

野上の声に勢いは無い。ＫＨＳを自在に操ってきた権力者の面影は失われている。その様子を見ながら丸山が続けた。

「この際、選択肢は二つです。協会に対し既に送っている書類に不備があったという理由で返却を依頼する。その上でＣＭ未消化の三社について正直に報告する。もうひとつはこのまま隠し通すことです。どうだ前畑局長、君の意見は？」

「……と言われましても。とにかく、もう一度南田を呼んで、彼の本当の狙いが何なのか聞き出しましょう。その上で……」

前畑は口ごもりながらそこまで言うと、

「南田を呼べ、いいか、あいつを何が何でも説得しろ。ここにいる全員の首がかかってるんだ」

寺西は吐き捨てるように言い放った。

五分後、南田が社長室に入った。丸山が落ち着いた声で、「まあ掛けたまえ」と手招きする。

「思いきったことをしてくれたな」

丸山が静かに問いかけると、突然寺西が大声を上げた。

「貴様、一体何のつもりだ。ただで済むと思うなよ。いいか、お前一人どうにでもなるんだ。それを思い知らせてやる」

「社長。貴様とかお前と言うのはやめて下さい。私には南田という名前があります。それに私のことをどうこうする前に、ご自分の心配をされた方がいいと思いますよ。ただで済まないのはあなたの方ですから」

南田が殊更冷静に切り返すと、寺西は激しく貧乏揺すりをしながら視線をそらした。

「南田部長。君の狙いは一体何なんだ。そこまでしてＫＨＳにダメージを与えようというその本心を聞かせてくれないか？」

野上がタバコに火をつけながら問いかけた。

「常務、そもそもＫＨＳにダメージを与えるという点で、私とあなた方の間に大きな認識の違いがあります」

「どういうことかね」

「いいですか、まず、あなた方のしたことはＫＨＳの歴史の中で最も恥ずべき行為です。これまで営々と築きあげてきた会社に泥を塗り、唾を吐きかけたんです。さっきから大声を上げている寺西社長以下、皆さんにわかりやすく説明しましょう。ＫＨＳは放送局です。国民の知る権利に応えて、社会の不正を追及する役割が求められているんです。だからこそ自らに更に厳しい倫理を課して、いつもきれいな体にしとかなくちゃいけないんです。不正を隠蔽するなど以ての外です。どうですか常務。売り上げ至上主義を盲信するあまり、そんな基本的なことも忘れてたみたいですね。前畑局長、常務に追従して、これまでどれ程、営業中心の不条理な人事案を作ってきたんですか？　寺西社長、あなたは社長になって何年ですか。現場のことをどれぐらい勉強してきました？　残念ながら、マスコミの社長としてあなた程未熟な人間はどこを捜してもいないと思いますよ」

「貴様……」

屈辱と敗北感。万策尽きた最高権力者の声は、もう殆どうなり声である。

「君の考え方はよくわかった。で、どうすれば気が済むのかね？」

「専務。これは私自身の気が済むとか済まないの問題ではありません。会社として進むべき道を論じているんです」

「うん、そうだった。それで、どうすればいい？」

「簡単なことです。まずありのままの調査結果を協会側に再提出することです。その上で社の内外に、何故このような事態に立ち至ったかを説明し、視聴者やスポンサー、広告代理店に誠意をもって謝罪する。そこまでやれば不正をしたという外部の事実認識は多少軽くなり、傷口を広げなくて済むかもしれない。それと、今回の不祥事の責任を明らかにすること。つまり社長、常務、前畑局長に退いていただくということです」

「退くって何か？　俺が社長を辞めるってことか」

「そういうことです。今挙げたお三方の辞任。隠蔽することに積極的に加担した北野、井上、田上の処分、この辺を曖昧にするんであれば私はもっと過激な行動をとるつもりです」

南田はそうきっぱりと言いきると、怒りで顔を真っ赤にした寺西を見据えた。野上は吸っていたタバコを灰皿に押しつける。その手が小刻みに震えている。

前畑が俯き気味に呟いた。

「でも、そこまでやると報道だって大きなダメージを受けるわけだし……。社員や家族はどうなる？　子供の教育費や住宅ローンの返済で四苦八苦してるんだよ。営業的にダメージを負うことになれば、給与やボーナスにも影響が出るだろう」

「話になりませんね。そんな心配は、あなた方が会社を去った後、新たな経営陣が考えればいいことでしょう。では私はこれで……」

「ちょっと待ってくれないか、南田部長。この問題はもう少し時間をかけて最善の方法を考えたい。だから、あまり性急にならないように……頼むよ」

野上がすがるように懇願した。

「時間はありません。明日の昼までに結論を出して私に報告して下さい。明日の昼までです」

南田は全員に一礼し社長室を出た。部屋に残った四人は暫くの間沈黙を続けた。

「万策尽きましたね」

丸山がボソッと呟いた。

「それより何故明日の昼なんだ。何かあるのか？」

打ちのめされたこの会社のトップは、既に目が虚ろである。

「それは特に意味は無いでしょう。とにかく急いで結論を出せと、プレッシャーをかけたんだと思いますよ」

野上がそう答えると、寺西は残っていた僅かな力で声をふり絞った。

「手は無いのか？　宗方、お前はどうだ？」

宗方は昼行灯の異名をとる男で、何事に対しても建設的な立場に立つ人間ではない。しかしこの場でのその目つきは狡猾だった。

「社長も常務も、そして前畑局長も今回のことに深く関わっているわけですから、ここはひとつ、丸山専務にお任せしたらどうでしょうか？　専務が何らかの結論を出すということであれば南田も矛を収めるかもしれません」

丸山が関わっていない……。確かに丸山は隠蔽に関して積極的に動いていなかったし、南田の糾弾の言葉にもその名前は出てこない。敵は南田と、そして丸山だった……。野上は終焉の時を迎え、無念の思いに臍《ほぞ》を嚙んだ。

「専務、何とかしてくれ。とにかくこのままではおしまいだ。南田への説得と、仮に我々が救われる可能性があるんだったら、その方法も……頼むよ」

寺西はそう言うと、力なくソファに身を沈めた。


大阪全日空ホテルは堂島川のほとりにある。予約した座敷に南田は八時前に入った。コース料理を二人前注文し、バッグの中から大きな紙包みと小さくふくれた封筒を取り出す。

明日の昼までに回答が無ければ最終の幕を引く……。南田は、異動の二文字で、報道マンとしての思いを遂げることなく他のセクションに散っていった仲間や、不条理の中で無念の思いを抱きながら退社していった有能なテレビマンたち、そして何より南田自身と報道というセクションが受けてきた苛酷な仕打ちのひとつひとつを思い出していた。

そして今、不正を隠蔽することに躍起になっているこの会社の経営者たちに、拭いようのない嫌悪感を募らせた。

「おう、お待っとうさん」

島永はそう言って部屋に入ると、上着を脱ぎ、ネクタイをゆるめた。

「ご無沙汰してました。お元気でしたか？」

「いやいや可も無く不可もなしというたところやな。南田君はどうや」

「ええ、相変わらずです」

「例の東プロ、ＫＨＳにボコボコにされたっちゅう感じやったな。あれはよおやった。テレビというメディアにあんな形で先行されると、我々活字メディアは手も足も出えへんわ。あの隠し撮りは凄かった。

うん」

「いや、我々はいつも大阪合同さんの後を追っかけて仕事してますから、たまには、ね」

酒と料理が運ばれてくると、島永はせわしなく箸を動かし杯を傾けた。

「うん。ここの料理はええ。確か去年やったかな。ここで報道部長会をしたんは」

「そうですね。例の記者クラブ除名問題で」

ことの発端は大阪合同プレスのフライングだった。農水省が発表する関西地区農業白書を指定された日時の前に記事にしたというものだ。経済記者クラブはこの問題で直ちに総会を開き、新聞各社が期限つきで大阪合同プレスのクラブ除名を主張した。しかし当時幹事社だったＫＨＳの南田がこれに反対した。理由は、先行して記事を出しても社会的な影響はなく、大阪合同プレスの特ダネとする考え方にも無理がある、というものだった。

その後、クラブ総会から在阪報道部長会にこの問題は移され、結局南田の主張が通って「厳重注意」という軽微な処分が下されたのである。

「まあ別に記者クラブを除名になっても、うちは痛くも痒くもなかったんやけど、全国紙の連中が何だかんだと吠えたもんやからちょっとカチンと来たんやな。ハハハ。でも、あの時はいろいろお世話になりました」

島永はそう言うと、ピョコンと頭を下げた。

「ところで、今日は俺に何か話があるんやろ？」

「ええ、でもその前にひとつ伺っておきたいんですが、大阪合同プレスさんとＫＨＳってトップ同士の何か繋がりとかはありますか?」

「それはない。どっちかっちゅうと、KHSのライバル会社とは兄弟会社みたいなもんやけど」

「そうですか。わかりました。実は記事にしてほしいことがあるんです」

「ほう。KHSの報道部長が直々に記事にしてくれっちゅうのは何かこう、わくわくするな。で、ものは何や?」

「内部告発です」

「どこの?」

「KHSです」

「いや、ちょっと待ってくれ。KHSの報道部長が自分のところを告発するっちゅうことか?」

「はい」

「ふーん、穏やかやないな。取りあえず話を聞こか」

南田は奥州テレビのCM不正事件に端を発したこれまでのいきさつを詳しく話した。島永は途中から記者らしく細部にわたって質問を入れながらメモを取っている。

「これがファインピーコックの契約書。こっちが放送運行表です。十日分だけ持参しました。必要であれば三カ月分全部をお持ちします」

島永は紙包みから運行表を取り出しパラパラとめくった。契約書も確認している。

「ちょっとこのテープ、音を聞かせてもろてええかな」

南田は用意してきた小型録音機にテープを入れ再生する。音がスタートすると、その場の状況や声の主が誰かを詳しく説明した。

「指示したんが社長の寺西、常務の野上、それから取締役総務局長の前畑、か。ＫＨＳのトップとその取り巻きが隠蔽工作の中心にあるわけや。それと営業部長、制作部長と報道の副部長か」

「記事にしていただけますか？」

「うん。なると思う」

「上の方から何か妙な圧力がかかって、掲載がストップになることはないですか？」

「いや。編集権は俺にあるから大丈夫や。ああそれと、このテープと運行表、借りてってええんか？」

「はい」

「内部告発という文字を入れるのは問題ない？」

「はい。私の名前を出していただいても結構です」

「そやけど、これを記事にすることで君の立場はどうなる？」

「それは、わかりません。どうなろうと覚悟は決めています」

「そうか。でもなんでそこまでするんや。報道部長として社会正義を貫くっちゅうことか？」

「そうですね。それもありますけど……。テレビ自体に意志が無いことへの苛立ちや怒りみたいなものかな」

「意志が無い？」

「テレビって、それこそ朝から晩まで情報を流し続けてるけど、でも自らのことをあまり語りたがらないんですよね。深くものを考えない、決して自らは主張しない、これがテレビの本質なんです」

「そうか？　でも討論番組や報道企画を見てると、歯に衣着せぬっていう内容のもんが結構あるような気もするけど」

「それは、テレビの周辺で仕事をしている人たちが語ってることで、テレビの人間がそれをしてるわけじゃない。問題はそこなんですよ」

「つまり、テレビの中でジャーナリストが育ってないってこと？」

「育ってないというより人を育てることにまったく関心がなかったということでしょうね。結局テレビってブラウン管の奥は密室なんですよ。その中で金を稼ぐ手段をあれこれ講じているうちに、気がついたら身なりはいいけど未成熟な人間がたくさんいて……だから今度のようなことが起きると、外部から批判されることに極端に臆病になるし、ジャーナリスティックな判断もできないから、何とか隠そうとする」

「ま、俺も含めて活字の人間はテレビをあまり信用してへんけど。でもお粗末やったな、今回は。君の今の話を聞いてると、さもありなんって感じはするけどな。よっしゃ、わかった。記事は俺が書く。他に何か条件みたいなもんはある？」

「はい、ひとつあります。それを掲載していただくかどうかは、明日の午後一時を目処に、私自身が判断します。もし会社側が不正を認めて、適切に動いたら記事は出さないで下さい。それはよろしいですか？」

「ＯＫ、明日一時な。ほな俺は社に戻って記事を書くさかいこれで」

ホテルを出て堂島川の河畔を歩いた。頭上に阪神高速環状線が走り、ひっきりなしに車が行き交っている。小さな河川公園に入ると南田はベンチに力なく腰を落とした。

社会正義とか、テレビに意志が無いことへの苛立ち……。そんな格好いい話なのか？　個人的な恨みつらみが本当のところだろう。いや違う。報道で生きてきたからこその、やむにやまれぬ思い……。暫くの間、自問自答を繰り返す。

バッグからシステム手帳を取り出し、一枚の写真を手にした。街灯の薄明りの下で、綾の笑顔がまぶしい。

「あまり肩に力を入れ過ぎないで」

別れの日に彼女がそう呟いた。でも、こうするしかなかった。これでいい。じき終わる。高速道路とビルの谷間から、冷たい雨が降り始めた。

翌日、雨は本降りとなる。春雷を伴って激しく窓を打ちつけている。南田は十一時すぎに出社すると、全ての動きを止めた。来客や取材に関するミーティングなど一切シャットアウトしてその時を待った。

その様子を窺《うかが》っていた宗方が南田のデスクにやって来た。

「体の調子でも悪いのか？」

「いえ、大丈夫です」

「今朝専務と話をしたんだ、例の件で」

「はい」

「結局専務にこの問題は一任された形になったんだが、恐らく君にとっても、都合のいい落としどころを考えて下さると思うよ」

「専務はどうされるおつもりですか？」

「ま、あまり慌てずに少し時間をかけて何らかの決断をするという意向のようだ」

「決断をするなら昼までに」

「何故そんなに急ぐんだい？」

「調査結果を協会に再提出するにしても、早ければ早い程いいでしょう。迅速な行動がこの会社のダメージを軽くすることになります」

「それはまあわかるけど、でも今日の昼というのは……」

「専務に是非そのようにとお伝え下さい」

昼のニュースが終わる。報道のスタッフが声をかけてきた。

「部長、昼めしどうします？」

「いや俺はいい」

そう返して、南田はすっかり冷めてしまっているコーヒーを胃袋に流し込んだ。目を閉じて、会社の決断を待つ。やがて昼食を終えたスタッフが情報センターに戻ってきて……午後一時になった。

南田は専務室の直通ダイヤルをプッシュした。

「南田です。専務、期限は昼までということでした」

「それはわかってるが、もう少し待ってくれ。君ともいろいろ話をしたいし。今、どうだ？　専務室に来ないか？」

「いえ。お話をすることはもうありません。残念です」

受話器を置くと、南田は小さくひとつため息をついた。朝からの雨は上がっている。雲の切れ間から幾筋かの陽の光が差し込んできた。

「島永部長？　南田です」

「おう、いくか？」

「はい、明日の朝刊ですね」

「ほんまに、ええんやな」

「はい。よろしくお願いします」

大阪合同プレスの朝刊社会面にその見出しは大きく躍った。

「ＫＨＳでＣＭ不正疑惑」

ＫＨＳがこの程実施したＣＭ調査で、契約した三社で六千万円相当の未消化スポットがあることが確認された。この調査は、去年奥州テレビのＣＭ間引き事件を受け、広告業協会と広告主協会が全国の民間放送に調査を要請したもの。ＫＨＳでは契約した三十社の平成十二年度分について調査を行ったが、そのうちの三社で、併せて四百三十本のＣＭが放送されていないことが判明した。被害総額は六千万円にのぼるものと見られている。ＫＨＳでは両協会に対し、虚偽の報告を行ったほか、放送運行表や放送確認書を正常に放送したように改竄し隠蔽をはかった疑いが持たれている。

今回の不正疑惑は、ＣＭ調査を行った委員の一人が内部告発という形で明らかにしたもので、隠蔽工作を指示したのは寺西武・代表取締役社長、野上義明・常務取締役営業局長、KHS・CM調査委員会委員長の前畑慎造・取締役総務局長の三人。他に同委員会のメンバーである制作部長と営業部長、報道部副部長も隠蔽に深く関与したものと見られている。

これまでCM不正事件を起こしたテレビ局では経営者の引責辞任や関与した社員の処分などが行われているが、社長自らが隠蔽工作を指示したのは初めてのケース。

その日、KHSは混乱の中にあった。午前中、東京や在阪のマスコミ各社が殺到した。民間放送連盟、広告業協会、広告主協会は声明を出し事実関係の徹底究明を強く求めた。一方広告代理店各社は、KHSと各スポンサーとで交わされた全ての契約書と放送確認書の調査をスタートさせ、営業局はその対応に忙殺された。総務局は、『現在調査委員会を立ち上げ事実関係を調査中』との応対マニュアルを作り、全てのセクションを動員して、取材や問い合わせ、抗議電話などにあたらせた。

午後になって丸山は管理職や手の空いている社員を大会議室に招集し、今回のKHSの不正の経緯を明らかにした。その上で混乱の中にあっても沈着冷静に業務を遂行することを求めた。また翌日午後一時から記者会見を設定し、その席で会社として正式に謝罪すると伝えた。

渦中の人物たちはその日出社していない。寺西、野上、前畑の三人は朝刊を読み、自宅にひきこもった。他の三人はいったん出社したが、本社ビル一階のロビーにマスコミ各社が殺到しているのを見て姿を消した。

そして南田は、いつものように七時すぎに目を覚まし、朝刊を広げた。不正疑惑の記事に目を通し、何度も読み返した。南田の意図するところは全て押さえた内容だった。

デスクの宮中に携帯で連絡を取る。

「南田だけど、今まだ自宅？」

「いや、朝刊を見てすぐ出社しました。もう既に各社から取材の問い合わせが来てます」

「社の対応はどうなの？」

「いや、まだ立ち上がってないですけど、報道の方は取りあえずどうしましょうか」

「全員報道センター待機だな。今日は記者クラブの出入りは一切やめて、取材は全て本社から出るようにして。それと恐らく総務で応対マニュアルを作るだろうから、電話取材が殺到するようなことがあれば、それに沿った形で受け答えをするといい」

「はい。ニュースの方はどうします？」

「勿論入れた方がいい。そうだな……一部新聞報道で、ＫＨＳのＣＭ不正疑惑が報じられましたが……」

「ちょっと待って下さい、ええと報じられましたが……はいどうぞ」

「ＫＨＳでは現在、社内調査委員会で事実関係の究明にあたっています。詳しい内容が把握できましたら、ニュースの中でもお伝えしていきたいと思います」

「はい」

「これを全てのニュース枠のトップで入れる」

「会社はＯＫ出しますかね？」

「こんな状況だ。ＮＧが出てもやるべきだろう。報道が知らんぷりっていうんじゃ話にならないからな」

「はい。わかりました」

「宮中、本当に申し訳ない。部長、副部長不在になる。各部のキャップと力を合わせて、何とか乗りきってくれ」

「はい、わかってます」

「それと、今日七時から情報センター連絡会を開くから、人を集めておいて」

　夕方五時過ぎに南田は出社した。玄関入口付近には、まだ大勢の記者やカメラマンが詰めかけている。情報センターに入ると一斉に視線が注がれた。この時点で、もう誰もが告発したのが南田であることを知っている。

　席に着くと、宗方が新聞各紙の夕刊を持ってやってきた。

「南田部長、夕刊は全紙ＣＭ疑惑だ。それと各局のニュース見たかい？」

「いえ」

「全局頭《あたま》でＫＨＳネタだ。大体、あの連中には武士の情ってのが無いのかねえ？」

「それは無理でしょう。うちだって他局がこんな不始末をしでかしたらトコトンいきますから」

「ふーん、そんなものか。いや、だけど今日は凄かったよ。報道も大変だったけど、営業は本社、支社総がかりだ。総務も関連会社から全社員を集めて電話の応対だ」

「そうですか」

「あ、それで、今回のことで大至急社内調査委員会を立ち上げなきゃいけないいんだが、その辺を専務と相談してくれんか」

「僕が？　何を相談するんですか」

「専務がね、君に委員会のメンバーになって欲しいと言ってるんだ」

「それはおかしいでしょう。今回の件に関して僕は当事者ですから」

「しかし……じゃメンバーはどうする？」

「全てのセクションから役職や年齢に関係なく選んだらいいんじゃないですか？　あと、学識者とか、組合の人間も入れるべきでしょうね」

「労働組合？　それは難しいな」

「少なくとも再生に向けての第一歩なんですから、会社にとって都合のいい人間だけを集めるという発想は捨てた方がいいですよ」

「そうだな、じゃ専務にはそのように言っておこう」

午後七時すぎ、情報センターは異様な空気に包まれた。通常、センター連絡会は会社からの連絡事項や全体ミーティングを兼ねて月一回程度開かれるもので、せいぜい二〜三十人の集まりである。しかし、この日は違っていた。このフロアに入っている全てのセクションの社員、契約ディレクター、プロダクション関係者など二百人近くが情報センターを埋め尽くした。皆不安の中で、南田からの何がしかのメッセージを聞きたかったのである。

センターの扇の要の位置にある机の前に南田は進み出た。

「皆さんお疲れ様です。本来なら、このセンター連絡会は局長が招集するものですが、今回は私の呼びかけで集まってもらいました。

まず、今回のこの混乱について、その責任の一端が私にあることを深くお詫びします。明日もまた、今日以上に大変な一日になると思います。午前中にも調査委員会が立ち上がるだろうし、午後には記者会見も予定されています。各社からの取材や問い合わせも続くだろうと思います。皆さんの日常の業務にも支障が出るでしょう。現場では取材が思うように進まなかったり、或いは取材を拒否されたりという状況が出てくるかもしれない。大変申し訳なく思っています。その責任は取るつもりです。ただ今回のことに関して、私の取った行動に悔いはありません。それは、かねてから皆さんに言ってきましたが、KHSは報道機関なんです。世の中の様々な現象に公正に向き合って、社会の不正や間違いをただしていく立場にあります。だからこそ、より厳しい倫理観を自らに課していくことが必要なんです。そういう意味で、CMの不正、虚偽の報告、書類の改竄など、私は報道の人間として許すことができませんでした。この会社が、これから視聴者の信頼を取り戻すのに恐らく二〜三年はかかるでしょう。その間、営業的にも売り上げは落ち込んでいくだろうと思います。でも、ここに集まっている皆さん一人一人が高い志を持って仕事を続けていけば、近い将来必ず視聴者にその努力を認めてもらえる日が来ると確信しています。耐えて頑張って下さい。本当に申し訳ない」

南田は深々と頭を下げた。センターから期せずして拍手がわき起こった。いつまでも鳴り止まなかった。

デスクに戻り専務室に電話をかける。

「おう南田部長。いや大変な一日だった。参ったよ」

「ご迷惑をおかけしました」

「いやいや、いいんだ。こっちに来ないか？　今調査委員会のメンバーを選んでるとこだ」

「いえ、私は当事者ですから。宗方局長がそちらにいらっしゃったらお願いします」

丸山は妙に元気がいい。名実ともに今会社のトップにいるし、次期社長への手応えを確かなものにしているに違いない。

「宗方です」

「局長、南田ですが、明日から一週間休みを取らせていただきます。忙しい時に申し訳ありません」

受話器を置くと、いつの間にか南田の周りに人が集まってきている。編集長の宮中、社会部キャップの今岡、政治部の豊原、そして山下、まい子の姿もある。

「一週間休むんですか？」

「ああ宮中、ニュースの取り仕切りやら何やらよろしく頼む」

「まさか、そのまま辞めたりしませんよね」

まい子の目が真剣である。

「一週間、とにかく休む。みんな、とにかく踏ん張ってくれ。君たちがリーダーシップをとれば大丈夫だから」

山下が頷いている。彼は自分に似たタイプの、そして常に目標としてきた南田の心の中を探っていた。急に込み上げてくるものがあった。それを振りきるように、大きな声を出した。

「部長、また一緒にやりましょう。部長にはこれからも、もっと働いてもらわなきゃ」

　まい子が念を押した。

「一週間後に、きっとですよ」


　次の朝、大阪市内のホテルで緊急のKHS取締役会議が開かれた。その冒頭、代表取締役社長・寺西武、常務取締役・野上義明、取締役・前畑慎造の三人から、今回の不祥事の責任を取り辞任する意向が明らかにされ、取締役会はこれを了承した。その後、丸山が今後、調査委員会の調査結果を踏まえ、スポンサー、代理店への謝罪と補償を速やかに行うこと、関与した社員の処分を行い、再発防止案を策定することなどを明らかにした。

　そして午後から同じホテルで記者会見が開かれた。KHS側は丸山と取締役東京支社長の脇田進、報道局長の宗方が会見席に座った。三人は会見が始まると、視聴者やスポンサー、代理店に対し謝罪の言葉を並べ、深々と頭を下げた。

　マスコミ各社から容赦の無い質問が飛ぶ。

「寺西社長と野上常務、前畑取締役の辞任が取締役会で了承されたということですが、これは本人の意志によるものですか、それとも解任ということでしょうか？」

「本人たちが、辞任を明らかにしたということです」

「隠蔽は三人が中心となって、その指示のもとで行われたと認めたわけですね？」

「はい、そういうことです」

丸山の赤ら顔が一層上気している。隠蔽については丸山が、営業に関して質問が及ぶ場合に脇田、告発した南田と隠蔽に関与した井上、田上のことは宗方、三人は分担を決め入念な打ち合わせをしていた。しかし記者の質問は丸山に集中した。

「丸山専務は隠蔽に関して、どのような立場だったんですか？」

「私は隠蔽について、積極的に動いたことはありません」

「しかしですね、事前に社長や野上常務などの動きがわかっていたわけでしょ。それを専務という立場で止めることはできなかったんですか？」

「私は少なくとも反対はしてました。しかし会社としての決定の経緯があまりにも性急だったものですから……」

「営業と制作、それに報道の三人の管理職が関与してますけど、その人たちの処分などはあるんですか？」

「調査委員会で今回のことを調べています。その上で関係した社員の処分などを決めていきたいと考えています」

「今全体的に放送局は売り上げが落ち込んでいるようですが、それが今回の不祥事に繋がったということはないんですか？」

この質問には脇田が答えた。

「いえ、そういうことはありません」

「ＫＨＳは在阪局の中で売り上げがトップですけど、営業の手法がかなり強引で、ライバル局だけでなく、広告代理店も眉をしかめているという話を聞きます。そういう体質が今回のことを引き起こす要因になったんじゃないですか？」

「私たちはただ一生懸命に仕事をしています。しかしそういう見方があるとすればそれは反省しなければならないと思います。体制や仕事の仕方も含めて見直す必要があるとも考えています」

各社の質問が続く。

「ＫＨＳの新体制について伺います。やはり社長は寺西一族の中からということになるんでしょうか？」

「新しい体制については、何度も申し上げていますが、調査委員会の報告を待ってということになります」

会場の記者席に大阪合同プレスの島永の姿があった。島永は会見の内容をひと通り聞くと、おもむろに手を挙げた。

「丸山専務に伺います。今回の件は内部告発によって明らかになったんですが、当の告発した本人の処分はどうなりますか？」

「それもまだ、私がここで申し上げることはできませんが、高い倫理観に根ざしたものと私個人は思っています。ですから処分の対象にするのはどうかと」

「処分は無いということですね」

「そう受け取っていただいてよろしいと思います」

電話

その日夕方、東京支社長の脇田は新幹線で帰京し、支社には寄らずに東京国際テレビに直行した。六階にある役員室に入ると、国際テレビ専務の渥美輝生、常務の畑山邦男、ネットワーク担当取締役の笠原俊輝が笑顔で迎えた。いずれも国際テレビの知恵袋といわれる程の切れ者である。特に笠原は地方局に対するネットワーク戦略の中心的人物であり、これまで数多くの人間を系列局に送り込み、キー局支配を揺るぎないものにしてきた。脇田とは同じ一橋大学の二年先輩にあたり、月に一度のゴルフ仲間でもある。

「いやいや脇田君、お疲れのところを呼び出してすまないね。で、どうだった記者会見は？」

「はい。なんとか乗りきりました」

脇田はそう言うと額の汗を拭った。彼はその席に専務の渥美がいることに驚いていたのだ。渥美は次期国際テレビの社長と噂される男であり、地方局の東京支社長が気安く同席し会話できるような相手ではない。そしてその横にいる常務の畑山も。

畑山は郵政省の関東郵政監察局の局長から五年前に国際テレビに迎えられた。総務省と名前が変わった今も、省内の中枢部に分厚い人脈を持っている。その畑山が慇懃な言葉使いで脇田に尋ねた。

「KHSの再建は順調に行きそうですか?」

「いえ、まだそこまでは。ただ専務の丸山を社長にという人事案が承認されれば、丸山新体制のもとで再建策が具体的に出てくると思います」

「丸山? それは難しいだろうな」

渥美が、さらりとそう言ってのけた。脇田にはその真意が即座に理解できなかった。

「総務省の考え方はね、脇田さん。一族支配はノーなんですよ。今回の不始末も、その弊害だという考え方ですな」

畑山のその言葉に、脇田は息を呑んだ。民間放送は国の免許事業である。その監督官庁である総務省が介入してくるのか。

「しかし、丸山は既に当社の大方の役員の同意をとりつけて体制固めを行ってますし」

「脇田君。寺西一族が親会社の日本鉄工建設を背景にグループ企業を思うがままに支配したのは昔年の話なんだよ。今は建設、造船、不動産部門が軒並み赤字体質だ。巨額のね。恐らくこの年度末にはグループ全体で三千億円を越す金融支援を主力銀行などから受けることになる。となればだ。こうした部門を切り捨て、事業規模も圧縮されて、丸裸になるっていうわけだ。寺西一族の終焉は目の前だな」

笠原は自信たっぷりにそう言いきると、渥美を見た。渥美が小さく頷く。

「それでね、脇田君。うちの山岸取締役を、KHSの新社長にと考えているんだ。非常に優秀な男だよ。国際テレビがKHSの再建に本腰を入れるってわけだ。君もそのつもりでいてくれ」

渋滞する大きな幹線道路を一歩左に入ると、そこは昔ながらの商店街である。せいぜい三十メートル程の距離に、百間長屋のように、小さな間口の店が軒を連ねている。店頭に揚げたてのコロッケとメンチカツを無造作に並べた肉屋。近くの大きな市場から仕入れた新鮮な海の幸がひしめく魚屋。その向かい側にはレトロな洋食屋がある。南田の大好きな牛のカツレツやハヤシライスがメニューにあるに違いない。少し行くと佃煮の専門店だ。醬油や砂糖で色濃く煮しめた香りが食欲をそそる。メンマと焼き海苔一枚、それになるとが入って四百円か。昔ながらの中華ソバの店だ。乾物屋の店頭に置かれた干椎茸や干瓢、小魚の干物、その量と種類の多いのにびっくりする。

一軒一軒立ち止まっては店を覗き込む。店の主人が一瞥をくれる。どうやらよそ者はあまり歓迎されないらしい。それとも長年商売を続けていると、客が本気で買う気があるのかどうか瞬時に見抜くことができるのかもしれない。その分、常連客にはとっておきの笑顔である。

時代に流されることなく、力強く営みを続ける下町の商店街だ。

南田は先週末、一週間ぶりに出社し、宗方に退職願を出した。

会社を辞める事をどの時点で決意したのか、自分でも定かではない。八年前、自らが制作したドキュメンタリー『老人が棲む海』の放送直後からそのタイミングを計っていたような気もする。国の免許事業であり、コマーシャリズムを第一義とする民放テレビにとって、報道ジャーナリズムの確立は所詮

〝夢物語〟という無念の思いも重ねてきた。

でも……もうそんなことはどうでもよかった。今、そう今はこれまでの自分の生き方を肯定し、その上で自分らしく健やかに生きていく為に歩き始めている。

『今を受け入れることで、心の安らぎと豊かな生がある』と優しく諭した北光尼の言葉が、南田の中で確かな手応えとなって力強く響いていた。

商店街を抜けた所に小さな公園がある。休日の公園は親子の賑やかなやりとりに満ちている。そしてそのすぐ前に瀟洒なマンションが建っている。暫くその建物を見つめていた南田は携帯電話を取り出した。

「もしもし……」

「京ちゃん？　京ちゃんなの、ね、大丈夫？　今どこにいるの？」

「公園の方を見てごらん」

三階のベランダから綾が顔を出す。もう涙声になっている。

「どうしたの？　どうして……」

「綾と、暮らそうと思って」

春の風が心地良かった。ほんの少し海の香りがした。


（了）

著者プロフィール

三浦 彰（みうら あきら）

1951年、京都府生まれ
学習院大学政治学科卒
報道記者兼アナウンサーとして
民放テレビ局に26年間勤務
報道局報道部長、アナウンス部長などを歴任

地域創研代表
放送ジャーナリスト
E-mail:akkey@h9.dion.ne.jp

小説 **テレビを潰《つぶ》した報道部長**

2003年12月15日　初版第１刷発行

著　者　三浦 彰
発行者　瓜谷 綱延
発行所　株式会社文芸社
〒160-0022　東京都新宿区新宿１－10－１
電話　03-5369-3060（編集）
03-5369-2299（販売）

印刷所　東洋経済印刷株式会社

ISBN4-8355-6657-2 C0093